独眼竜と会津の執権

吉川永青

幻冬舎時代小説文庫

独眼竜と会津の執権

目次

一五七四年（天正二年）奥州勢力図

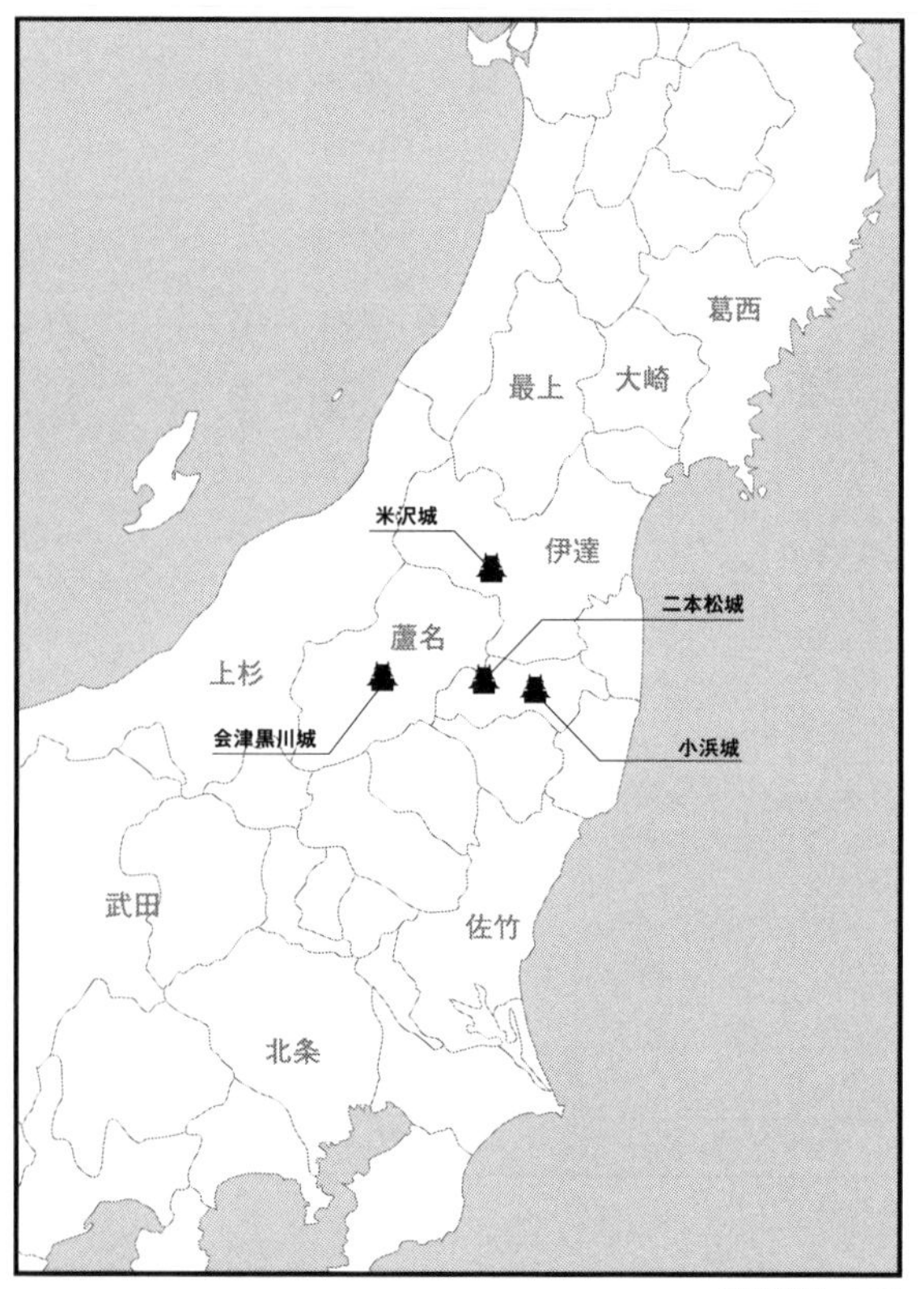

地図作製　美創

第一章　蘆名と伊達

一　婚姻

会津には何でもある。

六十万石を悠々超えるほどの米を産し、商いは盛んで自慢の味噌は引く手あまた。猪苗代には漁があり、清く豊かな水がある。

四季も素晴らしい。春は麗らかに空霞み、山には梅の香が満ちる。夏は入道雲が湧き、山の青葉と共に輝く。秋には空が澄んで突き抜け、山の紅葉がそっと寄り添う。全てが白く染まる厳寒の冬でさえ、この上なく美しい。会津は周囲を巡る山々と、それに切り取られた空によって季節ごとに姿を変える。

この豊かなる地にないものが、ただひとつ。海であった。

海が欲しい。塩を生み、海運で商いを拡げ、さらなる富をもたらすであろう海。

これを手に入れれば、会津の領主・蘆名家は天下に名乗りを上げられる。

では、その海はどこにある。会津の西、越後にある。或いは東、阿武隈の地を越え、岩城・相馬に出ればある。

越後にも僅かながら蘆名領はあり、一門衆の金上(かながみ)氏と小田切氏が治めていた。しかしその地は内陸で、海に臨んでいない。越後で海を得んとすれば、軍神と恐れられる上杉謙信と争わねばならない。東に進んで小大名や豪族を討つ方が得策なのは火を見るよりも明らかだった。

永禄(えいろく)八年（西暦一五六五年）末、阿武隈の長沼城。須賀川(すかがわ)二階堂(にかいどう)家の出城を攻略せんとしたのも、海への道を求めてのことであった。

会津から率いた五千の兵に対し、須賀川勢は二千ほどしか持たない。戦というものは数で大勢を決するがゆえ、こちらに分(ぶ)があるはずであった。然(しか)るに敵は四千以上の兵を出し、蘆名は思わぬ苦戦を強いられている。二階堂の背後には援軍があった。

蘆名陣中、本陣脇に小さめの陣幕が支度されている。蘆名一門衆にして家臣筆頭、金上盛備(もりはる)のために、特別に設(しつら)えられたものであった。

好物の牛蒡(ごぼう)と味噌で遅い飯を取っていると、米沢(よねざわ)の伊達家から使者が寄越されたと注進があった。また伊達かと、うんざりした気持ちになる。軽く溜息をついて伝令に頷(うなず)くと、盛備は自らの陣幕を出た。

この日は討ち死にした者、手傷を負った者が多くあり、夜に入っても陣中は喧騒（けんそう）に包まれていた。傷を負った者に肩を貸して歩く侍や足軽の人波を縫い、先の伝令を連れて本陣に向かった。

本陣には藍色地に白く染め抜かれた蘆名の家紋「丸に三引き両」の幟（のぼり）が立ち並ぶ。大将の居場所であり、十人ほどで戦評定を行なうだけに、他の将が使うものと比べて一際大きい。

「金上盛備、参上仕（つかまつ）りました」

「苦しゅうない。入れ」

促され、伝令を残して内に入る。四隅に篝火（かがりび）を焚（た）いた中、奥に置かれた床机（しょうぎ）に腰掛ける仏胴具足（ほとけどうぐそく）の入道こそ、蘆名家の隠居にして未（いま）だ顕然たる力を持つ英主・止々（しし）斎盛氏（さいもりうじ）であった。

盛備は腰を落として足早に二間（一間は六尺、約一・八メートル）も進み、中央に至ると片膝を突いて頭（こうべ）を垂れた。

「伊達家からご使者が参られた由にございます」

盛氏は軽く舌打ちをした。

「毎度の横槍か。ご苦労なことだ。致し方ない……通せ」

承知、と返事をして外に出ると、再び伝令と共に進む。歩を進めながら蘆名と伊達の関係を思った。

かつて陸奥国は守護職・伊達家を中心とする秩序を基としていた。だが二十三年前、天文十一年（一五四二年）のこと、伊達家当主の稙宗と嫡子の晴宗が争い、陸奥全土を巻き込む内乱となった。当時十六歳の盛備も、蘆名家当主となって間もない頃の盛氏に従って初陣となった。

父子の争いは子の晴宗が勝利したが、伊達家の威勢は大きく殺がれた。下克上が当然の世、それまで伊達に従属していた大名や、支配下にあった豪族の多くが独立するに至った。蘆名もそうした大名家のひとつで、今では伊達と同等の地力を備えるまでになっている。

もっとも伊達家は大名や豪族への睨みまでを失った訳ではない。歴代の当主が進めてきた婚姻や養子縁組の政略により、陸奥の各地に伊達の血が散らばっているからだ。それでなくとも長期の戦になれば周囲の大名が和睦を勧めてくる。まして諸大名と縁戚関係にある伊達家は、あれこれの戦に口を挟むことが多かった。晴宗の後を継いだ現当主・伊達輝宗は、これらの血縁を巧みに使って周囲を牽制し、失われた伊達家の力を蓄え直していた。

（此度は援軍を出した上での勧告だ。聞かぬ訳にはいくまい）

陣の際、東一里半（一里は六町、約六六〇メートル）の先に長沼城を望む辺りで、三騎の供を連れた入道が下馬して佇んでいた。ごつごつと骨ばった色黒の顔、蓄えた真っ白な鬚が夜陰の篝火に映えて見える。黄色い綿入れの頭巾に桶側胴の具足を着けたこの男とは、過去に幾度となく顔を合わせていた。

その使者――鬼庭左月斎は右手を挙げて軽く振り、いかつい顔に不釣合いな笑みを見せた。

「ご無沙汰しており申す。この左月、伊達家当主、左京大夫輝宗が使者として参じましたぞ」

齢五十三、好々爺のような顔をして、戦場では名のとおり鬼のような働きを見せるのだから堪らない。この男を寄越す辺り、どうやら伊達は和議勧告に有無を言わせぬつもりであろう。

「いやはや、会津の執権と謳われる金上殿にお迎えいただくとは恐縮にござる」

この呼ばれ方は、好きではない。確かに己は蘆名一門衆の家柄にあり、家臣筆頭と目されている。それゆえ重臣の意見がまとまらぬ際、あるいは家中に諍いが生じた際に全てを取り仕切るよう申し付けられる。執権とは、こうした重用を嫉妬する者による陰口でもあった。左月斎はそれを知らぬのか、或いは知っていて嫌味を言っているのか。

「執権などと、分不相応なことと。恐縮の極みにございます」

軽く寄った眉根を開いて愛想笑いを返すと、左月斎は腰の刀を外し、傍らの供に渡した。供の者はまだ十歳ほどと見える少年であった。老爺と好対照、色白でつるりとした卵のような顔をしている。緊張した美少年の初々しい面持ちが先の不愉快を洗い流し、思わず顔が綻んだ。

「お小姓にござるか。これはまた、めごい顔をしておられる。左月殿のお目に適うとなれば、さぞ利発なのでしょうな」

「いえ、これは我が殿の目利きにござる。片倉小十郎と申しましてな。見所のある者ゆえ、いずれお生まれになる和子様の傅役を任せるのだとの仰せにて。武士の心得を厳しく躾けよとの下命に従っておるに過ぎませぬ」

「おや、奥方様がご懐妊なされましたか。しかし和子様か姫様かは、お生まれになるまで分からぬものと思いますが」

左月斎は呵々と笑った。

「いやいや、それはまだにござりますが。殿が夢見にて、御仏のご託宣があったのだそうです。二歳の後、梵天の化身たる和子様がお生まれになると。もう御名も『梵天丸』と決めておいでです。まあ、それはさて置き――」

左月斎の顔つきが、旧知の間柄から使者のそれに変わった。盛備は軽く頷くと、案内して本陣へと返した。

本陣に入ると左月斎は、盛氏の前に胡坐をかいて座る。次いで両の拳を地に突いて肘を張り、頭を垂れた。

「盛氏様、お久しゅうございます」

「鬼庭殿、まずは面を上げられよ。此度の来訪、如何なる用向き……」

盛氏は言いかけて口をつぐみ、ふん、と荒く鼻息を抜いた。

「二階堂がこれほど頑強に抵抗し得たのは、伊達家という後ろ盾あってこそ。形どおりの問いなど馬鹿のすることよな。用向きは分かりきっておる。承知したと、輝宗殿に伝えられよ」

　最後は、ぼやくような口ぶりであった。苦笑を浮かべる盛氏に、左月斎は朗らかに返した。

「これほどすんなり話がまとまるとは思いませなんだ。まことに嬉(うれ)しきことにございます」

「それは、其許(そこもと)は嬉しいであろう。だが我らは面白くない」

　左月斎は「これはしたり」と目を丸くした。

「二階堂の当主、盛義(もりよし)殿は我が殿の姉上様を正室に迎えてございますれば、伊達が助けるは理の当然と心得ますが」

「それを言うなら、我が室とて伊達の女ぞ。輝宗殿の叔母に当たる」

　いくらか不満を湛(たた)えた声音に、左月斎は微笑で応じた。

「遠き縁(えにし)より、近き縁にございます。それにこの戦、続けたところで蘆名家に益はございますまい。和議を勧めるは、同じく縁戚たる蘆名家のためを思うてのことでもあり申します」

左月斎の言い分を聞きながら、盛備は「狸親爺め」と苦々しく思った。

戦い続けても益がないのは、そもそも伊達が二階堂に援軍を出したからである。即ち(すなわ)伊達の意図は明白、蘆名が今以上に力を持つことを恐れ、狡猾(こうかつ)に立ち回っているのだ。にも拘(かかわ)らず、左月斎はこういうことを平然と言って退(の)ける。

もっとも、これが外交というものだ。己とて蘆名家の名代として使者に赴く機会は多い。行く先々で狸よ狢(むじな)よと思われているのだろう。思わず肩がすくんだ。

頬に不服そうな歪(ゆが)みを湛えた盛氏を見て、左月斎はなだめるように続けた。

「それに、和議云々(うんぬん)は別としても、ここは兵を退くべきと心得ます」

「何故に」

「盛氏様は、世のこと、戦のこと、二つに関わるを止(や)めると仰せあって『止々斎』を号し、得度なされておられましょう。もうすぐ正月となります。斯様(かよう)なお方が陣中で新年を寿(ことほ)ぐというのは、如何(いかが)なものかと存じますが」

盛氏は呆れたように返した。

「図々しいことをほざく。其許とて入道のくせに、戦場では鬼の形相で将兵を討っておるではないか。生臭坊主はお互い様だ」

左月斎は乾いた笑いを漏らして、なお続けた。

「されど盛氏様は、それがしと違って既に隠居されておられます。ご当主の盛興(もりおき)様に後事をお任せして、生臭の業から脱する道もありましょうに」

「我が蘆名家では家督を譲ってしばらくの間、隠居が当主に範を示すのが慣わしでな。わしも家督を継いでから十年は、父と共に世事に当たった。他家が口を挟むべき話ではない」

既に兵を退くことを承知しているというのに、左月斎の物言いは、いささか執拗(しつよう)であった。

（なるほど）

何とはなしに、左月斎、ひいては伊達家の思惑が分かった。盛備は「恐れながら」と前置きして口を挟んだ。

「左月殿が仰せの儀、至極ごもっとも。されどご隠居様に於(お)かれましては、盛興様の行く末を案じておられるものとお察しいたします。ついては、それがしに良い腹案がございます。年が改まりましたら言上仕りましょう」

ここは多くを語らず切り上げるべし。言外に示すと、盛氏は小さく頬を歪めて頷いた。

「そちが言うのであれば、さぞや良案であろう。まずは左月殿の顔を立てて兵を退き、会津に戻って正月を祝うことにしよう」

左月斎に向き直り、盛氏は居ずまいを正した。

「和睦の起請文は年明けに送るが、良いか」

「承知仕りました。まずは、めでたきことにござる」

交渉の席にあった三人は満面に笑みを湛えた。誰ひとりとして、心の底から笑っていない。

(これは戦の始まりだ)

外交とは武威を使わぬ戦である。伊達は二階堂を救援するために和議を求めてきたが、それこそ自ら掘った墓穴となるであろう。盛備は腹の底に薄笑いを浮かべた。

長沼城から兵を退き、ほどなく年が暮れた。

新年を迎えた一月三日、盛備は所領の越後蒲原郡、津川城から会津黒川城に上がった。城の広間で当主・盛興に目通りし、年賀の祝辞を述べて杯を受ける。毎年の行事であった。これが終わると黒川を辞し、隠居した盛氏が住まう白鳳三山(はくほうさんざん)の向羽(むかいは)黒山(ぐろやま)城へと向かった。

盛興に目通りしてから盛氏を訪ねる者も相応にあるが、会津に所領を持つ者は大概が正月二日までに両所への祝辞を済ませてしまう。三日になって向羽黒山城を詣でるのは、所領が隣国にある盛備以外に誰もいなかった。

山を登って城に至る。門衛はこちらの姿を認めると、跪(ひざまず)いて迎えた。取次ぎを頼むと、既に下命を受けていたのだろう、広間ではなく盛氏の居室へと案内された。

盛氏は囲炉裏端に二人分の酒肴(しゅこう)を支度させ、部屋の障子を開け放って待っていた。いつもこのように、待ち遠しそうにしてくれている。齢十六で元服して金上の家督を継ぎ、蘆名一門として仕官して以来二十四年。変わらぬ信頼が感じられた。

年嵩(としかさ)の家臣ばかりが目立つ中、盛氏が初めて得た年下の家臣が己、金上盛備であった。それが嬉しかったがゆえ、常に側(そば)近く置いてもらえたのに違いあるまい。また、盛氏と己は馬が合ったのも事実である。戦場のあれこれは仕官の以前から父に学んでいたが、外交のいろはや政務の実際は全て、六つ年上の盛氏に学んだ。

廊下に座り、柔らかな思いを胸に声をかけた。

「金上盛備、参上仕りました」

だが盛氏はこちらと違って、いくらか不機嫌そうな目で「入れ」と促す。

「いえ、まずは新年のご祝辞を。ご隠居様にあらせられましては——」

「良いから入れ。挨拶など吐き気がするほど受けた」

「は……されど正月とは年神様をお迎えする神事にて、人たるものは——」

「入れと言うておる」

再びこちらの言葉を遮る語気が、いくらか強い。手順を踏まぬのは居心地が悪いものの、従って入った。すると盛氏は軽く身を震わせ、障子を閉めよと言う。寒いのなら閉めて待っていれば良かったのに、と思った。

「散々挨拶攻めに遭った挙句、そちのような堅物が最後に控えておる。正月など三日も四日も祝うものではないとさえ思えてくるわい」

ぼやく口ぶりに苦笑が漏れた。正月の挨拶以外では当主や隠居に目通りできぬ者が、ここぞとばかりに押しかけるのが疎ましいらしい。英明を謳われた盛氏も歳を取ったのだろうか。

「さすれば、改めてご挨拶を」

「たわけ。一々挨拶をせねば気が済まぬのか。常に二人で歩んできた間柄であろう」

「では長沼攻めの際に申し上げた、我が腹案の方をお望みで」

盛氏は「他に何がある」とばかりに頷いた。

「まずは飲み食いしながら聞こう」

酒は熱く燗をつけられていたのだろう、最前まで開け放っていた寒気に晒されていながら、まだ温かだった。猪苗代湖の雨鱒を味噌漬けにして焼いたものと、胡麻で汚した叩き牛蒡が肴として添えられていた。

「や、これは」

さっそく牛蒡に箸を伸ばして口に運ぶと、盛氏は呆れたように言った。

「そちは常々、会津には何でもある、旨いものも多いと言うが……相変わらず味噌と牛蒡しか口にせぬのだな」

「何よりも名産の味噌、それに牛蒡です。至上の美味があるというのに、他のものを口にする気にはなれませぬ」

言いつつ、牛蒡を口に入れる。会津の土の香が口一杯に広がった。

盛氏は酒を嘗めて言う。

「こうして見ると、そちも歳を取ったものだ」

「正月を迎え、齢四十になりました」

「四十にしては老けすぎだ。髪など半分も白くなった。わしが苦労をかけすぎたかな」

盛備は「何を仰せられます」と穏やかに返した。

「常に二人で歩んできたと、つい先ほど仰せられたではございませぬか。それがしが老けたならご隠居様も同様ということになるのでは？」

「それほど老いて見えるか」

愕然とした、という顔で自らの顔を撫で回す。

「そちに言われるほどでもないぞ。盛興に全てを教えるまで、まだまだ老いることなどできようか。それ……その、そちなど元は丸顔のくせに、頬がこけてきているではないか」

それについては自覚があった。身の丈五尺、然して高くない上背に痩せた体軀で頬までこけてしまうと総身が縮んだようにも思える。だが、気になどならない。

「それがし、戦場で指揮を執る日もございますが、風貌の威容で敵を圧することが本領ではないと心得ておりますゆえ」

　返しながら、つい肩が揺れる。むきになって風貌の老いを否定せんとする盛氏の子供じみた姿は、堪えきれるものではなかった。こちらの笑いを見て盛氏は小さく口を開けた。

「そちが冗談を言うとは珍しい。明日は空から牛蒡が降るぞ」

　面白くない、という口ぶりだが嫌ではないらしい。長い付き合いである。冗談で返しながら雨鱒の味噌焼きを一口つまんで、盛氏は「さて」と仕切り直した。

「鬼庭に、いいように言われたままだ。そちの策とやらを楽しみに待っていたのだが、どのようなものか」

　長沼の陣に使者として来た鬼庭左月斎は、世辞と放言の境目のような物言いであった。隠居したる上は盛興に全てを任せ、心安く新年を寿ぐべきではないか――これは道理に適った忠言に見えて、裏からは伊達家の願望が覗(のぞ)いていた。

「要するに伊達家は、ご隠居様に出てこられることを嫌がっておるのですな。それが分かったからこそ、あの場では引き下がるようお諫(いさ)めしたのです」

「しっぺ返しの支度があると？」

問われ、ゆっくりと頷いて返した。

「然り。伊達がご隠居様のご出馬を嫌うのは、仲裁や援軍のたびに自らも何らかの傷を負うと承知しているからでしょう。さすれば、伊達家が我らの軍事に口を出さずとも良いようにしてやれば宜しゅうござる」

「どうやれば、そちの言うとおりにできる。我らが戦を構えるたびに、伊達は横槍を入れてこよう。このまま海を手に入れるのに時を費やせば、我らに天下の目はなくなってしまうぞ」

いまひとつ分からぬ、という顔の盛氏に向け、盛備は胸を張って返した。

「あの交渉こそ、伊達家自ら墓穴を掘った証です。伊達は二階堂との婚姻を理由に、当家のやりように口を挟み申した。同じ婚姻でも遠き縁より近き縁だと。しかも言うにこと欠き、ご隠居様におとなしくしておれと言わんばかりの妄言を吐くとは」

盛氏が息を呑んだ。その目が「伊達を攻めるのか」と問うている。盛備は軽く笑って首を横に振った。

「盛興様は未だ嫁を取っておられませぬ。これを以てそれがしは、ご隠居様が盛興様の行く末を案じておられるのだと、心にもないことを申し上げた次第です。遠き縁より近き縁……左月殿、ひいては伊達家の言質は、高く付くことになるのでは？」

　盛氏は少し考え、やがて目を見開いた。

「ふむ。伊達は、わしにおとなしくしていろと言う。されど嫁取りも済んでいない当主に全てを委ねるは父の情に反する……。なるほど、そういうことか。では和議の起請文とは別に一筆したため、八年前の件を蒸し返す。交渉はそちに任せるが、良いか」

「謹んで、お役目を拝し奉ります」

　盛氏はようやく胸のつかえが取れたとばかり、ぐいと杯を呷ってこちらに差し出した。杯を受けて一気に喉に流し込む。これぞ美酒だ、と思った。

　盛氏は満足そうに座を立った。

「伊達に持参する文は、四半刻で書き上げよう。その間、飲みながら待て」

「は……されどご隠居様がおられぬのに、ひとりで飲むのも憚られます」

「構うことはない。何なら、わしの牛蒡も食って良いぞ」

　いったん辞して、たった四半刻の後に再び参上する手間を省こうとしてくれたのだろう。厚意は有難く受けるものだ。それならばと頭を垂れ、奥に下がる盛氏を見送ると、盛備は手酌でまた二杯を飲んだ。

七日後、永禄九年（一五六六年）正月十日の早朝、盛備は和議の起請文、およびそれとは別の信書を携えて米沢へと発（た）った。供には「四天王家」と呼ばれる蘆名家四重臣の家柄、富田（とみた）氏の若き当主・氏実（うじざね）だけを連れた。

前年末に戦を起こすことができたように、この冬は極めて雪が少ない。新春の道は軽く湿った程度で、馬の足を速めるのも容易（たやす）く、夕刻前には米沢に到達できた。

米沢の城下に侍の住まう家は多く見られるが、会津と比べて商家は少ない。石高は七十万石で蘆名よりも少し多い程度である。家臣に優れた侍を多く抱える伊達家が蘆名家と表立って戦を構えようとしないのは、商業に於いて会津の方が盛んであることと無関係ではない。

寒冷な陸奥は関東以南と比べ、土地の広さが同じでも米の収量が少ない。盛氏はこれを補うため商いに力を入れた。家臣の簗田（やなだ）氏を商人司（しょうにんつかさ）に据え、支配を強めたのである。商人にとっては取引を縛られることになり、また利益からの運上金——租税も重くなる。だが一方では蘆名家に認められた商人であるということ、即ち「信用」という目に見えない武器を備えたことにもなる。これによって近隣各地との取引が増えた。石高を上げるためには周囲の勢力を攻略して土地を得なければならないが、商いなら今あるものだけで富を上乗せできる。商いによってもたらされる財貨が、他に対する会津の優位であった。

「米沢は初めてであったな」

供の富田氏実に声をかけると、いくらか緊張した面持ちで「はい」と頷く。

「会津と比べて、商人の動きが見えぬのは寂しく映ります。が、この街並は整って見栄えのするものでございますな」

それに間違いはない。陸奥国守護である伊達家の城下町には、古くから整えられてきた美しさがあった。

城の堀を渡って南門に至り、下馬して門衛の侍に軽く頭を下げる。早馬で今日の来訪を先触れしていたため、蘆名の使者だと告げると即座に城内へ案内された。氏実に馬を任せ、いったん別れる。いずれ城の厩（うまや）番がやって来るだろう。まずは下役の侍衆と顔を繋（つな）ぐようにと、氏実には命じてある。

城内に進むと向かって右手、東に一の郭が見えた。少し進んで正面、南側の内堀を渡った先が本郭である。本郭に入り、館の入り口手前にある侍詰所で腰の刀を預け、案内役に連れられて謁見の広間へと通された。

広間の入り口は二間の広さがあり、左右半間ずつは障子で仕切られているが、中央は開け放たれていた。奥行きは四間半もあろう。広い板間にはいくつもの火桶が置かれ、室内が暖められていた。蘆名の使者、しかも家臣筆頭の金上盛備を迎えるということで、新年早々に重臣たちが着座している。向かって右手には鬼庭左月斎をはじめ、湯目重康、遠藤基信、桑折宗長。同じく左手には当主・輝宗の叔父に当たる伊達実元、次いで原田宗政、白石宗利。蘆名家に仕えて年月を重ね、齢四十となった盛備にとって、これらの面々とは既に顔見知りである。

盛備は広間の中央まで静々と進み、作法に則って頭を垂れた。

「蘆名修理大夫盛興が家臣・金上盛備、此度は止々斎入道盛氏の使者として参りました」

「輝宗である。遠路、ご苦労であった。まずは面を上げられよ」

城主の座にあるのは、これぞ伊達家当主・輝宗であった。古くからの家臣とは幾度となく顔を合わせているが、二年前に家督を継いだばかりの輝宗を見るのは初めてであった。

　福々しい顔の先代・晴宗とは異なり、輝宗は細面である。だが頬骨は逞しく張り、線の細さは感じさせない。顔に似て細い双眸が軽く吊り上がり、涼やかで凛としたものを感じさせる面相だった。

「昨年末は和議の労をお取りいただき、恐縮にございました。つきましては当家が隠居、盛氏からの起請文を持参した次第。まずはお検めくださりませ」

　懐から起請文の書簡を取り出し、右手末席の桑折宗長に手渡した。輝宗はこれを受け取ると、ざっと一読した。

「確かに受領した。血判の突かれたることが、蘆名殿の誠心を顕している。向後は二階堂殿と手を携え、陸奥のために尽力されることを望む」

　形どおりの返事であった。齢二十三の輝宗は、心根も多分に若い。

「承知仕りました。これにて和議は成り申しましたが、それとは別に当家より申し入れたき儀がございますれば、こちらにお目通しを」

　盛備は再度懐を探り、盛氏の書状を取り出した。起請文と同じく、桑折宗長の手を経て輝宗に渡る。輝宗はこれに目を通すと「ほう」と言ったきり顔を強張(こわば)らせてしまった。盛備は晴れやかな顔を作り、朗らかな声を上げた。

「如何にございましょう。蘆名家当主の正室に輝宗様の妹御・彦姫様を貰(もら)い受けたいと、隠居からの申し入れにございます」

さあ、どう出る。これを受け入れれば伊達家は蘆名盛興を、輝宗の姉を娶(めと)った二階堂盛義と同等に重んじねばならぬ。両者が争ったとて、どちらかに肩入れをせず、傍観に徹するしかなくなるのだ。

(和議を形ばかりのものに成り下がらせて自らの面目を潰すか、それとも……伊達と同等の力を持つ蘆名家を敵に回すか。若い輝宗殿に決められるかな)

腹の底ではせせら笑いながら、にこやかな笑みを浮かべた。すると、渋い顔で口を開いた者があった。和議勧告の使者として長沼の陣を訪れた、鬼庭左月斎であった。

「盛興殿への輿入(こしい)れは八年前に当家から申し入れ、そちらから断りを入れてきた話でござろう。今になって蒸し返すは、二階堂家との和議を蔑(ないがし)ろにする意図ありと思われても致し方ないところではございませぬかな」

「これは異なことを。八年前にお断りしたのは、一にも二にも主・盛興がまだ若年であったゆえのこと。それは当時もお伝えしておりましたが。長じて蘆名の家督を継いだ今、主は先代の昔日を彷彿させる頼もしき若武者となっており申す。しからば今こそお輿入れの儀を論ずべしと判断したのです。伊達と蘆名が縁を結ぶことは陸奥国にも、両家にも、良きことずくめのお話と思うておりましたが。これは蘆名の己惚れであったと仰せにござりますか」

胸を張って朗々と返すと、左月斎は口籠もりつつ返した。

「己惚れとは……左様なことを申しておるのではないが。第一、盛氏殿のご正室は伊達家から輿入れされたお方にござろう。両家の縁は既に結ばれておる」

盛備は、にやりと笑って返した。

「遠き縁より、近き縁にござる」

過日の言葉をそっくり返すと、左月斎はついに黙ってしまった。代わって、今まで口をつぐんでいた輝宗が言う。

「断ったら、何とする」

「先代は当代が嫁を取っておらぬこと、世子をもうけておらぬことを以て、蘆名の行く末を案じておりまする。隠居した上は心安く過ごしたいという思いは強うござれば、もし伊達家にてお断りあるなら別に良き縁を探すことになりましょう。それがし愚考いたしますに、常陸の佐竹義昭殿がご息女など、年の頃と言い、家格と言い、申し分なきお方と存じます」

これを聞いて輝宗以下は、或いは色を生し、或いは色を失った。

常陸の佐竹家は関東の雄・北条家に対抗できるほどの実力を備え、北に進路を求めて何度も陸奥に侵攻の手を伸ばしている。その佐竹から嫁を取る、つまり蘆名と佐竹が同盟の関係になることは、伊達家にとって著しい不利であった。

左手の上座にある伊達実元が、口から泡を飛ばして語気を荒らげた。

「金上殿は当家を脅すおつもりか。そも蘆名家と佐竹家は仇敵の間柄ではないか！」

盛備は悠々と、首を横に振った。

「確かに佐竹とは仇敵同士にござる。されど輝宗殿は、蘆名にとって同じ仇敵の二階堂と手を携えるべしと仰せられる。ならば佐竹と手を携え、皇国のために尽力するのもまた正しきことと存じます。遠き遺恨よりも、近き縁にござりましょう」

向背常ならぬ戦乱の世に於いては、仇敵同士が一晩で盟友になることも当たり前である。輝宗が仲裁の口実とした言葉を逆手に取って皆を黙らせると、盛備は満面に笑みを湛えて続けた。

「輝宗様、ご一同も、斯様に剣呑なお顔をなされますな。当家としては飽くまで、伊達家から彦姫様をお迎えするのが最良と存じております。なに、すぐにお返事をいただこうとは思うておりませぬゆえ、追って――」

「分かった」

口上を遮って、輝宗が発した。

「彦を盛興殿の正室として輿入れさせる。来月にも両家にて起請文を交わし、支度を整えて黒川に送ろう。輿入れそのものは初夏になろうが、構わぬな」

心中で高らかに笑いつつ、盛備は居ずまいを正して深々と頭を垂れた。

「ありがたきお言葉、痛み入ります。今後とも両家にて手を携え、陸奥に和平と繁栄を築いてゆきましょうぞ」

蘆名と佐竹が結べば伊達は危機を迎えるが、逆に伊達と蘆名が結び付きを強めれば、強大な佐竹への備えが十全になる。輝宗は蘆名と二階堂を天秤にかけ、より重い蘆名を選んだ。乱世を生き抜く処世として、その選択は正しい。盛備は再度丁重に礼を述べて米沢城を辞した。

三ヵ月して四月のこと、伊達家の彦姫が蘆名盛興の正室として輿入れした。

六月になると、止々斎盛氏の率いる軍勢が長沼城、次いで須賀川城を攻めたが、伊達家は戦に関知せずの立場を一貫した。梯子を外された二階堂盛義は観念し、嫡子・盛隆を人質に差し出して蘆名家に降伏した。

二　梵天丸の目

朝の勤行を終え、本堂を出る。晩秋の九月末、秋晴れの朝に「お師さま」と元気の良い声が響いた。声の主は寺の門を乗り越え、やっ、と叫んで飛び降りる。そのまま真っすぐに走って来る姿、門脇の木戸をくぐった若者が追う。

「若、なりませぬ。虎哉様にご無礼があっては」

虎哉宗乙――そう呼ばれるようになって、もう六年。臨済宗で己なりの悟りを開き、師の快川紹喜禅師から貰った名乗りである。

二年前、伊達の若君・梵天丸の学問の師として米沢に招かれた。禅僧として修行を積む中、伊達家当主・輝宗の叔父に当たる密教僧、極楽院宗栄と親交を結んだ縁を伝ってのことである。

初めはこの頼みを断った。だが若君の身の上を聞いて考えが変わった。梵天丸は幼くして疱瘡を患い、九死に一生を得たものの、病によって右目の光を失っている。こうした者は長じるに従って気が塞いでしまうことも多い。己の存在が幼子を心の檻から解き放てるのならば。それを願って要請を受け入れ、自らが齢四十二となった元亀三年（一五七二年）にこの資福寺に入った。

梵天丸は今、齢七歳。満面に笑みを湛えて駆け寄る様は、伊達家の嫡男らしい快活さを良く顕している。溢れんばかりの命の力に、小さく笑みが漏れた。

「良い良い。武士の子たるもの、このぐらいの元気がなくてどうする。ほれ景綱殿、そなたも早う来られよ」

梵天丸に遅れて、十七歳になる傅役――片倉小十郎、元服して景綱を名乗るようになった青年も本堂まで駆けて来た。

景綱は本堂前の石畳に片膝を突き、勢い良く頭を下げる。

「申し訳ございませぬ。今日は学問をお教えいただく日ではございませぬが、若が、どうしても虎哉様にお会いするのだと仰せになられまして」

　虎哉は白いものが混じり始めた顎鬚を撫でながら梵天丸に向いた。

「若はそれほど、この師に会いたかったか」

「はい。学問の他に、お教えいただきたいことがありましたゆえ」

　光を失った右の目は、小さく落ち窪(くぼ)んだ眼窩(がんか)にうっすらと切れ目のような瞼(まぶた)が覗き、その奥で白く濁った目玉が虚(うつ)ろに縮こまっている。対して、左目に湛えた覇気の何と瑞々(みずみず)しいことか。幼子にして言葉の歯切れも良く、赤く染まった頬の締まり具合に利発さが見て取れる。頼もしいと思う気持ちに、また少し顔が綻んだ。

「人の生は、全てが学ぶことからできておる。学びたいという若のお心持ちは、何物にも勝るのではないかな。まず、上がられるが良い」

　資福寺は小さな寺である。輝宗からの招聘(しょうへい)に当たり、ひとつだけ注文を付けたのが、豪奢(ごうしゃ)な寺を建立せぬことであった。本堂は三間四方と狭く、奥に安置された本尊の釈迦如来座像も一抱えほどの小ぶりなものを選んでいる。本堂の他には自らが寝起きする庵(いおり)に加え、鐘楼、書庫、弟子のための僧坊のみ。僧坊は本堂と同じ広さを取ったが、弟子と言っても梵天丸の他には誰もいない。自らの庵に至ってはなお狭く、本堂の四半分ほどの板間ひとつのみであった。

　虎哉は梵天丸と景綱を本堂脇の僧坊に通し、火桶の上で湯気を立てる鉄瓶から木椀に湯を注いで勧めた。

「さて。若の学びたいこととは？」

　梵天丸は湯を一口含み、熱さに軽く顔をしかめてから居ずまいを正した。

「近頃、父上は家臣の皆と難しい話をしておいでです。俺が声をかけても、すぐに下がるように言われてしまいます。父上は、どうしてそれほどお忙しいのでしょう。お師さまなら、知っておられるかと思いました」

　寂しいのであろうな、と理解した。

　梵天丸は疱瘡で右目を失ったばかりか、あばたも顔じゅうにできている。有り体に言えば、幼くして怪異な面相となってしまっていた。このため母は梵天丸を忌み、一歳下の弟、竺丸を溺愛するようになっていた。幼子にとって母親とは、この世の全てである。齢七歳、まだ母が恋しい年頃であろう。母に嫌われ、父の情に多くを求めざるを得ない梵天丸にとって、輝宗の多忙は自らの存在を否定されたに等しいのかも知れぬ。いささか不憫な思いがしたが、しかし虎哉は大きく息を吸い込み、腹の底から声を弾き出した。

「喝！」

梵天丸はびくりと身を震わせ、背筋をぴんと伸ばした。

「若の心中見たり。父上が恋しくて仕方ないのであろう。武士の子、しかも伊達の嫡男ともあろう者が、何を甘ったれたことを言いおるのか」

「俺は、左様な……」

抗弁しようとした梵天丸の左目から、ごく僅かに力が抜けた。ぼんやりしていれば見過ごしてしまうであろうほどの変化であったが、しかし傍らの景綱はこれを見逃さなかった。

「お師匠に偽りを申し上げてはなりませぬぞ」

柔らかく窘められて、梵天丸はふくれ面を見せた。

「では、お師さまに聞きます。俺は、なぜ生きているのです」

「ふむ。では問うが、わしはなぜ生きているのであろう。若は、どう思うか」

虚を衝かれたように、梵天丸は目を見開いて黙ってしまった。しばらくそうしていると、また景綱が助け舟を出した。

「同じだ、と仰せにございますか？」

「左様。人にはそれぞれ違いがあれど、突き詰めればやはり、人は人でしかない。若も景綱殿も肝に銘じておかれよ。人の生涯とは、つまらぬものだ。そのことに於いて、若とわしに違いなどない。苦しい、辛い、悲しい……これから生きてゆく上で待っているのは、泣きたくなるようなことばかりだ。されど、わしは生きる。御仏の教えに従い、衆生から苦しみをひとつでも取り去り、この身に負うのが僧たる者の務めであろう」

梵天丸は少し悲しそうな顔を見せた。

「それでは、お師さまの生涯はなお辛くなります」

「確かにな。されど、人の生涯には九十九の苦しみの先に、たったひとつだけ嬉しいことが待っている。それは人それぞれに違う。己と他人の違いは、ここだ」

「お師さまが嬉しいと思われるのは、どんなことです」

「誰かの苦しみを我が身に負う。そうすることで、わしは辛いのかも知れぬ。だが、悲しみがひとつ取り除かれた人の顔とは、それは美しいものでな。その顔を見たとき、わしは嬉しいと思う」

梵天丸と景綱の主従は、目から鱗が落ちた、という顔になる。美しいと思った。

「今度は若の番だ。若は、どういうことがあれば嬉しいかな？」

静かな呼吸が聞こえた。十ほども数えた頃か、梵天丸はぽつりと呟いた。

「俺がいることで、皆が喜んでくれたら嬉しい」

「そうするためには、どうしたら良い」

「皆に喜ばれることをすれば良い」

間髪を容れずに問うと、向こうも即座に返してきた。禅問答の呼吸であった。

「皆とは誰か」

「父上、母上、小十郎、それと竺丸と、家臣たちと……そうだ、米沢の皆だ！」

虎哉は大きく頷いた。

「それよ。ゆえに輝宗様は今、とてもお忙しい」

良く分からない、という顔の梵天丸に対して、景綱の顔が引き締まった。

「つまり、京のことでしょうか」

「恐らくは。もっとも、若には何のことか分かっておらぬらしいが」

梵天丸は目を鋭く見開き、噛み付かんばかりの勢いで返した。

「面白くない。俺に分かるように教えてくだされ」

苦笑が漏れた。この気性の激しさは、母――最上の鬼姫と恐れられた義姫に良く似ている。そして梵天丸が伊達の嫡男である以上、全てを知ろうという姿勢は、なくてはならぬものだ。

「よろしい。それでは今日は、輝宗様がなぜお忙しいのか……天下の話をお聞かせしよう」

「天下？」

「然り。先に若が仰せられたのと同じ、輝宗様も米沢の皆が喜び、幸せに暮らせることを願うておられる。しかし世は戦で千々に乱れていてな。世の動きひとつで、米沢の皆は不幸せになってしまう」

梵天丸が大きく頷く。真剣そのものの顔が、十幾つも年嵩の若者に見えた。

「ゆえに輝宗様を始めとする各地の領主は、自らの地を守り、戦続きの世を治めようとしておられる。日の本の国全てを守り治めることが、即ち天下を取るということだ」

「天下……天下を取れば、日の本の皆が喜ぶ」

梵天丸の目が、遠くを見るように恍惚(こうこつ)とした。二呼吸もするとその目が輝き、昂った顔がほんのりと紅に染まった。

「お師さま、俺は決めた。米沢だけじゃ小さい。天下を取る！」

「ならば、この先の話を聞かねばならぬぞ」

弾けるように頷いた幼子に向け、虎哉はふた月前のことを語った。

「まず今年は、七月の二十八日を以て、元亀四年から天正(てんしょう)元年に改元された」

「前にお師さまから教わったのは……良くないことがあったり、何か大きなことがあったりすると改元されるということでした」

「左様。若のお耳には入っていないと見えるが、実は幕府が潰れてしもうた。将軍の足利義昭(あしかがよしあき)様が、一番の臣下たる織田信長殿と仲違(なかたが)いしてな……この七月、将軍は三好(みよし)家の助けを得て織田殿と戦ったものの、敗れて京から追放された。幕府が潰れた以上、世の中は大きく変わる。しばらくは織田殿が世を動かすだろう。現に今月の初めには朝倉・浅井(あざい)の連合を破り、越前(えちぜん)と近江(おうみ)、つまり京の北と東も押さえてしまったしな。輝宗様がお忙しいのは、世が斯様に大きく動いておるためよ」

梵天丸は得心したようで、軽く眉根を寄せて何やら考えていた。

しばしの後、当然と言えば当然の問いが返された。

「それでは、天下は織田のものになってしまうのですか？」

「……どうであろうな。わしは美濃の生まれゆえ、織田殿がどういう人であるかも知っている。先に『しばらくは』と申したとおりだ。あのお方に、天下は取れぬのではないかな」

「どうして？　織田は将軍様より偉くなったのでしょう」

虎哉は軽く頷き、然る後に首を横に振った。

「世にはまだ強い大名がたくさんいる。越後の上杉謙信殿、西を見れば安芸の毛利輝元殿。甲斐と信濃を押さえている武田勝頼殿も侮れぬ。それに……」

「それに？」

「若は、雪道で空ばかり見上げて歩けるかな？」

きょとんとした顔で、首を横に振る。

「いいえ。きっと、足を取られて転びます」

「それと同じことよ。織田殿の目は常に、上へ、上へと向けられておる。おまけに自らを恃むところが強すぎて、人の縁や気持ちというものを軽んじる。かつて比叡山を焼き討ちし、今また縁戚の浅井殿を討ち滅ぼしたことが、どう出るか。各地の大名に女を嫁がせ、当主の兄弟を豪族の跡取りに出して、人の縁を尊ぶ伊達家とは全くの逆しまであろう。これでは織田家臣の中に足を掬おうとする者が出ぬとも限るまいて」

思うところを語ると、梵天丸はしばし自らの膝元を見て押し黙り、あれこれと考えを巡らせていた。

「何をお考えか」

「お師さま。織田とどこかの大名が戦うまで、どのぐらいかかりますか」

「将軍様を追放したのは叛逆ゆえな、すぐに誰かが織田家に戦を挑むことになろう。だが織田は強い。毛利や上杉、武田とて、自らの力のみで勝てるとは思えぬ」

また押し黙って考える。今度は先ほどよりも早く問い返された。

「織田の足を掬う家臣がいるとしたら、それは誰です」

「そうだな。優れた思慮を持ち、織田家中での位も高い者……羽柴秀吉、明智光秀という名に行き当たる」

「羽柴か明智がそうするとしたら、どのぐらい後のことになりますか」

何を問うておるのだろう、と思いつつ「まず十年ほど後になろう」と返した。すると梵天丸は歯軋りして、拳を振り上げると乱暴に床を叩いた。

「俺は、悔しい！」

どうしたのだ、と思わず眉根が寄った。その顔に向け、梵天丸は左目を爛々と光らせて噛み付いた。

「そうでしょう、お師さま。十年して織田が天下を取れなくなっても、俺はその頃まだ十七じゃないか。伊達の殿様にすら、なっていないんだ。今だ。俺が今、伊達の殿様だったら、誰にも遅れは取らんのに！」

剣幕よりも、僅か七歳の幼子がこれほどのことを考えている事実に驚いた。

梵天丸の思い――皆に喜ばれることで自らを認めさせたいというのは多分に野心的で、清廉なものではない。母の情に触れられずに育ったために生じた歪みなのだ。思いの強さは、歪みが元に戻ろうとする力に他ならない。その力こそ、この子を支えてゆくであろう。

しかし。自身が今、伊達の当主であったら、と言った。目の前で何度も床を殴り付ける梵天丸に向け、虎哉は声を大にした。

「喝！」

ぎらりと、隻眼の左目がこちらを襲う。戦場で敵を見据える侍の目とは、このようなものか。気圧されそうになるのを、腹に力を入れて堪えた。

「たら、れば、と仮の話をしていて何になる。思うて悔しがるだけの者に、道など開ける訳がない！　遅く生まれたことは、なるほど若の不利であろう。だが、不利あらば撥ね除けてこそ男ではないか。学を積み、己を磨き、その差を埋めてみせよ！」

梵天丸の目から、剣呑な気迫が消えた。傍らの景綱と共に、不意の光芒に視界を失ったような顔をしている。それで良い、と思った。悔しがるだけでは、この子の心根はやがて腐ってしまうに違いない。

幼子はそのままの目つきで、ぼんやりと発した。

「小十郎」

景綱がふわりと顔を向ける。気配で察したか、今度は少し気の引き締まった声音が生まれた。

「俺が伊達の殿様になったとき、世はどうなっているだろう。天下を取るには、遅く生まれた分の時を飛び越えねばならん。どうすれば、できるか……そちも共に考えろ」

梵天丸は深々と頭を垂れて暇乞いをし、辞して行った。

虎哉は思う。伊達輝宗は英主と言える器である。しかし、その子は父を凌駕するかも知れぬ。遠くを見つめるような隻眼には、何が映っていたのだろう。軽く身が震えた。

三　蘆名の家督

米沢城下は八年前と変わらない。既に拓き尽くした町ゆえ変わりようもないのかも知れぬ、と盛備は思った。

八年前は嫁取りの話だった。その実、二階堂攻めへの横槍を防ぐ政略――恫喝ではあったが。以後は当時供として連れた富田氏実が蘆名・伊達の交流を任されるようになっていた。一方、伊達家はこの八年で中野宗時・牧野久仲といった重臣を謀叛のかどで追放、所領を接収して力を増している。そういう相手との容易ならざる交渉になると、やはり氏実ではなく盛備の手に委ねられることになった。

昨晩は町に宿を取り、朝一番で城を訪ねた。門衛や取り次ぎ役とは既に何度も顔を合わせているだけに、今回もすんなりと謁見の広間まで案内された。

「お久しゅうございます」

作法に則って頭を垂れると、輝宗は柔らかく発した。

「金上殿、まずは面を上げられよ」

伊達の当主として齢を重ね、当年取って三十一。落ち着きを増した声音に、手強（てごわ）くなったな、と感じるものがあった。

「先頃は丁重なご弔問をいただき、痛み入りまする。隠居の止々斎からも、重々御礼申し上げるようにと命じられております」

「両家は唇歯（しんし）の間柄であろう。当主のご逝去とあらば、悼むのは当然のこと」

半月と少し前、天正二年（一五七四年）六月五日に蘆名の当主・盛興が死去した。まだ二十七歳であった。盛興は文武に秀でた英邁（えいまい）だが、酒の癖が悪かった。飲まれてしまう、というのではないが、飲み始めると歯止めが利かない。父の盛氏からも度々戒められていたが、先頃ついに、酒毒に中（あた）って急逝してしまった。

蘆名には盛興の他に男子がなかった。これは止々斎盛氏と庶兄・氏方（うじかた）との関係に端を発する。

十三年前、側室腹の氏方が謀叛を起こした。盛氏が氏方を敬愛していたことは、側近くに仕える盛備には良く分かっていた。だが氏方は、嫡子の盛氏を妬（ねた）んでいた。謀叛は、行き着くべき結末に至っただけのことなのかも知れぬ。

同じ父の子であるのに、母が正室と側室という違いだけで兄弟が憎み合う。これに心を痛めた盛氏は側室を持つことを拒み続けていたが、叛乱（はんらん）を鎮め、兄を斬（き）ってからはなお頑（かたく）なになった。結果として盛興以外の男子に恵まれなかったのは皮肉なものである。

その、たったひとりの跡継ぎが逝去してしまったのだ。盛氏は齢五十四、既に老境に達したと言って差し支えないが、嫡男を亡くした心痛からか、実際の歳よりもずっと老けて見えるようになってしまった。

痛々しい姿は見るに堪えない。蘆名に世継がないという窮地を招いたのが、盛氏の慈悲ゆえであったなどと、そんな馬鹿な話があって堪るものか。何としても盛氏の気持ちを安んじねばならぬと強引な一計を案じ、盛備は再び使者として伊達輝宗に目通りしていた。

輝宗は「さて」と軽く咳払いをした。

「止々斎殿がご健在ゆえ、しばらくは会津を安寧に保てようが、家督は如何なされる」

来たか、と思った。

大名や豪族に一族の男子を入嗣（にゅうし）させ、軍門に従わせて勢力を伸ばすのは、先々代・稙宗の頃から伊達家の常套手段であった。それが過ぎて一度は内乱を引き起こすほどの混乱を招いたが、血縁で固める方針が変わった訳ではない。現に輝宗の兄弟も岩城、留守（るす）、石川、国分（こくぶん）、杉目（すぎめ）といった豪族の家にそれぞれ送り込まれている。

「ご懸念なく。隠居と重臣一同で評定を行ない、慎重を期しておりますれば」

「盛興殿と我が妹・彦の間には、若君は生まれなんだが、姫がある。名は……岩姫と言ったな。これに婿を取るか」

まだ幼子の姫に婿を、という話を持ち出す辺りに、その婿は伊達から出したいという思惑が透けて見えた。

伊達から婿を出すならば嫡男の梵天丸か次子の竺丸、或いは伊達実元の子・時宗（ときむね）

丸（まる）ということになろう。梵天丸は八歳、竺丸と時宗丸が七歳といずれも若年である。これを入嗣させれば後見の名目で会津の施政に口を挟まれることは必定であった。老齢に達した止々斎盛氏が鬼籍に入れば、蘆名家そのものを簒奪（さんだつ）されかねない。輝宗の胸の内を察して忌々しいものを覚えつつ、盛備は努めて柔らかく発した。

「いえ、さすがにそれは。岩姫はまだ五歳にて、早すぎましょう」

輝宗は、容易には退かない。

「では一門衆から養子を取られるか。されど猪苗代から当主の盛国（もりくに）殿を迎えるとなれば、ご家中の皆は面白くあるまい」

揶い上げるような眼差しが向けられた。僅かに嘲（あざけ）ったようなものを湛える面持ちに憤怒の情が湧き上がった。

蘆名家は鎌倉幕府の重臣、関東八平氏のひとつ、三浦氏を祖先に持つ。三浦一門、佐原義連（さわらよしつら）の孫・光盛（みつもり）が会津に入って蘆名を名乗った。蘆名光盛の兄弟たちの家系、猪苗代、金上、小田切が一門衆である。だが小田切は半ば独立しているし、金上は当主の盛備自身、蘆名家臣の分を超えるつもりがない。自らが蘆名の家督を取るなど、敬愛する止々斎への裏切りに思えた。

残るひとつ、猪苗代が曲者であった。猪苗代氏は代々、湖を領して漁と水運を握っている。田畑を作る水も、広大な猪苗代湖を抜きには考えられない。文句なく蘆名家中の実力者だが、その実力を背景に、過去に何度も謀叛人を出していた。主家への叛乱など当世ではごく当たり前であるし、要地を押さえる家柄だけに、猪苗代家が取り潰されることはない。が、それでも反逆の家系に蘆名の家督を取らせれば、重臣から反発が出るのは必至である。輝宗の嘲弄はこれを指していた。

値踏みをするような輝宗の言葉を、盛備はさらりと受け流した。

「一門衆といえど、家臣は飽くまで家臣にござります」

「されば止々斎殿は、どうなされるおつもりであるか」

何としても伊達の子を送り込みたいのであろう。ここが己の働きどころと気を引き締め、盛備は居ずまいを正した。

「隠居からの言伝にて、ここは伊達家にお助けいただきたい、と」

伊達から養子を取るつもりはないと言外に示しながら、助けてくれと言うのである。輝宗の虚を衝かれたような顔を見て、さもあろう、と思いつつ言葉を継いだ。

「お願いの儀は、彦姫様のことにござる」

「彦は盛興殿の正室であった。夫を亡くさば仏門にでも入るべしと思うが」

「そこを曲げて、当家隠居の養女に頂戴しとうござる。先にも申し上げましたとおり、岩姫はまだ幼く、婚儀を云々するには早すぎまする。彦姫様なら齢二十三にて、婿を迎えるに不足なきお年頃にござりましょう」

「それは、そうであるが」

　歳が若すぎる伊達の子を彦姫に娶わせることはできない。輝宗はそれを理解しただけであろうが、しかしこの返答には隙がある。わずかの綻びを衝き、盛備は柔和に微笑んで見せた。

「おお、これは。お聞き入れくださるとは有難い」

「まだ、そうは――」

　言っておらぬ。その言葉を遮って朗々と声を上げた。

「二階堂家の嫡男、盛隆殿を婿に取ろうと存じまする」

　輝宗は途端に渋面となって返した。

「彦を云々するのではなく、ただ養子を迎えれば良いではないか」

　やっと本性を現した。ここからが交渉である。

「さにあらず。蘆名は関東八平氏・三浦の流れを汲む古き家柄ゆえ、外の血を以て主と為すことを嫌います」

畳みかけるに当たっては、相手に口を挟ませてはならぬ。盛備は落ち着いた声音と、早くも遅くもない調子を保ち、なお言葉を継いだ。

「されど此度ばかりは、外の血に家督を委ねざるを得ませぬ。そこで彦姫様なのです。先代・盛興に嫁いで八年、既に蘆名の女となっておりますれば、彦姫様を軸に据えて婿を取ることが蘆名の家督を穏当に決する唯一の手立てにござります。二階堂盛隆殿、彦姫様、共に伊達の血を引くお方ゆえ、これにて伊達家に蘆名家をお助けいただいたことになりましょう。我らの結び付きもより固くなるものと心得ますが、如何に」

二階堂盛隆から見て彦姫は叔母に当たるが、婚姻の最大の意義が家同士の結び付きにこそある以上、近親とはいえこのぐらい関係が離れていれば不当とは言えまい。伊達による簒奪を防ぎながら関係を壊さず、かつ蘆名家中を納得させるには、他の方法がなかった。伊達としても一応は納得がゆく形であろう。

輝宗は、不承不承という風に口を開いた。

「ひとつ条件がある。盛興殿の遺児、岩姫が長じた折には当家に頂戴したい。梵天丸、竺丸、時宗丸、いずれかの嫁に取ることを承知するなら、此度の申し入れを認めよう。この場での返答を求めるが、如何に」

　やはり手強くなった。岩姫を嫁に取るとは、向後も蘆名との関係を密にするということに他ならない。しかし一方では、ひとりだけ正しく三浦氏の血を引く者を奪うという話でもある。蘆名にこれ以上の勝手はさせぬ、という楔であった。

「承知いたしました」

　蘆名としても背に腹は替えられぬ。それを見切られたのは致し方ないことだ。交渉の終始を主導しながら最後の最後に足を払われたか。痛み分けと言ったところだが、これで良い。岩姫が長じて嫁入りに相応しい歳となるのは、八年から十年も先である。その間に世の流れがどう変わるかなど、誰にも分からぬのだ。取るべき手立てはあろう。

　盛備は今一度、丁重に頭を垂れて広間を辞し、その足で会津へと発った。

　昼前には米沢を出た。彼岸までひと月近くを残す今であれば、まだ日も長い。先を急げば夜の帳が下りる前に会津黒川に至るであろう。久しぶりに供を務めた富田氏実と共に、南へ、南へと馬を追い立てた。六月末、暦の上では秋も近くなっているが、真上から降り注ぐ日差しは嫌になるほど暑かった。

次々と後ろに流れて行く街道脇の木々が、青々と茂らせた葉を陽光に光らせている。夏の名残はそれだけではない。幾多の人馬に踏み固められた道にまで、逞しく草が萌えている。馬の蹄が踏み散らすたび、草は青臭い香気を立て、それが小袖の内に流れ込んだ。

二十里も進んだところで、いったん馬を休ませた。若い杉の木に馬を繋ぎ、傍らの草むらに座って水筒を呷る。渇いた喉に染み込む水が甘露に思えた。

伊達家と話がついたのは、まず吉報である。二階堂家の承諾は取っていないが、八年前に軍門に降った側とすれば、蘆名の家督を取れることに不服などあろうはずがない。

(だが、これからが勝負だ。それも戦いは長く続こう)

蘆名四天王家、平田、松本、佐瀬、富田の当主は盛氏の方針に従ったものの、それで全てが丸く収まった訳ではない。一門衆として確固たる実力を持つ猪苗代盛国が、この決定に不満を持っているのは明らかであった。二階堂盛隆——婿に入って蘆名盛隆を名乗ることになる新しい当主は、まず猪苗代を抑え込まねばならない。それができねば四天王家とて疑問を持つに至るであろうし、伊達の介入をも招くであろう。

ふう、と溜息をつくと、氏実が声をかけた。

「何をお考えです」

「向後のことをな」

短く返すと氏実は、顎の張った精悍（せいかん）な顔を綻ばせた。

「考えすぎでしょう」

日頃の交流を任されているためか、氏実は伊達に対して多分に好意的である。蘆名を簒奪されぬように、という警戒については同意したが、伊達との縁を以て蘆名を支えるという話には最初から乗り気であった。

「そんなことはない。久しぶりに輝宗殿に会って、この八年でだいぶ食えぬ御仁になったと感じた。お主は長らく輝宗殿と接しておりながら、あの変わりようがわからぬのか」

半ば咎めるような口調に、氏実は「やれやれ」とばかりに軽く溜息をついた。

「金上様は気を張りすぎなのではございませぬか。生真面目が過ぎれば、なお頭が固くなるばかりですぞ」

なお、とは何だ。既に固いとでも言いたいのか。

「頑固者は性分ゆえ、直らぬ」

目を逸らして吐き捨てると、氏実は笑って返した。

「いみじくも金上様が仰せのとおり、性分というのは、そう変わるものでもございますまい。輝宗殿が変わられたというのも、気のせいではありませぬか」

氏実の楽観は憂えるべきなのかも知れぬが、一方で「或いは逆かも知れぬ」と思うところもあった。己は輝宗の姿を八年前と比べることしかできぬ。それゆえ変化がはっきりと分かる。目通りの機会が多くある氏実には、少しずつ成長を積み重ねている輝宗の変化がかえって見えにくいということもあろう。

「いずれにしても首尾は上々。今だけはお心持ちを緩められては如何です」

あっけらかんとした態度に、苦笑が漏れた。

「倅は幾つになった」

「太一郎ですか。六歳です。癇（かん）の強い子でしてな。ゆくゆくは会津一の猛者（もさ）になるだろうと、楽しみにしております……おや？」

氏実の目が遠くを見ている。そこには二つの影があった。馳（は）せて来る馬である。向かって左の馬は少しばかり速く進み、後ろからのもう一頭が追い付くとまた脚を速める。右の馬は、追い付いては引き離され、を繰り返していた。

「騎馬の稽古にございますな」

「そのようだ」

見る見るうちに二頭が勢いを増して近付いた。先行する馬上の若者がこちらを見て「あっ」と声を上げ、手綱を引く。馬は次第に脚を緩め、四半里を進む間に闊歩（かっぽ）となって静かに止まった。

「やあ、景綱殿」

氏実が親しげに声をかけた。若者は下馬しながら、弾む息で応（こた）えた。

「やはり富田殿でしたか」

伊達の家臣だろうか。昔からの家臣なら皆を知っているが、若いせいか、これは見覚えのある顔ではない。

若者は凜とした微笑を湛えて、こちらに頭を垂れた。

「金上様。お久しゅうございます」

「失礼ながら、ご辺とはどこかで会ったことがあるだろうか」

「覚えておいでにないのも、当然でしょう。それがしがまだ十歳の頃、夜陰で一度お目にかかったきりにございますれば。片倉小十郎にございます」

小十郎、と聞いて思い出した。二階堂の出城、長沼城攻めの陣に使者として来た鬼庭左月斎が連れていた小姓である。

「あの時の……そうか、元服なされたか」

「はい。名を景綱と改めました。今後とも、よしなに願います」

軽く話していると、稽古を付けられていた方の馬が遅れて駆けて来た。これは景綱の馬とは対照的に、けたたましく嘶(いなな)き、棹(さお)立ちになって止まった。

景綱は、つい今までとは物腰をがらりと変え、馬上に厳しい声音を向けた。

「馬は大切に扱うよう、お教えしたはずですぞ」

相手は十歳にも満たぬぐらいの子供であった。右目には、黒い練り革の眼帯を斜めに架けている。どうやらこれが伊達の嫡男、梵天丸か。しかし、そのことよりも馬の扱いの方に驚いた。

「力任せに手綱を引いて馬を止められたか。恐ろしい力ですな」

馬上の子は隻眼の左目で、じろりと睨んだ。

「誰だ、おまえは。俺は小十郎に負けて機嫌が悪い。うるさいと馬に蹴らせるぞ」

目は本気だが、思わず失笑が漏れた。傅役の景綱が子供の剣幕を静かに制した。

「およしなされ。今の若では、このお方には勝てませぬ」

梵天丸は、今度は景綱に食ってかかった。

「何がだ。何に於いて勝てぬ」

「全てに於いてです」

即答されて、梵天丸は口をつぐんでしまった。景綱は軽く溜息をついた。

「ご紹介が遅れました。こちらは」

くすくすと笑いながら「待て待て」と掌で制する。

「伊達家の若君であろう」

「はっ。ご紹介もせぬうちから乱暴なる物言い、申し訳次第もございませぬ」

「良い良い。ご辺が若君を制されたのだから、全ては済んだと考えておる」

二度、三度と頷く。景綱は作法どおりに頭を垂れてから、梵天丸に向いた。

「若。こちらのお方は『会津の執権』の二つ名を取る、金上盛備殿にございまするぞ」

重々しい一言であったが、景綱は下馬せよとは言わなかった。それで正しい。守護職の跡取りである以上、他家の家臣に謙る必要などないのだ。これは無礼とは違う。

梵天丸は金上盛備という名を聞いて、好奇に目を輝かせた。

「そちが金上か。切れ者と聞いているぞ。ついては尋ねたい」

「はて。何にござろうか」

梵天丸は馬上から、大真面目な眼差しを向けた。

「俺は時を飛び越えようと思う。だが、そのやり方が分からぬ。そちは知らぬか」

面食らった。この若君は何を言っているのだろう。呆けた顔になっているのが分かって咳払いをすると、梵天丸は残念そうな顔をした。

「知らぬか。いや、知っていて黙っているのかも知れぬ。言え」

「そもそも時を飛び越えるというのが、それがしには分かり申しませぬな。若様は何を仰せなのです」

　すると梵天丸は真剣そのものの顔で胸を反らせた。

「天下のためだ。俺は天下を取る。そちも蘆名に天下を取らせるために働いておるのだろう」

　伊達の嫡男、確かまだ八歳の子供が、ことさらに大きく見えた。或いは日の光を背負っているせいだろうか。稀有壮大な夢や良し、しかし梵天丸の思いは限りなく儚いものに感じられた。

「確かに、それがしもかつては主家の天下を夢見て働いておりましたが……既に大勢は決まっておりますな。次の天下人は、織田信長殿にござろう。さすれば主家を守ることこそ、我が一大事と心得ておる次第」

　真摯に答えたつもりだった。だが馬上の若君は鼻で笑った。

「そちは切れ者かも知れぬが、小さきに過ぎる。俺は違うぞ。生まれの遅れを飛び越えて、必ず天下に名乗りを上げてみせる。それから俺が天下を取っても、そちは絶対に召抱えぬからな」

「これは手厳しい」

苦笑すると、梵天丸は剣呑な眼光で鋭く睨み返した。

「金上、腹の底で俺を嘲っただろう。時を越えることなどできぬ、と。だから、そちは小さいと言うのだ。いいことを教えてやる。先にそちは、俺が力任せに馬を止めたと言ったな。馬鹿め。いくら力持ちでも、そんなことができるか。俺は馬から放り出されるつもりで体中の力を手綱にかけた。命懸けだから馬が止まった。俺は全てにそうやって当たる。時を越えるのも、命懸けならできぬはずがない。どこかに天下への糸口があるかも知れぬから、俺はそれを探そうとしている。そちは織田の名に震え上がっているに過ぎぬ。抱えぬと言ったのは、そんな奴を家来に持ちたくないからだ。良く覚えておけ」

梵天丸はもうこちらには興味がないとばかりに馬を進めた。片倉景綱は特にその大言を諫めるでもなく、会釈して後を追った。傅役である以上、ぼんやりとしてはいられないのだろう。

(時を越える、とは。大うつけ……或いは大物か)

思えば信長も、若かりし折には「うつけ者」と呼ばれていた。それが今では天下をほぼ手中に収めている。馬鹿と大物は紙一重の差なのかも知れぬ。

「金上様、参りましょう」

黙りこくって思いを巡らせていると、富田氏実が声をかけた。馬も十分に休んでいる。軽く頷いて、盛備はまた馬に跨（またが）った。

道中でも盛備は黙っていた。それを気にしてか、氏実が呟くように言った。

「伊達の若君は、大丈夫でしょうか。今でも頭が疱瘡の熱でうなされておるのやも知れませぬ」

梵天丸の言葉だけを取り上げるなら、そうも言えよう。だが、あの若君には歳に不釣合いな凄（すご）みがあった。

「さあな。ただ、笑い飛ばす気にもなれぬ」

それだけ返すと、また無言に戻ってしまった。

四　敵と味方

会津黒川に召し出されて、盛備は蘆名盛隆に目通りした。天正四年（一五七六年）四月、もう間もなく梅雨に入ろうかという頃であった。

「義父上も、じきお出でになられるであろう。しばし待て」

盛備は主から見て左手の二番目に控え、一番手の座は当主の義父・盛氏のために空けた。三番手には既に猪苗代盛国が座っている。向かいには四天王家の当主、松本氏輔、平田常範、佐瀬種常、富田氏実が座っていた。

二階堂から入嗣させた新たな主を目の端に見る。金上家の領は越後にあり、盛備は日頃、会津にいない。大きな評定がある場合や戦の際でなければ盛隆に接する機会もなかった。

盛隆は、やや細みの面に切れ長の涼しげな目元、鼻筋の通った端整な顔立ちの美男であった。美男であるのは先代の盛興、先々代の止々斎盛氏も同じである。他家の当主を見ても、あの伊達輝宗を始めとして匂い立つ男ぶりの者は多い。男は美女を好むもの、力ある者は古来、美しき者を妻妾としてきた。長らく領主であり続けた家系では美女が美男を産み、美男が美女を産んで、美形の血が収斂されている。

四半刻もせぬうちに、広間の入り口で盛隆の小姓が片膝を突き、朗々と呼ばわった。

「止々斎入道様、向羽黒山城よりご到着にございます」

小姓が頭を垂れて下がると、盛氏がゆっくり、ゆっくりと歩を進めてきた。当年取って五十六歳、老齢に達した盛氏の歩みは、やや心許なく見えた。

盛隆は城主の座を退いて、盛備の右隣に控えた。それを見て、盛氏はしわがれた声で言った。

「良い。そこは当主の座だ」

「はっ。しかし義父上を差し置いて……」

「今の蘆名の主は、おまえだ」

再び静かな声がかけられると、盛隆は恐縮したように頭を垂れ、城主の座へと戻った。

（ふむ……愚昧と言うほどでもないらしいが）

首座を譲ってこういう顛末になるのは目に見えていた。

一同が座に着いたところで評定となった。これとて本来なら盛隆が発議して始められねばならぬのに、口火を切ったのは盛氏であった。

「漏れ聞こえるところでは、伊達が相馬を攻めるらしい」

会津の東には二階堂家の須賀川がある。その北は三春。蘆名に降伏する前の二階堂と同等の力を持つ豪族であり、常陸の佐竹家と並ぶ蘆名の仇敵・田村家の領であった。三春と須賀川のさらに東、阿武隈の山を越えた海沿いには、南に岩城、北に相馬の両家が割拠している。

相馬の現当主・盛胤は、伊達の先々代・稙宗の末娘を正室としていた。しかし稙宗死後、伊達との間に領地を巡る争いが生まれ、この正室を離縁している。以後、両家は小競り合いを続けていた。

盛備は右隣の盛氏に顔を向け、軽く頭を垂れた姿勢から顔を見上げた。

「伊達の兵は？」

「七千ということだ。今度という今度は本気であろう」

これを聞き、当主・盛隆は声を弾ませた。

「されば当家は、伊達に援軍を出さねばなりますまい」

盛備の心中に苦々しいものが満ちた。松本、平田、佐瀬の三人も小さく失笑を漏らす。

蘆名の軍門に降った二階堂からの入嗣ということで、富田氏実を除く四天王家の当主たちは盛隆を軽んじる嫌いがある。当の盛隆自身、四天王家の思いは肌で感じているようだ。何としても蘆名の後継であることを認めさせたい、そのためには戦で勝って見せるのが手っ取り早いと考えているのに違いない。伊達に援軍すれば勝ちを収めやすいがゆえに乗り気なのだろう。

だが、ことはそう単純でもない。蘆名は既に天下取りを諦めたが、だからと言って海を取ることまで諦めている訳ではないのだ。天下はいずれ織田信長の手に収まるだろうが、天下人となった織田に見くびられて不利を被らぬよう、やはり海を得て確固たる勢力を築いておくに如くはない。

盛氏は城主の座を一瞥して「中々、難しい」とだけ言った。喜び勇んでいた盛隆は、出鼻を挫かれて口籠もってしまった。

伊達に援軍を出せば、相馬を挟撃して蹴散らすのは容易いだろう。だが戦後の話、領土分割の交渉となった際、あのしたたかな伊達輝宗が易々と海を渡すとは考えにくい。

ならば蘆名は南の岩城に手を伸ばすかと言えば、それも困難である。岩城の当主・親隆は輝宗の実兄、ここに戦を仕掛ければ、今度は蘆名こそ伊達・岩城に挟撃されてしまう。そうなれば常陸の佐竹、三春の田村も会津に食指を動かすだろう。

盛備は「さすれば」と発した。

「伊達と相馬が相克し、疲れ果てるを待って漁夫の利を得たいところですが」

「それだ」

大きく頷く盛氏の顔には、しかし、これも難しいと書かれている。

「先には彦姫を我が養女に取り、何とか伊達からの入嗣を防いだ。が、一方では借りを作ったも同然ゆえ、援軍を出さぬ訳にもいかぬ。できれば知らぬ顔をして済ませたいが……はぐらかすには如何したら良いか、皆で考えよ」

評定の席を長い沈黙が支配した。

「厄介なものよな」

あれこれ思ううちに、つい口を衝いて出た。左手の猪苗代盛国が鼻で笑った。

「厄介も何もなかろう。蘆名家中には先代を継げる者がおらず、二階堂の殿を戴(いただ)いたのではないか。不甲斐(ふがい)なき一門衆や四天王家を束ねる英主に全てを委ねれば良い」

嫌味たらしい言葉に、右手の盛氏が奥歯を噛んだのが分かった。盛備も心中で「おまえが一番の厄介者だ」と罵倒しつつ、じろりと見る。額が逞しく張り出した武骨な顔は、そのまま猪苗代の反骨を思わせた。

「そう言うな、盛国。猪苗代湖の水と漁がなければ蘆名家は立ち行かぬのだ。紛う方なき蘆名の柱石たるお主ではないか」

盛国は眉根を寄せ、しかし口元を緩めた。

「盛備殿のような堅物に言われても、無理をしているようにしか聞こえぬ」

「されば貶して欲しいのか」

「もっと腹が立つ」

ならばおとなしく持ち上げられておけと思うと、ふん、と鼻息が漏れた。

「何にしても、お主が左様なことでは困る」

宥めてやったことで猪苗代はようやく口をつぐんだが、嫌な空気が評定の席を押さえ込み、なお沈黙の時が流れるに至った。此度の伊達の動きは、立ち回り方次第で蘆名家の好機ともなり得る。同時に、こうやって家中の動揺を浮き立たせるという意味では迷惑な話だ。

いや、待て。迷惑なのは蘆名だけだろうか。

違う。伊達の動向は南陸奥や周辺一帯の大名豪族を巻き込まずにはおかない。中でも伊達と蘆名に挟まれた田村は、常に大変な思いをしているだろう。向後の展望に違いはあれど、今、迷惑だという一点に於いて蘆名と田村の利害は一致している。

「田村を使っては如何です」

一同の目がこちらを向いた。盛隆や猪苗代は当然ながら、四天王、さらに盛氏すら「訳が分からぬ」という眼差しであった。

「伊達と相馬が共倒れとなった暁には我らが相馬を攻めまするが、その際は田村が煩(うるそ)うございましょう。されど此度のこと、伊達に援軍を出さず、かつ田村との間に盟約をまとめられるやも知れませぬ」

盛備は自らの策略を滔々(とうとう)と語って聞かせた。主君・盛隆や四天王家の皆が驚愕(きょうがく)して溜息を漏らし、猪苗代が面白くなさそうに顎をぼりぼりと掻(か)く。

ようやく眉根を開いた盛氏がにやりと笑い、大きく頷いた。

「任せる。のんびりと構えている暇はない。明日にでも使者に立て」

最後も、やはり鶴の一声で決まった。

使者として赴く先の三春に幾らかでも近いという理由で、盛備は向羽黒山城に一室を与えられて夜を明かした。翌早暁、平田常範を供に連れ、三春の田村家へと馬を馳せる。四天王家の若手を連れて場数を踏ませることも、盛備の重要な役目であった。とは言え交渉に同席させたりはしない。若者にとってまず大切なのは、使者として向かった先で軽輩の者たちと交流を持ち、顔を売ることであった。

　三春の田村家は領五万石で、蘆名に比べれば取るに足らぬ小勢である。しかしながら山城に拠って常に良く戦い、また常陸の佐竹と同盟を結んで頑強に抵抗するがゆえに、蘆名といえども容易に屈服させられる相手ではなかった。この三十年近く常に小競り合いを繰り広げてきた、文字どおりの仇敵である。

　三春城は然して高い山に建てられているのではない。だが城に至る山道は急で、休むことなく登ると大きく息が乱れた。供の平田はけろりとしている。若い頃は己もこのような顔をしていたのだが、と盛備は苦笑した。既に齢五十、あと数年して老齢と言える歳になったら嫡子の盛実に家を譲って隠居したいものだ。が、蘆名が海を取るか、或いは現当主・盛隆が家中を掌握するか、どちらかの実現を見ぬことには磐石とは言えぬ。己の隠居はこれが条件かと思った。

「蘆名左京亮盛隆が家臣、金上盛備にござる」

城門で呼ばわると、門衛ほどの軽輩が棘のある目つきを返してきた。相談の儀ありて使者に向かうと先触れを出していなければ、襲撃と勘違いされていただろう。致し方なし、三十年の敵対とはそれほどに重い。

供の平田とはここで別れ、ひとり案内役に導かれて城に入った。当主・田村清顕に謁見するというのに、本郭ではなく三の郭の館に通された。

四半刻ほど待たされた後、ようやく清顕が姿を現した。

「これは金上殿。戦場の外でお会いするとは、思いもせなんだ。何用か」

立ったままの言葉は、さっさと用を話して立ち去れと言わんばかりであった。だがあまりに無愛想な態度が、かえって小気味良く清々しい。

「此度は両家の和睦を願い、参上した次第」

こちらはこちらで、飾り気のない言葉で率直に用件を述べた。

「和睦だと？　其許ら、これまで当家に何をしてきたか忘れたとほざきおるか」

端から喧嘩腰である。

この手の者に話を聞かせるには、決して謝罪してはならぬ。謝れば自らの非を認め、相手に主導させる隙を作ってしまう。

「当家はこれまでのことを忘れてはおりませぬ。むしろ田村殿こそ物忘れが激しいものとお見受けしますが」

蘆名が田村を攻め立てる日があれば、田村が蘆名の領を侵すこともままあった。この点を衝いてやると、向こうは小さく舌打ちをして乱暴に座った。盛備は構わず続けた。

「当家では貴家に借りを返す用意があり申す。即ち窮状をお救い申し上げようと存ずる。伊達が相馬を攻めること、既にお聞き及びではございませぬか」

「それのどこが窮状か」

「当家も田村家も伊達の縁戚なれば、援軍を出さねばならぬかと。されど田村殿が援軍を出されるなら、総勢三千のうち二千ほどの兵を出さずばなりますまい。当家はその三倍も出すことになりましょうが、総勢で二万の数があり申す」

手元に残るのは、蘆名が一万四千余であるのに対し、田村はたったの千である。伊達への援兵を出して共闘する一方、背後に刃を突き付けることもできるという恫喝であった。田村清顕が奥歯を噛み締める顔を見て、盛備は「されど」と継いだ。

「田村殿は相馬と不戦の盟約を交わしておられる。まことに兵を出されるおつもりですか」

清顕は三つほど呼吸をしてから「致し方あるまい」とだけ返した。やはり苦しいのだな、と看破した。

田村は伊達、蘆名、佐竹といった強豪に囲まれることを嫌い、守護職の伊達家に擦り寄っているに過ぎぬ。相馬と不戦の約定を結んで背後の盾としているのがその証、伊達がこれ以上隆盛し、相馬が潰れることを好ましく思ってはいない。

「致し方なし、とは……本心では兵を出したくないのでしょう。違いますかな」

清顕は黙して語らない。盛備は小さく含み笑いをして続けた。

「実は、当家も兵を出したくはござらぬ。伊達が始める戦なれば、援軍で己が兵を損じても、得られるものが少のうござる。それよりは様子見といきたいところですな」

「左様なことができれば苦労はせぬ」

吐き捨てるような一言に、即座に返した。

「当家と田村家なら、でき申す。仇敵の間柄なればこそ、いつ戦を構えてもおかしくない。つまり伊達の相馬攻めに合わせ、我らも戦を始めれば良うござる。援軍を出さぬ、絶好の口実となりますな。そして睨み合いを続けた後、実のところは戦うことなく和議を結ぶ。互いに一兵も損じることなく、伊達と相馬の争いを見物できますぞ」

想像もしていなかったのだろう、清顕は目を丸くしていた。然る後に、その驚きは渋面に変わる。面持ちの意味は、できれば陰から相馬を支援したい、というところか。盛備は努めて静かに、しかし低い声音で釘(くぎ)を刺した。

「相馬は、もう諦めざるを得ませぬ」

盛備はなお続けた。もし蘆名と田村が援軍を出すなら、相馬は敗れて滅びるしかない。しかし伊達と小競り合いを繰り返しながらこの十余年を生き延びている相馬には、ちょうど蘆名を相手に生き永らえてきた田村に似た粘り腰がある。他が手出しせねば簡単に敗れたりはせぬだろう、と。

「我らが共に関知せぬという姿勢を取らば、他……常陸の佐竹も手は出しますまい。伊達と相馬が正面切って争い、もし痛み分けにならば相馬の力は大きく磨(す)り減る。よしんば相馬が勝ったとしても、深手を負うのは明白にござろう。佐竹はこの時を待って兵を動かすに相違ない。無論、我らとて相馬領が佐竹に飲み込まれるのを、指を咥えて見ていることはない。痛み分けでも、相馬が勝った場合でも、我らは伊達の盟友として間髪を容れずに兵を出す。佐竹に先んじて相馬に止めを刺し、我らにて領を分け取りにすればよろしい」

「伊達が勝ちそうなら？」

「勝つ直前に援兵を出してやれば良いのです。この場合も、労少なくして益はある。如何でござろう。過去の諍いを水に流し、蘆名と盟約を結びませぬか。当家が相馬領の南を取らば、岩城や佐竹から田村家を守る盾となり得る。北を取る田村殿もまた、当家の盾となる。伊達への面目を保ちつつ、領地を拡げる好機ですぞ」

清顕は唸った。先の刺々しい態度は大いに薄れ、逡巡している。

相手が迷ったら勝ったも同然、一気に攻め立てるべし。盛備は二の矢を放った。

「田村殿の領が広くなり、また当家と盟約を結んだとあらば、伊達の見る目も変わってきましょう。それをご懸念かと。されど、いつまでも他に擦り寄る小勢のままで良いのですかな。伊達は確かに強うござる。さりとて当世、一朝ことあらば守護職に取って代わるだけの下地を備えおくは当然のこと。衣の下に刃を隠し持つことを厭うてはならぬと心得ますが、ご返答や如何に」

しばし瞑目し、大きく呼吸してから、清顕はまた目を開けた。

「衣の下の刃が蘆名殿に向くこともあると、承知しておられるか」

「それが乱世の習いというものでは？」

田村清顕は渋い顔で大きく頷いた。

伊達輝宗は五月になって相馬攻めを敢行し、各地の縁戚に援軍を寄越すよう要請した。これに対して、まず田村が断りを入れた。曰く「蘆名に三春を窺う動きあり、機先を制するため安積の蘆名領を攻める」と。頃合を見計らって、蘆名からも止々斎盛氏の名で断りを入れた。曰く「援軍を整えていたところ、田村は自らが攻められると勘繰って兵を出した。蘆名にとっては安積を侵されたのに他ならぬゆえ、退けねばならぬ」と。

蘆名盛隆、田村清顕の両当主が戦場に出ていたが、端から戦う気などない。連日、何の動きもなく睨み合っていた。

盛備は謀略の行く末を見守るため、この二ヵ月ほど黒川城に逗留していた。時折、向羽黒山城の盛氏から召致される。今日も召し出されて城に上がり、盛氏の居室へと案内された。

老境に達し、冬には火桶に齧（かじ）り付いている盛氏も、夏場になると血色が良い。

「輝宗から面白いものが参っておる」

ぽんと放って寄越されたのは書状であった。手にとって広げ、ぶつぶつと小声で読む。ひととおり目を通して、失笑を禁じ得なかった。

「やはり笑ったか」

「いやはや。自らが戦に勤（いそ）しみながら、一方ではこのようなものを寄越すとは。輝宗殿もご苦労が絶えぬところですな」

蘆名と田村の「戦」に対する仲裁の申し出であった。

書状によれば、蘆名が援軍を出せぬ事情に、輝宗は一応の理解を示している。もっとも文面の端々には嫌味が滲（にじ）み出ていて、こちらの戦が嘘（うそ）であることぐらいは見通しているようであった。

敢（あ）えて嘘を咎めず、仲裁を申し出て穏便に済ませようとするのは、他家に要請した援軍も思うように集まっていないという証である。さもあろう。最大の援軍となるはずだった蘆名と田村が兵を出さぬと言うのなら、他が出兵を渋るのも当然だ。

蘆名と田村の動きは、伊達が相馬攻めに傾注しすぎて一時的に陸奥国内への睨みが利かなくなっていることを否応なく露呈させていた。

盛備は問うた。

「どうご返答なされます」

「しばらくは知らぬ顔を決め込むのが良かろう。あとは伊達と相馬の動き次第だ」

伊達は相馬を攻めあぐねていた。援軍がなかったから、ではあるまい。単独でも攻略できるだけの兵を出し、物資も惜しみなく投入している。ひとえに相馬盛胤が戦上手であったことに尽きる。盛胤は一度のぶつかり合いで全てを決しようとしない。自軍の負けと悟れば傷が浅いうちにさっさと兵を退き、仕切り直して攻めに転ずる。逆に勝ち戦でも深追いはしない。衝突してから最終的な勝敗が決するまでの全体をひとつの戦と捉え、個々の交戦を小競り合いの体裁に落とし込んでいる。まさに粘り腰であった。

「されば当家と田村家の戦も、長引かせねばならぬところです」

「ただ睨み合っていて、兵糧ばかり食い潰すのも面白くない。それぞれ練兵をして過ごすよう、田村に密書を送っておこう」

それからも伊達の動きを睨みつつ、蘆名と田村は長沼城で対峙し続けた。しかし秋八月となると、賦役に駆り出した百姓たちを米の刈り入れに戻さねばならぬ。形ばかりの戦は終結させることになった。蘆名と田村の間には予定どおり和睦が成立し、外に向けては、これを機に両家が盟約を結んだと発せられた。

一方、伊達と相馬の争いはまだ決着していなかった。何と輝宗も相馬の粘り腰に付き合い始めたのである。努めて決戦を避け、小競り合いの積み重ねに徹している。相馬を降して領地を拡げ、より強大な威勢を示すことをこそ望んでいるのは間違いない。にも拘らず、何故こうした策を採るのか。これには盛氏も、盛備も当惑した。

だが九月になると、輝宗が何を考えているのかが明らかになった。この頃、伊達・相馬の戦から逃げ出した者たちが略奪を働くようになった。いったん自領の津川に戻っていた盛備は、再度黒川城へと召し出された。

作法に従って頭を垂れ、評定の広間に入る。主の座に着いた盛隆と傍らに座る止々斎盛氏が、焦れったそうにしていた。

「須賀川に野盗が出ていると聞きましたが、兵を出して蹴散らす訳にはゆかぬのでしょうか」

当然の問いに、盛隆は細く長い溜息をついた。

「先頃から富田に命じてはいるが……埒が明かぬのだ」

詳しくを聞けば、野盗はこちらが出した兵の姿も見ぬうちに退散してしまうのだそうだ。富田氏実も、しばらくは須賀川近辺に留まって目を光らせる。だが十日も動きがなければ、それ以上の逗留は兵糧の無駄にしかならぬゆえ引き上げる。そして、引き上げると三日もせぬうちにまた野盗の動きが見えるようになる。

「それは……まるで刈り働きではございませぬか」

戦とは戦場でのぶつかり合いが全てではない。敵地で収穫前に青田刈りを働くのも攻撃の手段であるが、此度の野盗はそれに近い。

止々斎が渋い顔で返した。

「まるで、ではない。そのものだ。実は須賀川以外にも野盗が出ていてな。どこだと思う」

「さて。須賀川の近くで考えれば、岩城や三春、安積の諸郡かと存じますが」

止々斎の顔には「違う」と書かれていた。

「三春だけだ。賊め、富田が兵を出せば三春に行き、兵を引けば須賀川に戻りを繰り返しているらしい」

「何と……では、これは」

やられた。輝宗が戦を長引かせているのは相馬を潰すことだけが目的ではないのだ。少しずつ戦場から「逃げる」兵を仕立て上げ、須賀川と三春、つまり蘆名と田村だけを狙い撃ちに襲わせていたとは。

「あの小童め、やるようになった。相馬と戦いつつ、我らとも、田村とも戦っている。とは言え形の上では、飽くまで伊達から逃げた者どもの仕業に過ぎぬ。これでは抗議もできぬわい」

憮然とした面持ちで、ぼやくように言う。止々斎に斯様な顔をさせるとは、伊達輝宗は、思っていたより遥かにしたたかな大将に成長している。

（それに引き換え……堅物、頑固者か。そのとおりだ）

経験がものを言う外交と、柔軟な頭こそが大事な謀略は違う。自らと輝宗の違いは、そこであった。

こうなると残された手段はひとつしかない。翌十月には、蘆名盛氏、田村清顕、および関東の雄・北条氏政との連名で伊達・相馬に和睦を勧告するに至った。当面、相馬領の海を取ることは断念せざるを得ない。

しかし伊達・相馬とも、和議を拒否した。相馬盛胤の場合は多分に感情的なものであっただろう。伊達輝宗は違う。極めて冷静かつ冷酷、煮え湯を飲ませた蘆名と田村への返礼はまだ終わっておらぬという意図が含まれているのは明らかだった。伊達輝宗という男を見る目がなお甘かったことを、止々斎も盛備も痛感した。

盗賊を放置しておく訳にはいかず、蘆名と田村は自前の兵に領内の警護をさせ続ける破目に陥った。しばらくは戦どころではない。

伊達・相馬の戦に際して漁夫の利を得るという策謀が失敗に終わったことを以て、盛備は自領の越後津川城に戻ることになった。

翌年十一月のある日、伊達の嫡男・梵天丸が元服し、藤次郎政宗を名乗ることになったと聞こえてきた。

自室から出て、眼下遠くに阿賀野川の流れを見やる。冬の朝、風に小波を立てる流れが日の光を白く跳ね返し、研ぎ澄まされた空気の中に散らしている。

三年前の夏、米沢から黒川に戻る道中で邂逅した幼子を思い出した。

（伊達政宗……）

伊達家累代一の名将と謳われる八代前の祖、大膳大夫政宗の名を与えられたのだ。これだけでも父・輝宗の期待が如何ほどのものか知れる。

時を飛び越えて天下を取ると豪語していた隻眼の若君は、その後どういう若武者に育っているのだろう。右の掌で自らの右目を塞いでみると、川面の照り返しが常より少しばかり眩しく感じられた。

第二章　十年の時

一　初陣

伊達と相馬の戦いが決着を見ぬまま二年が過ぎ、天正六年（一五七八年）となった。

春も終わりの三月二十日、伊達家子飼いの忍び、柳原戸兵衛（やなぎはらとへえ）が米沢に急を告げた。

翌日夜、米沢城の広間に評定衆が参集した。急な召集ではあったが各地の城主も馳せ参じ、伊達実元、鬼庭左月斎、遠藤基信、白石宗実（むねざね）、桑折宗長らが列を成す。最前列に、初めて評定に加わる顔があった。齢十二の伊達政宗であった。

皆が集まったことを見て、輝宗は口を開いた。

「去る十三日に上杉謙信が没したことは、皆も聞いていよう」

一同、引き締まった顔を見せた。鬼庭左月斎が居ずまいを正し、口を開いた。

「実子なく、甥の景勝（かげかつ）殿と北条から入った景虎（かげとら）殿が家督を争っていると聞き及びます」

輝宗は満足そうに、力強く頷いて返した。

「北条にしてみれば、労せずして越後を従える好機よ。古くからの盟友たる蘆名を語らい、景虎に肩入れするだろう」

蘆名が兵を出すなら、越後に領を持つ金上家か小田切家の出番だが、会津から半ば独立している小田切に多くを任せるはずもない。思いながら目をやると、左月斎も、動くのは金上盛備だと確信した顔であった。

「会津の執権……金上殿は、しばしかかりきりになりますな」

「これぞ蘆名を牽制する好機ぞ。我ら有利にことを運び、如何にして足を掬ってやるか……良案はないか」

とは言いつつ、武力で牽制するのは難しい。相馬と小競り合いを続けている今、金上が動けぬという理由だけで正攻法に頼ることはできない。何しろ蘆名には、老いたりとはいえ、あの止々斎盛氏が健在なのだ。自ら戦場に出ることはすっかりなくなっているようだが、家臣団に智慧(ちえ)を付けて動かすことはできるだろう。

評定衆がそれぞれの思うところを述べる。大方は外交で蘆名の動きを封じ、その隙に相馬を平らげてしまおうというものだった。その中で、ひとつだけ異なる案があった。

「これまでは蘆名・田村を睨むため、兵の一部を割いて須賀川と三春を荒らす役に仕立てておりました。我らがこれを退治してやる、というのは如何です」

腹心の遠藤基信であった。無論、退治する訳ではない。引き上げさせるだけである。

「両家に恩を売って相馬攻めの援軍を出させるのです。先んじて野盗退治という見返りがある以上、援軍に代償は生まれませぬ。これまでに蒔いた種が芽吹く時かと心得ます」

皆が唸り、この策を反芻するように沈思した。ただひとり、政宗を除いては。

「馬鹿め」

開口一番、罵声を浴びせた。

「蘆名とて、あの者共が当家の指図で暴れていることぐらい、とうに見通していよう。盛氏に金上、陸奥で一番豊かな会津を切り盛りする二人の男は、建前だけで丸め込めるほど甘い相手か」

「いえいえ、若殿。そこを何とかするのが交渉というものですぞ。この基信が話をまとめて参りますれば、労少なくして——」

「手ぬるい」

政宗は、ぴしゃりと言い放って基信の言を遮った。

「須賀川と三春の野盗……これを」

政宗は大して面白くもなさそうに、ふん、と鼻で笑った。

「これを退治してやる代償に、蘆名と田村は侍や足軽の命を渡せ……そちの申しようは、それに他ならん。割に合わぬ話だ。蘆名も今は上杉の話に手一杯だろうから、なるほど応じるやも知れぬ。だが野盗が我らの仕業だと知っているからには、越後のことが終われば必ず報復がある。俺なら間違いなくそうする」

基信は少し硬い面持ちで乾いた笑いを漏らした。

「若殿は、まだ若うございますな。そこも交渉を以て――」

政宗の隻眼が基信をぎらりと見据えた。

「死ぬと申すか」

「は？」

「俺は、俺を愚弄(ぐろう)した奴を絶対に許さぬ。死んで詫(わ)びてもだ。盛氏が俺と同じでないと、なぜ言える」

「控えよ、政宗！」

輝宗の一喝にも、政宗は剣呑な眼差しを緩めなかった。

「野盗を偽って須賀川を叩いている以上、蘆名とはいずれ雌雄を決さねばならぬと心得ます」

「控えよと言うておる。蘆名と決戦することなど元より承知。然りながら今は時期尚早だ。蘆名の力を甘く見るな！」

再度の怒声に、しかし政宗は含み笑いで応えた。

「時期尚早なるは、俺とて承知しております。ゆえに『いずれ』と申し上げました。されど、いつまで引き延ばすのです。蘆名は二階堂から当主を迎え、家中にまとまりを欠いていると聞きます。今こそ、じわじわと絞め殺してくれる好機ではございませぬか。報復を生むようなやり方では、かえって奴らの結束を固めましょう」

ぞくり、とした。政宗は言葉こそ選んでいるが、語気激しく、隻眼は荒ぶって爛々と輝いている。父に斯様な目を向けるとは。

虎哉に言わせれば、この態度も当然なのだそうだ。疱瘡で面相が醜く変わり、心に歪みが生じるのは避けられぬ。ならばその歪みを大切に育て、胸中の力に変えて大器と為すべし。禅問答のような言葉が理解できず、虎哉に任せきってしまったことが失敗と思えてならない。

「斯様に根性の曲がった物言いをするとは。そちを評定に加えるこそ時期尚早であった。もう良い、下がれ！」

「これは異なことを。いずれ蘆名と決戦に及ぶのは、何のためなのです。俺は心から伊達の天下を願っておる。それゆえの苦言です。織田信長に立ち向かうのは伊達家でなくてはならぬと！」

今度は度肝を抜かれた。天下と言った。もう織田の世は決まったようなもの——否、既に織田の天下なのだ。正二位右大臣、殿上人となった覇者を相手に、陸奥一国すらまとめきれていない伊達家が、どうして抗し得よう。

「禅師は、そちに何を教えておったのか……」

「学問の他は、天下の動きです。俺が天下を取りたいと願ったときには、既に織田の天下になっていた。悔しがった俺に、お師匠は仰せくださいました。それを覆し(くつがえし)て天下に名乗りを上げてこそ男ではないか、と。ゆえに今でも、どうやって天下に臨むかを日々考えています。蘆名にしっぺ返しを喰らうようなやり方では、とても織田の力を跳ね返せません」

　捻くれているのとは少し違う、と思った。これが虎哉の答か。

「念のために聞く。相馬攻めに障りなきように蘆名を叩き、かつ反撃されぬ手があると申すか。それがあって大言を吐くのか」

　齢十二、元服したとは言ってもまだ子供だと思っていた政宗の顔が、不敵に歪んだ。

「筆一本、紙一枚でできます。田村に宛て、こう書いて送ってやるのです。須賀川の野盗が三春に向かっている。米沢にも野盗が出たゆえ追い払ったが、これも三春に向かうであろう、ゆめ警戒怠りなきように……と」

　つまり脅すということだ。田村は相馬と比べても兵が少ない。伊達が相馬攻めから方針を一転させれば、ひとたまりもないだろう。しかし。

「蘆名と気脈を通じてはおるとはいえ、田村は伊達の盟友ぞ」

「だからこそです。三春に野盗が出ているのは、田村が伊達を虚仮にしたからでしょう。俺なら死んで詫びても許さぬところなれど、父上の慈悲深きお心ゆえに野盗が暴れるぐらいで収まっている。されば此度は父上のご意思を汲み、二度と伊達に楯突くな、蘆名から離れよと諭すだけで済ませようと言うのです」

　田村との同盟が有耶無耶になれば、蘆名の力は大きく殺がれる。逆に伊達が再び田村を抱き込めば、蘆名・相馬のどちらに対しても有利になる。正直なところ舌を巻いたのだが、たった今、激昂して下がりおれと言ったばかりである。この進言を認めて良いものか。

「いや、これは愉快、愉快」

　底抜けに明るい笑い声が響いた。先に、政宗に罵倒された遠藤基信であった。基信は、こちらに向いて居ずまいを正した。

「若殿は素晴らしい跡継ぎに成長しておられますな。それがし愚考いたしましたが、確かに若殿の仰せ以上の手立てはございませぬ。さすがは伊達の嫡男、ここはひとつ若殿のご献策をお取り上げなされては如何かと存じます」

　罵倒された本人がこうまで言うのである。腹心の助け舟に感謝して、輝宗は小さく頷いた。

　基信は、政宗に向けてにこりと笑った。

「田村清顕に諸々を諭す役回りは、それがしが請け負いましょう」

政宗はようやく剣呑な眼光を消し、苦笑を浮かべた。

「そちなら間違いないとは思うが……決めるのは父上ぞ」

改めて政宗を見る。不思議なもので、苦笑する顔は歳相応の素直な心根を映していた。


田村清顕は伊達家の圧力に屈し、娘の愛姫（めごひめ）を政宗の嫁——という名の人質に出した。一面で盟友の立場をより堅固にするための婚姻ではあったが、その実、完全な降伏であった。

田村が引き剝（は）がされたことを知ると、蘆名盛氏は上杉家の家督争いから徐々に手を引いた。この争いも上杉景勝が優勢となり、いつまでも景虎に肩入れしていては蘆名に不利益となる。その上、伊達・田村の連携が再び強まったからには致し方ない選択だった。

二ヵ月ほど後、上杉の家督は景勝が取ることとなった。蘆名は再度、越後と表向きの好誼（こうぎ）を通じるに至った。

そして、二年が過ぎた。

この間も陸奥各地には引き続き小競り合いがあり、伊達も相馬との戦を続けていたが、他にはこれと言った騒動がなかった。蘆名が目立った動きを見せなかったことが大きい。

初秋、七月。政宗と共に馬を馳せながら、片倉景綱は思う。蘆名は動かなかったのではない、動けなかったのだ、と。

止々斎入道蘆名盛氏はひと月ほど前、天正八年（一五八〇年）六月十七日に世を去った。長年威勢を振るった会津の英主である。老境に達してなお足許以外はしっかりしたものだと聞き及んでいた。逝去はあまりにも突然の話であった。

だが当人は、先行きの短いことを感じ取っていたのかも知れない。紙と筆を駆使して会津周辺を睨み続けたのも、上杉の家督争いに介入したのも全て命あるうちに新当主・盛隆への遺産を作らんとした断末魔であった。今から思えば、そういうことだろう。

蘆名への弔問には、遠藤基信が使者に立った。盛氏を失った会津の様子は伊達家評定衆に伝えられ、政宗を通して景綱の知るところとなった。

蘆名家はかつて守護職・伊達家をも凌ぐほどの勢力を持っていた。だが常陸の佐竹義重と争って、商いで得られる利益の大半を食いつぶしてしまっている。加えて、盛氏という重石がなくなったことで会津には少なからず動揺があった。安積の多田野十郎を皮切りに、蘆名領内の各地で豪族の離反が後を絶たないそうだ。

つまり蘆名盛隆は、未だ家中を掌握できていない。蘆名家は鎌倉幕府の御家人・三浦氏を祖に持つ古くからの名門である。その正統が絶え、二階堂家から入嗣した盛隆が家督を継いだという事実は、ことのほか大きかった。

この教訓を生かすべく景綱は、政宗に繰り返し忠言を吐いた。蘆名が迷走しているのは、偏に止々斎盛氏に男子がひとりしかいなかったためである。ゆえに田村から嫁に取った愛姫との間に是非とも早く子を生し、また、行く行くは側室も迎えて男子を多く儲けるべし、と。

連れ立って遠乗りに出かけ、街道脇の木陰に休みながら、今日も同じことを説いた。しかし政宗は「またか」とばかり、つまらなそうに笑った。

「母上がな、愛はまだ子を生める体になっておらぬと言って聞かぬのだ」

確かに、そうかも知れない。愛姫は政宗よりひとつ年下の十三歳である。しかし。

「その……夫婦の契りは交わしておられるのでしょう」

「いいや。己が力を示してから、初めて愛の肌に触れるつもりだ。伊達の嫡男である以上、俺はあの母上を黙らせねばならぬ」

迷いのない面持ちであった。しかし一方では苦しそうにも見える。

政宗は元服してから、以前よりも鮮烈な激しさを見せるようになった。母に認められたいと幼少から願い続けた根元は、全く変わっていない。が、その純粋な思いを常に撥ね退けられてきたゆえであろうか、心の奥底に燻る歪みが表面に見えるようになってきた。母――義姫はそんな我が子を一層疎んじているように見受けられた。

（こうしていると、歳相応に見えるのだが）

天下を論じるに当たって政宗は、普段からは想像も付かぬ修羅の形相を見せる。長らく溜め込んだ心中の澱が堰を切って溢れ出すのだ。虎哉禅師の言う「政宗の歪みを育てる」とは、この激しさを間違った方に向けぬよう律する、ということだろう。それを承知しているから、景綱も日頃、敢えて厳しく接している。武芸や馬術の稽古でも一切手を抜いたりはしない。ただ、今だけは労わってやりたくなった。言葉に精一杯の思いを込め、声音で頭を撫でた。

「若殿と愛姫様の仲は？」

「悪くない。片目の潰れた醜いあばた面を、愛は恐れなかった。それどころか、疱瘡を患って辛かっただろうと涙を流すのだ。当の俺が覚えていないことなのにな」

なるほど、激情だけに支配されてしまわないのは、愛姫に支えられていることも大きいか。男女の契りを交わしていなくても、二人は立派に夫婦である。

「奥方様を大切になさいませ」

政宗は少し照れ臭そうに頷いた。

「愛は人質だが、それだけで終わらせる気はない。田村が伊達を裏切らぬ限り、という条件が付くがな。そちの言うとおり、愛との間に子を生すのが一番の近道だろう。何とかして母上に、俺の力を認めさせねばならぬ」

「遠からず、その機会もありましょう」

蘆名の体たらくを見るに、向こう何年かは会津の切り盛りだけで手一杯となるだろう。伊達にとっては、相馬との戦を決着させる、またとない好機となる。政宗も既に十四歳、次の相馬攻めには参陣となるに違いない。戦果を上げて初陣を飾れば、母も子を認めるはずだと信じた。

相馬との戦は引き続き小競り合いを繰り返していたが、その中で伊達家は、亘理元宗らが守る伊具郡の一部を奪われていた。これを取り返し、相馬に打撃を与えん。蘆名が動けぬ今のうちが勝負である。年が明けて天正九年（一五八一年）二月、戦支度が急速に整えられていた。十五歳となった政宗も、この戦で初陣を迎えることとなっていた。

米沢の城下町に鍛冶衆の勇ましい掛け声が響く。

「そうれ！」

「よいさ！」

筋骨隆々とした素裸の男が前と後ろに二人ずつ、束になった足軽槍を担いで進む。長さが二間以上もあろうかという長槍は、短い白木の棒を何本も継いで竹を被せ、麻紐で巻いた上に黒漆を施したものである。長く、良くしなるもので、そして何より重い。五十本も束にして丸太のようになったものを四人がかりで担ぎ、運んでは城に納めることを繰り返していた。

春まだ浅い頃合、鍛冶の肌から立ち上る湯気を興味深そうに見つつ、政宗がぼそりと呟いた。

「雑兵などより、あの鍛冶を兵に雇った方が良いのではないか」

景綱は少し危ういものを感じて、冷淡に返した。

「そう思われるなら、三の郭をご覧あれ」

政宗を伴って城下の西門をくぐり、小者の侍詰所がある三の郭へと向かった。そこには地侍や牢人が集まっていた。この他に、足軽と思しき者も数多い。総勢で二百ほどと見えた。どれも無精髭の薄汚れた顔をしている。髷もぼさぼさで、頭の後ろで束ねただけであった。

見てくれはむさ苦しいが、これらの者どもを見て政宗の目に厳しいものが宿った。

「陣借りの連中か」

地侍や牢人たちは、陣を借りると称して戦に加わり、己が武勇を売り込んで恩賞や仕官にあり付こうとする者どもであった。足軽衆は戦勝後の略奪が目当てである。

「然り、戦を生業としているような連中です。戦いは三ヵ月も先だというのに、勝ちそうな方を見極めねばならんとばかり、今から殺気立っておりましょう。常に気を張り詰めているがゆえのことにございます」

政宗は苛立った声音で「浅ましい」と吐き捨てた。

「確かに鍛冶よりも戦い方を知ってはいよう。だが金を稼ぐために戦い、敵地を襲って女を犯す者など、取るに足らん奴輩だ。卑しき欲にまみれ、遠謀なく戦うからこそ、奴らはいつまでも雑兵なのだ」

「されど、若殿よりは戦というものを知っておりまする」

「何を……」

それきり何も発しない。景綱は「ふん」と鼻息を抜いた。少しばかりは良い薬だ。

そう思ったところ、政宗は小さく「気に入らん」と呟いた。

「小十郎、決めたぞ。俺の初陣には、あの者どもをくれと父上に申しておく」

「戯言を仰せられますな。若殿では、まだ——」

「それができねば天下は取れぬ」

こちらの言葉を遮って静かに怒声を発し、政宗は立ち去ってしまった。

五月、ついに出陣となった。

まずは輝宗の行軍に三里ほど随行し、これを見送ると、景綱は政宗と共に米沢城下の外れに築かれた陣地へと戻った。城下の陣地では、鬼庭左月斎が三百の兵をまとめて待っている。

政宗が賜った役目は輝宗率いる本隊の後方守備である。相馬勢はこれまでの戦で、兵の一部を割いて大きく迂回させ、伊達本隊の後方を襲う戦術を何度も見せた。此度の戦では伊達家に牢人の陣借りが多い。多勢に無勢の不利を覆すべく、必ずこの戦法を取るという見通しらしい。

そこまでは良い。輝宗の見立てに間違いはないだろう。問題は政宗に任された兵であった。

景綱は唖然とした。大半が陣借りの牢人や地侍なのである。

（若殿は、本当にこういう者どもを兵にくれと無心されたのか。しかし……）

政宗の希望があったとしても、まさか輝宗が聞くとは思っていなかった。初陣は戦に慣らすことこそ目的であるはずだ。ゆえに、良く鍛錬された忠実な者を賜るとばかり思っていた。

改めて兵を見る。足軽や雑兵に至るまで、勝ち戦の略奪に味をしめた年嵩の男たちばかりであった。皆、凶暴な眼差しを隠そうともせず、だらけきって兵列も乱れていた。

政宗は――と傍らを見ると、薄笑いを浮かべている。遊びではないのだぞ、と湧き上がった怒気を飲み込み、軽い溜息に変えた。

「若殿。それがしと左月殿で、兵どもに軍令を申し渡しまする。まずは馬回りの者と共にこれにて待たれませ。それがしがお呼び申し上げたら胸を張って悠々と馬をお進めあり、出陣の音頭をお取りくださいますよう」

「任せる。小十郎、いざ行け」

落ち着き払った返答には、どこか「やれるものなら、やってみろ」というものが感じられた。見くびるな、と心を波立たせ、景綱は馬を進めた。

左月斎はこちらに気付くと渋い顔を見せた。さもあろう、ここにいるのは戦に勝つのが目的の兵ではない。戦勝の恩賞や仕官こそ第一という手合いである。どれもこれも、守備に回されたことで、ありありと不満を湛えた顔なのだから。

「このとおりだ。何を言っても聞きやせぬ」

浅黒い顔に真っ白な顎鬚が、黄色い頭巾の下で歪んでいる。その左手に轡（くつわ）を並べつつ、こちらも眉をひそめるに至った。

「左月殿でもまとめきれぬとは……初陣だと言うのに、若殿も殿も何を考えておいでなのか」

ががやがやと騒がしい兵列の前、馬上で小声の会話を交わしていると、先頭に立つ者がうんざりしたような声を上げた。

「こそこそと、何を話しておるのだ」

鉢金（はちがね）を巻いた四十男は足軽の持つものより短い槍を携え、伊達家から貸し与えられた腹巻とは違う胴丸を着けていた。武具が古びているところを見ると、どうやら牢人らしい。

「おおかた、俺たちの上に立つ若殿とやらが頼りないのだろう」

嘲弄のひと言に、腹の内が怒りで熱くなった。

「陣借りしてまで戦場に出ようという者が、大将のお姿も見ぬうちから愚弄するとは何たることか。控えよ！」

一喝したが、景綱とてまだ齢二十五である。俺から見れば小僧にも等しいとばかり、四十がらみの牢人は、面白くないものを吹き飛ばすように「ふん」と鼻で笑った。

「伊達の若殿とやらは、幼くして疱瘡を患ったそうだな。斯様に不運な大将に命を預けるために参陣したのではない」

「人の器を運で測ることは間違っていない。だがそれを言うなら、死の病に見舞われて一命を繋ぎとめた幸運を以て測るべきではないか」

「どうにかこうにか命を拾い、片目を失った若殿のどこが幸運か。第一、何で守りなのだ。俺をはじめ陣借りの者は、戦働きを認めてもらわねばならぬのだぞ」

「ならば、なぜ伊達に参陣した。槍働きで仕官すれば、いずれ若殿こそ、うぬの主となられるというのに、それすらも分からぬとは！」

「仕官など俺は知らぬ。恩賞を受け取ったら、さっさと次の戦場に行くまでだ。それが、来るかどうかも分からぬ敵に備えよと命じられた。これだけでも既に不運ではないか」

は――」

不運ではないか。そう言おうとした喚き声を、乾いた音が遮った。パン、とひとつ響いたと思う間もなく、牢人は、もんどり打って仰向けに倒れた。鉢金の中央が丸くへこんでいた。

背後から、馬蹄の音が悠々と近付いて来る。

黒塗りの五枚胴具足、長大な弦月の前立をあしらった漆黒の兜。右目には練り革の眼帯、水鏡の如く落ち着いた隻眼——政宗であった。肩に担ぐ馬上筒の火縄が細く煙を燻らせている。

「つべこべと……殺すぞ」

静かだが良く通る声と共に、隻眼が狂気を孕んだ。

景綱は戦慄し、身じろぎすらできなかった。

牢人と政宗には決定的な違いがある。なるほど、戦を知り抜いているという意味では老練な四十男の方が上かも知れない。だが、牢人が四の五の御託を並べたのとは対照的に、政宗はまず引き金を引いた。決断、行動、そして極限の威嚇。言葉よりも先に行動で示したことが大きい。最前まで騒々しかった兵の群れが、しんと静まっていた。

政宗は馬を降り、牢人の前へと進んだ。

「若殿……」

止めねばならぬと馬を降りかけたところへ、左月斎が手を伸ばして制した。待てと言うのか。今はただ見守れ、と。

「うぬは働く気があるのか、ないのか」

　鉢金に弾を受けたのだ。射貫けるほど近くからの一発ではないが、朦朧として当然だった。ふらつきながら身を起こして四十男は何も答えられずにいる。政宗は肩に提げた早合――手間を省くために銃弾と火薬をひとまとめにした紙筒を毟り取り、さっと弾込めをした。

「どうなのだ！」

　一喝と共に、牢人の左腋に向けて引き金を引いた。破裂する音と共に、牢人の肩から赤黒い血が迸った。絶叫して転げ回る男を冷徹に見下ろし、政宗は、今撃ち抜いたばかりの左肩を乱暴に踏み付けた。

「今一度聞く。働くのか、働かぬのか」

「は……働きます。助け、お助け……」

　牢人は幼子のように泣きじゃくって涎を垂らし、小便を漏らしながら命乞いをした。その姿を見る政宗の目は呆けたようなものになったが、しかし一瞬の後に狂気の光を取り戻した。

「天晴れな働きぶりであったと、父上に言上する。流れ弾の傷、手当てをするが良かろう」

言うが早いか、肩を押さえ付けていた足で牢人の横面を蹴り飛ばす。這(は)って逃げ出す男にはもう一瞥もくれず、政宗は余の者に向いて高らかに宣言した。

「軍令、申し渡す。ひとつ、俺の命令に従わぬ者は殺す。副将の鬼庭左月、片倉小十郎に従わぬ者も同じと思え。ひとつ、命じられた場合を除き、声を出した者は殺す。ひとつ、戦場からみだりに逃げる者は殺す。以上……いや、もうひとつあった。兵列を乱す者は殺す」

ぎらりと睨むと、兵たちは血相を変えて列を整えた。

戦場に至って、景綱はまたも政宗の器を思い知った。守りのために留まるべきことを命じられたが、政宗はこれに反して兵を動かしている。向かう先は米沢から遥か東、阿武隈川を渡った向こう側の丸森城である。城を窺うと見せて相馬の別働隊を燻(いぶ)り出す腹づもりと思われた。

無言を貫く三百の兵は、整然と進んだ。

そう言えば、と景綱は思い出した。戦に際して無駄口をきかぬことは、越後の上杉家でも軍令の第一だと聞いたことがある。静寂を守れば将の命令が聞き取りやすくなり、また兵の気も引き締まる、という理由らしい。もっとも越後流の軍学など、己も虎哉も教えていない。これは全て政宗の内から出たものなのだ。

今さらながら、輝宗がなぜ初陣の政宗に扱いにくい兵を任せたのかを悟った。即ち、これを以て力量を測るためである。持て余した場合には左月斎が指揮を執れば良いという思惑だったのだろう。

（だが若殿は……）

大きく成長した、と心の底から思う。

輝宗の見立てどおり、相馬勢は別働の隊を組んでいるに違いあるまい。それを待つのではなく、自ら動いて潰そうというのだ。英主たる父を凌ぐであろう伊達政宗という大器は、初陣でどのような戦を見せるのかと胸が躍った。

米沢と丸森の中途、まだ阿武隈川を見ぬうちに、堪りかねたように姿を見せた一隊がある。これぞ相馬十六代当主・義胤（よしたね）の弟、相馬隆胤（たかたね）が率いる五百であった。

「かかれ！」

敵大将の号令が響き、五百が喚き声を上げた。相馬領には馬の産地があり、従って騎馬武者も滅法強い。こちらの戦意を吹き飛ばすべく、足軽の群れに三十ほどの馬が突撃をかけた。

　しかし伊達の足軽は逃げ散らなかった。どうやら騎馬の突撃よりも政宗の軍令――逃げる者は殺す――の方が恐(こわ)いらしい。言葉だけではない「殺す」という行動を見せつけられたのが、相当効いている。

　政宗は景綱の傍らに馬を進めていたが、敵の動きを見ると手綱を引き、すう、と大きく息を吸い込んで大声を張り上げた。

「槍衾(やりぶすま)を組め！」

　行軍をする三百のうち半分の兵が横合いに走り、互いに隙間なく槍を掲げた。次いで右膝を突いて左膝を立て、半身に構える。立てた膝に槍の柄を載せ、石突(いしづき)を体の後ろに引いて地に付けると、二間の長槍が一斉に斜め上を向いた。

　相馬の騎馬武者はこれを見て、慌てて手綱を引いた。だが全力で疾駆する馬の勢いは、そう簡単に止まるものでもない。勢いを殺しながら飛び込んだ馬の胸や腹を、無数の槍が穿(うが)った。

「支えよ！」

兵どもが渾身の力で支えると、突き立った幾本もの槍が大きくしなり、馬の体を跳ね返した。放り出された騎馬武者が踵を返して逃げ走るのを見ると、政宗は左月斎に呼ばわった。

「左月に徒歩兵を任せる。突撃だ」

次いで政宗はこちらに向く。

「小十郎、鉄砲を十ずつ分けて左右に開くぞ」

左月斎と揃って「承知」と返し、自らの率いる十の鉄砲兵を連れて右翼に回った。

中央では左月斎が、だみ声を張り上げて号令していた。

「皆の者、突撃だ。鬨を上げよ。ええい！」

「おう！」

「えい！」

「おう！」

えい、つまり突撃の支度は「良いか」と問われて「応」と返す。相馬の喚き声よりも、大勢が整然と上げる鬨の声の方がずっと勇ましく、恐ろしい。えい、おう、と唱えながら走るうち、足軽たちに闘志が満ち満ちていく。空気の震えでそれが分かった。

　これに併せて敵も徒歩勢を動かした。だが騎馬の突撃で出鼻を挫く目論見(もくろみ)が外れ、今またこちらの勢いに圧倒されているのか、足が鈍い。

「鬨、止めい。叩け！」

　左月斎の号令の下、再び兵は無言に戻り、一斉に槍を打ち下ろした。二間もの長さがある雑兵槍の役目は、穂先で敵を貫くことが主ではない。柄でも何でも良い、叩き殺すつもりで振り下ろす方が強い。よしんば討ち取れぬまでも、手傷ひとつを負わせてやれば敵は戦意を失う。今、相馬の足軽がそうであるように。

　敵の喚声が悲鳴に変わり始めた。兵が少しばかり逃げ始めたと見るや、政宗が高々と右手を上げた。併せて景綱も右手を上げる。狙いを付けるべく、左右に十ずつ分かれた兵が一斉に鉄砲を掲げた。

「撃てい！」

　政宗のひと声で両翼から一斉射が浴びせられた。多くの弾は具足に弾かれたが、運悪く首に命中した者もいる。敵の足軽は、三人ほど倒れた。

「叩け！」

　再び、左月斎の徒歩兵が槍を持ち上げ、これでもかと打ち下ろした。ざっと二百ほどの敵兵が転げるように逃げ出した。

「撃てい！」

　その背を鉄砲が襲う。今度は五、六人が倒れた。両翼に鉄砲、正面には老いてなお盛んなる猛将・鬼庭左月斎良直（よしなお）。息をつく間もなく交互に攻め立てられて、ついに敵は壊乱した。

　陣地に向けて逃げ走る者は、政宗と景綱の鉄砲が容赦なく撃った。戦場を捨てて逃げようとする者は、左月斎の徒歩兵に首を掻かれた。両軍の衝突から決着まで、四半刻とかからなかった。

「もう良い。戻れ」

　政宗の命令と馬廻衆が吹く法螺貝（ほらがい）の音で、三百の兵はさっと整列した。

　景綱も自らの鉄砲兵を率いて戻り、政宗に問うた。

「追い討ちせずともよろしいのですか」

「構わぬ。追い討ちをせぬことが、俺の追い討ちだ」

　どういうことなのだろう、と思いながら、まずは初陣を飾った政宗に従って勝鬨（かちどき）

を上げた。

戦場から三里ほど兵を退いた辺りには、初夏だというのに草もまばらな荒れ野がある。政宗の隊はここで一刻の小休止を取ることとなった。景綱と左月斎は政宗と共に飯を取った。戦場ゆえに満足なものはないが、それでも小さく火を焚いて餅を焼いた。

「ところで若殿、先のことですが」

追い討ちをせぬのが追い討ちとはどういうことかと、率直に尋ねてみた。

「先に蹴散らした奴らは何処へ逃げる」

「大将の相馬隆胤はじめ、多くの将は本城の小高に戻りましょう。逃げ散った侍や足軽は……この辺りなら、丸森城かと」

政宗は大きく頷き、大笑した。

「だろうな。まあ見ておれ」

それだけ言って、焼き上がった餅をかじり、熱さに顔をしかめる。二つめの餅に手を伸ばしつつ、政宗は「それよりも」と話の向きを変えた。

「小十郎、俺は此度、良いことを知った」

つい先ほどまで狂気を湛えていた隻眼が、何とも眩しく輝いている。

「何をです」

「時を越えるやり方だ。戦に出る前、馬鹿牢人を脅してやっただろう。あの男、幼子のようになりおった。何と言うのか……上手く言えぬが、とにかく人は時を越えられると思った」

また呵々と笑う。先の大笑よりもずっと素直で、楽しそうに聞こえた。

飯を取っている間に、輝宗の本隊も勝ちを収めたとの旨、早馬があった。政宗は報せを受けると、休息を切り上げた。

「全ての支度は済んだ。これより我が隊は次の動きに入る」

当初の目的を果たして撤収するばかりだと誰もが思っていたが、政宗は何と、先へ先へと進んでいる。

「このままでは敵の丸森城に行き着いてしまいますぞ」

馬上で不安げに言う左月斎に、不敵な、ふてぶてしいとも言える声音が返された。

「当たり前だ。丸森に向かっている」

今日は驚かされてばかりだが、またも驚いて、景綱は即座に問うた。

「丸森城への進軍は、敵の別働隊を燻り出すための方便では？」

「誰がそんなことを言った」

確かに政宗は、ひと言もそんなことは言っていない。が、まさか本当に向かう気なのか。だとしたら止めねばならない。

「味方の数が少のうございます」

丸森城には二百の備えがある。先に蹴散らした者どもが加われば三百にもなろう。城攻めには城兵の三倍から四倍の兵が要る。

「数か。兵法の初歩だな。だがそれを言うなら、戦わずして勝つが最良というのも兵法だ」

左月斎と互いに怪訝な顔を見合わせつつ、政宗に従う以外になかった。行軍は阿武隈川を右手に見て、下流へと向かった。

三十里も行くと川の向こう岸に足軽らしい一群が見えた。こちらとは逆に、上流へと進んでいる。政宗はそれらの者を見ると、大音声に呼ばわった。

「伊達の嫡男、藤次郎政宗ここにあり。そこな足軽ども、川を渡って潔く戦え。殺してやる！」

足軽の一群はこちらに気付き、伊達の旗印と政宗の目立つ兜を目にすると、蜘蛛の子を散らすように逃げてしまった。

「小十郎、左月。あれを見たか。相馬の兵どもだ」

数は確かに、先の交戦で逃げ散ったと見えるぐらいだった。

左月斎は訳が分からぬという顔をした。

「何故に今頃、この辺りをうろついておるのでしょう。しかも丸森城に逃げたはずが、逆の方に向かっておりましたぞ」

「俺がそう仕向けた。さあ、丸森はもうすぐだ」

政宗はそれ以上を語らなかった。

幾らか馬の足を速めてさらに十五里進むと、地平の先が夕刻の西日に照らされて眩く煌いた。阿武隈川は、あの辺りで北向きに、大きく左手へと曲がっている。

と、その随分と手前に数人の影が見えた。これらは馬に乗っていたが、こちらの軍が近付くと下馬して河原に平伏した。

「伊達家ご嫡男、政宗様とお見受けいたします」

一町の先で、伏したまま大声で呼ばわる。政宗もこれに応じた。

「いかにも政宗だ。決心は付いたか」

政宗は兵団を左月斎に任せ、平伏する男の下へと馬を馳せた。政宗の身に何かあってはと、景綱は自らの手勢を連れて供に付いた。

駆け寄ってみると、五人の男が平伏していた。身なりからして侍であろう。一番手前の男が顔を上げて、門間大和と名乗った。

「門間……丸森の城主ではないか！」

思わず声を上げると、門間は居ずまいを正した。

「我ら丸森城の相馬家臣一同、政宗様に降伏いたす所存。初陣にて数の不利を覆すお見事な戦ぶり、逃げ込んだ兵どもから聞き及んでおりまする。それに、輝宗様も勝利を収められたとか。丸森には兵も少のうござれば、先だってよりのお勧めに従うが最善と思い定めた次第。ついては逃げ込んだ兵どもを追い出し、これまで出向いた由にござります」

景綱は驚いて政宗を見た。まさか先んじて調略していたとは。思う傍で、政宗は幾らか憮然とした声で返した。

「決断が遅い。本来なら首を刎ねて殺すところだが……まあ良い。約束どおり俺の家来としてやるゆえ、有難く思え」

「は……はっ！」

馬前で平伏して総身を硬直させる男たちの姿に、ただ呆然としていた。斜め前の馬上から、不敵な眼差しが寄越された。

「どうだ。分かったか」

今さらながら「追い討ちをせぬのが追い討ち」という言葉の真意を悟った。政宗は丸森の城将たちに、本城の小高と寸断されること——孤立という恐怖を与えたのだ。伊達家嫡男の家臣として抱えるという手形が持つ些末な旨味を、数倍の魅力へと化かすために。

喜び、悲しみ、苦しみ。楽しみ、怒り、絶望。人の心は実に様々なものを映す。その中で最も大きく、また心を挫きやすい感情。それが恐怖だと景綱は思う。

（若殿は……恐怖というものを使いこなす術を会得している）

足軽や陣借り衆を従わせた一件も然り、丸森の重臣たちに仕掛けた調略も然り。頭で考えているのではない。これは天下への強すぎる思いが生んだ、将としての勘性なのだ。伊達政宗という将の底知れなさを思い、景綱は身を震わせた。

二　時を止める

西から北に向けて広がる琵琶湖は、安土山を飲み込まんばかりであった。盛備は、ふと思い出す。近江という地名は淡き水の海、つまり「あわうみ」が転じたものだそうだ。確かにこの威容は海と言うのに相応しい。かつて北条氏政への使者として相模に向かった際、小田原城から相模湾を一望したことがあるが、それに近い壮観であった。猪苗代湖とは比べものにならぬほどの広大さに、しばし目を奪われた。

「金上殿、如何なされた」

案内役の小男が怪訝な顔をした。

「あ……これは。琵琶湖の大いなる姿に、つい見惚れておりました」

軽く頭を下げると、小男——羽柴筑前守秀吉は、人好きのする甲高い声でけらけら笑った。

「このぐらいで驚いておられてはいけませんぞ。それでは右府様にお会いになられたら、飲まれてしまいます」

ひと月も前、あの伊達政宗が初陣を飾り、鮮やかに一城を落としたと聞こえてきた。ただでさえ手強い伊達に更なる力が萌芽（ほうが）したのである。放っておけば蘆名は伊達と佐竹に挟撃されてしまうだろう。止々斎盛氏亡き今、これでは持ち堪（こた）えられない。

既に天下取りを諦めた蘆名家である。残された道はひとつ、天下人となった織田信長の風下に付くのが、奥州の名家を存続させる最善手であった。

盛備は主君・蘆名盛隆を説き伏せ、信長の拝謁を受けるべく、名代として安土まで上がっていた。案内役を務めるのが音に聞こえた羽柴筑前ということで、幾らか気後れしていたのは事実である。足軽から身を起こして家老の柴田勝家や丹羽長秀（にわながひで）に次ぐ重臣に上り詰めた男となれば、剃刀（かみそり）のように鋭い男ではないかと身構えていた。だが鼠が殴られたような顔と言い、今の声音と言い、何とも取っ付きやすい風で拍子抜け、という思いもある。

（否、否。油断は禁物ぞ）

飛ぶ鳥を落とす勢いの天下人が、人柄だけで重く取り立てるとも思えない。秀吉に抜きん出た才覚があるのは、いずれ間違いないだろう。

盛備は微笑の面持ちを作って返した。少し硬いかも知れぬ。

「仰せ、ごもっとも。まず会津の山奥に籠もってばかりでは、気が小さくなっていけません。それにしても、羽柴筑前殿ともあろうお方が案内役とは」

秀吉は、今度はにんまりと笑った。

「日頃から目立ち、戦ではさらに目立つ。軽輩から立身するため、この秀吉、右府様に咎められぬ限り、如何ほどに小さきことでも自ら買って出たのです。それは今でも変わりませんでな。もっとも役目を果たせぬとなれば、それはきついお叱りを頂戴しますゆえ、できることにだけ手を挙げるようにしております。案内役など手前に打って付けでしょう」

できることだけ、というのはそのとおりかも知れない。しかしその「できること」の幅が広くなければ、近江の東南一帯を睨む長浜城主を任せられたりはすまい。

（なるほど、食えぬ男だ）

秀吉の中を覗いた気がして、胸の内に少しばかり嫌なものが混じった。

今さら案内役などを買って出たところで、功ありと認められはしない。目立っためではなく、信長を訪ねる者を知っておき、やがて戦で滅ぼすべき相手か、使者を立てて跪かせる相手かを見極めているというのが正しいだろう。それならばと思い、小声で尋ねてみた。

「右府様とはどのようなお方にございましょうや。遠く離れた陸奥の国に聞こえてくるは、恐ろしげな話ばかりにござりますれば」

　秀吉はこの問いには答えず、からからと笑って山の上を指差した。

「安土の城は大きいでしょう。あまりあれこれ話しておられると、右府様の下に着く頃には息が上がってしまいますぞ」

　はぐらかしているのか。違うだろう。安土城を見て、信長の人となりを自ら悟れということに相違あるまい。それができねば交渉も失敗に終わるし、蘆名は先々、織田に攻め滅ぼされることになる、という脅しに思えた。

　軽く奥歯を噛んで城を見上げた。

　安土城はかつて佐々木六角家が居城とした観音寺城よりもやや西の山城で、山の頂に築かれた本丸には唐様（からよう）の豪奢な天主がそびえていた。一般の城で言う天守に「天主」の文字を当てるのは、切支丹（キリシタン）の神に準（なぞら）えたものだそうだ。本丸の手前、二の丸に至るまでに、いくつもの郭が見える。山裾の大手門から見えるだけで七つが数えられた。

門に供の者を残し、秀吉と数名の兵に導かれて進む。そこに続く大手通は段差の低い石段で少しずつ上るようになっていた。道幅は三間ほどと狭いが、実に歩きやすい。おまけに二町近くも真っすぐ伸び、凡そ山城の利とするところをまるで生かしていなかった。常なる城では敵の足を止めるため、もっと曲がりくねった道を敷くものなのだが。もしや織田信長という人は城取り、設計というものが下手なのではあるまいか。

（しかし、それにしては戦が巧い）

古来、寡兵で大勢の敵を討つ者は戦巧者と呼ばれた。だが、これは知恵者ではあっても戦巧者ではない、と盛備は思う。真の戦巧者とはいつの世にも、外交に於いて巧みな者なのだ。

戦とは詰まるところ数の勝負である。これまでに聞いたところでは、信長は自軍の兵を一極に集めて敵を攻めることが多いそうだ。一見して力押しで、巧みと言われることはない。だが数を揃えることで敵は意気を阻喪し、結果、自軍の損兵少なくして勝ちを収める。一気に勝負を決めることで、攻め落とす地を過度に荒らすこともない。巧みと言わずして何と言おう。

一方では、領内の各地から兵を動かすのだから、各方面の守りが手薄になる。近隣に割拠する大名豪族への周到な根回しは当然必要になるのだ。つまり信長は多方面を外交で丸め込み、或いは牽制して抑えつつ、一勢力の攻略に力を集中して短期決戦に持ち込む外交通であった。

長引く戦にろくなことはない。第一に、長期の戦には必ずと言って良いほど仲裁が入る。戦場から逃げた足軽が周囲の村々に潜み、略奪を働くようになるのが迷惑だからだ。和議の勧めがあれば戦はそこまで、結果として戦費ばかり食って得るところが少ない。

信長は、そういう拙い戦はしない。大軍による速戦即決という最上の戦を率いる男が、これほど不細工な築城をするのには訳があるはずだ。

（この城、戦のために建てたのではないかも知れぬ）

そう考えた頃には、本丸の天主が間近に見える辺りまで山を登っていた。息が上がり始めている。少し歩を止めると、天主台の南西にある百々橋口近く、厳かな建物の群れが見えた。

「羽柴殿、あれは」

「ああ、お寺様です。摠見寺(そうけんじ)と言いまして、右府様がこの城を築くに当たり、臨済宗の妙心寺派から住職を招きました」

つまらなそうに説明する顔を見て、いささか驚いた。

討ち死にした者を弔う小堂や仏堂を持つ城ならば、会津にもある。向羽黒山城などは出家した止々斎が居城としていただけに、やはり小さいながらも仏堂は持っていた。だが本堂があり、三重の塔を構え、伽藍(がらん)までを備えた寺がある城など、他では見たことも聞いたこともない。

「ふむ」

顎を軽く摑(つか)むように手を当てて、この城は仏の教えのために築かれたのだろうか、と考える。だが織田信長は比叡山延暦寺(えんりゃくじ)を焼き討ちにし、石山本願寺(いしやまほんがんじ)とも争っていた。伴天連(バテレン)の修道士を保護して布教を許していることからも、仏敵と呼ばれている。

こちらを見る秀吉が、にやりと顔を歪ませた。己が考えは的を外しているのだろうか。一方では正鵠(せいこく)を射ているようにも思える。秀吉の顔は、そういう得体の知れなさを湛えていた。

ふと仰ぐと、七層から成る天主の六層めの欄干に、擬宝珠（ぎぼし）が飾られているのが目に入った。城内に本式の寺を持つばかりか、自ら住まうという天主に仏門特有の装飾が施されているとは。

（これも、自ら「第六天魔王」を称している男とは思えぬ）

第六天魔王とは、仏道の修行者を法華経（ほけきよう）から遠ざける魔物である。織田は法華経を重んじる日蓮（にちれん）宗の家柄だそうだが、魔王の自称とこの城は何とも不釣合いに思えた。

だが日蓮の名を想起したことで、いや待て、と天啓に打たれる思いがした。

（確か、日蓮上人が顕した法華経の曼荼羅（まんだら）には……）

いるのだ。その曼荼羅には、第六天魔王が。日蓮上人は「強い信心と祈りの前には第六天魔王すら味方する」と説き、信徒を導いたそうだ。

（なるほど。織田信長とは……そういう人か）

信長は、仏の名を隠れ蓑（みの）に不埒（ふらち）な行ないを重ねているという理由で比叡山を焼き、本願寺と戦った。それは名目だけのことではなかったのだ。

信心に曇りなくば第六天魔王は味方する。安土城の珍奇な造りは、その意思の発露だろう。伴天連を重んじるのも、南蛮がもたらす益のみに因ることではあるまい。イエズスなる神の教えのために危難を冒し、遠路はるばるやって来た純粋な思いに報いるためなのだ。

思わず「ふふ」と含み笑いが漏れた。

「羽柴殿は織田家のため、御身のため、常に真摯に物事に当たっておられたのでしょう」

秀吉は、初めて裏表のなさそうな笑みを見せた。

「そうせねば出世できませぬからな」

揃って呵々と大笑し、しばし麓の街並に目を遣った。重臣や商人、匠たちの住まう家が甍を並べ、秋八月の陽光を白く跳ね返している。秋風が小袖の内に流れ込み、汗ばんだ肌を爽やかに冷ました。

「さて金上殿、参りますか。貴殿が遠路はるばる近江までお出でになられたのは、蘆名家を思う心の誠ゆえにござろう。それは、きっと右府様にも通じましょうぞ」

力強く頷き、また歩を進めて山道を進んだ。

天主は雄大な琵琶湖に負けぬ壮観であった。遠目にも造りの大きさが見て取れたが、近く寄って改めて見れば、土台の石蔵は高さが十間以上もある。秀吉によればこの石蔵は、正確には南北に二十五間、東西に二十間、高さが十二間ということだ。中は土蔵として使っているらしい。これほどの土蔵に備蓄する兵糧や武具、酒の類はどれほどの量になるのだろう。まるで見当も付かない。

石蔵には出入り口があるが、これは飽くまで物の出し入れに使うもので、人の出入りは二層めだという。石蔵の壁面に沿って築かれた緩やかな石段を上ると、その二層めに至った。

草鞋（わらじ）を脱ぎ、衛兵に腰の物を預けて中へと入る。築城の初めから数えて五年を経ているそうだが、柱に使われた檜（ひのき）は未だ真新しい芳香を発していた。

二層めは内廊下になっていて、漆喰（しっくい）で白く固められた壁が頭上高くそびえ立ち、明かり取りから入る陽光あってなお薄暗い。廊下からは個々の室内が目に入るのだが、驚いたことに、全ての部屋が畳敷きになっている。会津では黒川城も向羽黒山城も、畳などは城主の居室に敷かれているだけで、広間から何から、大概は板張りのままになっている。それは伊達の本城、米沢でも同じである。この壮大な城を思えば当たり前のことかも知れぬのだが、それでも織田の財力には度肝を抜かれた。

南西の一角まで進むと階段がある。一般に天主は城の象徴であり、戦の際に最後の砦となるものである。敵を防ぐために廊下は狭く、また階段は急な造りになっているのが常であるが、安土城は全くの逆しまであった。信長をはじめ女子供もここで暮らしているそうだが、なるほど配慮が行き届いている。

安土城の正面は西、つまり京の都に向いている。これは帝をお迎えした場合のことを考えたゆえだそうだ。何を聞かずとも、案内役の秀吉が一々説明してくれた。

三層めは外廊下となっていて、階段を上りきると一気に視界が開けた。と、同時に目の眩むような思いがした。天から降り注ぐ光が城内に煌き、反射しているように見える。通された広間の様子で、その理由が知れた。正面、西向きの間には金箔を貼った襖が並んでいた。黄金の光の中に花鳥図が描かれている。

座して待つように言われ、十二畳敷きの入り口近くに控えて座る。秀吉も傍らに座り、相変わらず人好きのする、くしゃくしゃとした笑顔で説明を加えた。

「ここは花鳥の間と言いましてな。各国のご使者をお迎えするのに、よく使います」

それにしても見事な絵だ。これは狩野(かのう)派だろうか。ある襖には梅に鶯(うぐいす)、別の襖には雉(きじ)と牡丹(ぼたん)。黄金色の中に映える花鳥は、煌びやかな金箔と対を成すように落ち着いた輝きを放っている。

絵に目を奪われていると、奥の襖がすっと開いた。盛備はそれに合わせて頭を垂れた。

幾らか乱暴な足音が響く。それに続く静々とした足音は小姓であろう。正面に、どさりと尻の落ちる音が聞こえた。

「信長だ。面を上げられよ」

もっと重々しいのかと思っていたが、やや甲高い声である。従って頭を上げると、二間も向こうに座る細身の男は興味深そうな眼差しを寄越した。つるりとした細面は、どこか高貴な相を思わせる。ただ、目元は鋭い。短く蓄えた口髭には少し白いものが混じり始めていた。

再び頭を垂れ、口上を述べた。

「会津、蘆名左京亮盛隆が家臣、金上盛備にございます。拝謁の栄誉に与(あずか)り、恐悦至極。さて当家は右府様と誼(よしみ)を結びたく存じ、不躾(ぶしつけ)ながら献上の品を携え参上した次第。献上するは会津の駿馬にございます。こちらは羽柴殿がご差配にて城下の馬場へと引かれておりますれば、追ってご覧に――」

「話が長い。しかも、つまらん」

　口上を遮られて驚き、思わず顔を上げた。

「いえその、されど使者として赴きました以上は礼節を尽くし――」

「いらぬ、と言っている」

　信長の面持ちは最前と変わらぬが、この物腰から察するに気短な人のようだ。盛備は慌てて、また頭を垂れた。

「話が先に進まぬ。面を上げたままで良い」

　いくらか不安になって顔を上げると、信長は扇子を開いては閉じ、閉じては開きながら溜息をついた。

「其許、堅物と言われるだろう。礼節を重んじる心根や良し。されど人の生涯は短い。必要以上の慇懃は相手の時を奪う愚行と心得よ。少なくとも、この右府に対してはな」

　十二畳の空間が信長に握られていた。再び頭を上げつつ、ふと伊達の若君を思い出した。政宗にはこれに通じるものがある。

信長は鼻から軽く息を抜いて尋ねた。

「さて……何が望みだ」

「はっ。先にも申し上げましたとおり、右府様と当家との誼を結びたく存じます」

「献上の品があるということは、織田に従うと申したようなものだ。が、蘆名ほどの大名が見返りなく従う訳もあるまい」

こちらを見る目が、俄に興味の光を湛えた。先に「つまらぬ」と言ったのは、これか。蘆名が従うことで織田には変化が生まれる。それが面白いかどうかが、信長にとっては重要なのだ。

「さすれば。蘆名家は二階堂から入嗣した左京亮盛隆が家督を継いでおりまするが、隠居の止々斎盛氏が逝去して後、家臣の足並みに乱れが生じておりまする。北を見れば伊達輝宗、南には佐竹義重。これらに対抗すべく当家では古くからの盟友たる北条氏政殿との繫がりを重んじておりますが、北条殿は右府様と浅からぬ誼を通じておりますれば、当家もその輪に加えていただけぬものかと存じ、馳せ参じた次第です」

　信長は軽く頷きながら聞いていたが、ひととおり聞き終わると鼻で笑った。

「要するに、伊達や佐竹から守ってくれということか。近々、甲斐の武田を攻めることになるゆえ、聞き入れぬでもない。が、条件がある」

　傍らの小姓に向けて顎をしゃくる。見目麗しい美少年が軽く頷いて立ち、こちらに進んだ。少年は何も言わず、懐から匕首を取り出して渡した。

「これは？」

「腹を切れ。主家を思う気持ちがあればできるはずだ」

　何と乱暴なことを言うのか。唖然として目が丸くなった。

　信長は構わず続ける。

「止々斎入道は、あの武田信玄が『当世に優れた武士四人のひとり』とまで評した男よ。それに比べて今の当主たる左京亮殿の物足りなさ……。ひととおり、わしの耳にも入っておる。つまり止々斎殿が逝去されたことで、蘆名家はもう終わっている。死んだ家の命運を永らえさせようとするなら、代償に別の命が必要となろう。会津の執権とまで謳われる金上殿の命なら、その贄に相応しかろうと思うが」

　小姓から渡された匕首が、ずしりと重く感じた。

（盛氏様……）

　金上家は、蘆名一門とは言いつつ、家系は遠い昔に分かれている。それゆえ蘆名家臣の分を超えることなど考えもしなかった。常に、主家に忠実たらんと心に決めて生きてきた。

　齢十六で金上家を継ぎ、盛氏に重用され、ことある毎に重責を任されてきた。その子、早逝した盛興からも兄のように慕われ、現当主の盛隆からも蘆名の柱石よと頼みにされている。

　金上家が主家から賜った恩、己が止々斎から受けた恩を考えれば、腹を切って奉公することは簡単だ。足利将軍を追放し、比叡山を焼き、第六天魔王を自称する信長。気性激烈にして、行ない苛烈に過ぎる男に目通りすることは、端から命懸けなのだから。

「どうした。主家への忠義はないと申すか」

　平然と言う信長を、ちらりと見た。我が命を絶ち、信長に蘆名を守ってもらう。つまり己が働きを天下人の力に置き換える、と考えれば良いのかも知れぬ。既に己は齢五十五を数え、倅も元服している。今さら惜しむ命でもない。

だが、それは果たして主家のためなのだろうか。死ぬことは簡単だが、それゆえに困難から逃げる姿勢であるとも言える。ずっと、困難には盛氏と二人で立ち向かってきたではないか。

己が死した後の蘆名家には不安が残る。一門衆の猪苗代盛国や四天王家の当主らはどれも我が強く、微妙な駆け引きが必要になる陸奥に於いて蘆名を支えていくには物足りぬ。自ら手塩にかけて諸々を教え込んだ富田氏実だけは頼りになるかも知れぬが、如何にせん四天王家当主の中で最も若く、猪苗代や他の重臣を抑えるような働きは望めまい。それに伊達家との誼を重んじすぎる嫌いがあり、偏った差配をしかねない。

手渡された匕首に目を落としながら、しばらく考える。つやつやとした黒漆の鞘に映る己が眼差しは、何とも険しかった。

（険しい、厳しい。まるで人の生涯のようではないか）

そう思うと、霧が払われたように心が軽くなった。険しく厳しい生涯、それでも今まで生きて蘆名家に奉公してきたのだ。

（違う。違うな）

信長は、今ここで己が腹を切ることを望んでいるのではない。この安土城と秀吉が、既に教えてくれていたではないか。蘆名家のために己が為せる最上の奉公とは何か。それこそ信長を満足させる答であろう。

一年前、盛氏は向羽黒山城で前触れもなく倒れた。越後津川城に報せが届いたのは、その二日後であった。急を聞いて馳せ参じたが、三日めの夕刻に到着したときには、盛氏は息を引き取っていた。

富田氏実によれば、倒れた際の盛氏は酷(ひど)い頭痛を訴えていたそうだ。そして、金上に申し伝えよ、と遺言を残した。蘆名を頼む、というのが末期のひと言。それだけ言うと昏睡(こんすい)してしまい、ついに一度も目を覚ますことなく逝ったそうだ。

一門衆として、また家臣筆頭として長らく仕えた身に、いまわの際まで変わらぬ信頼を寄せてくれたのだ。人として、この遺言をどうして裏切れよう。

すっと自然に顔が上がった。不思議なもので、澄んだ胸の内は、すらすらと言葉になった。

「お断り申す。この盛備は老境に至り、しわ腹掻っ切るは容易きこと。なれど主家の行く末を、如何に右府様といえど他家の当主に見届けてくれと頼むは、忠臣の務めにあらずと心得まする。ご返答や、如何に」

目の前の魔王は、明らかに剣呑な顔つきになった。眼光に孕んだ狂気は、確かにあの伊達政宗と同じものであった。

「右府の命には従えぬと申すか」

「従うべきご下命と、そうでないものがあると申し上げておりまする。それがし、止々斎入道より蘆名の命運を託されており、また現当主の左京亮からも粉骨砕身の働きを以て蘆名を支えよと仰せつかっておりまする。されば長らく生き残り、支え続けてこそ忠義にござりましょう。命の捨て場所はいくらもあり申しますが、安土はその地にあらず。これぞ蘆名の柱石よと頼める者を見出し、全てを託してから、主家のために戦場で落命することこそ我が道にござります。そのために此度は何としても右府様より有難きご返答をいただき、会津に持ち帰らねばなりませぬ」

腹を据えた。自ら腹を切らずとも、信長の手で一刀の下に斬り伏せられるやも知れぬ。同じ死ぬなら己が信ずる誠の道、主家への思いを貫いて死ぬ方が、遥かに価値がある。気が付けば信長の眼光を真正面から受け止め、睨み返していた。

「あっははは、あはは、これは良い」

不意に、間の抜けた笑い声が響いた。秀吉であった。

「右府様、会津の武士とは、これはまた気骨のあるものですなあ。意地っ張りと言うか、何と言うか。ですが、お嫌いではないでしょう」

信長は苦笑して横目に秀吉を捉え、そうだな、と返した。次いで居ずまいを正し、再びこちらに目を向けた。狂気は消えていた。

「金上殿。其許の言が正しい。もし見苦しく命乞いをするなら主家への忠義薄き者と見做して追い返すのみ。腹を切ろうとするなら思慮の足りぬ者と見做し、ぞんざいに相手をして、あとは知らぬふりをするところであった。極限の岐路に立って命を惜しむ者も、命を軽々しく捨てる者も、この世と真剣に相対しておらぬ奴輩だ。わしは、斯様な者を信用せぬ。だが其許は違った。心の底から主家を思い、己が命の使い道を考え抜き、思い定めている。其許がある限り蘆名は信頼できる盟友であり続けるだろう」

勝った、と思った。第六天魔王との戦いに勝ったのだ、と。胸を撫で下ろす思いだったが、一方ではあまりに不躾なやり方を腹に据えかねてもいた。

「ご用心が過ぎますな。人の実を見抜く力も天下人には必須と心得ますが」

「それができると思うほど、わしは己惚れておらぬ。人という愚か者に生まれついたがゆえ、其許の心中を測らねばならなかった。方便なりとはいえ、非礼は百も承知。今となっては詫びの印を示そうと思う。変わることなき両家の盟約を誓書にしたため、献上品への返礼も大いに弾むことにする。また、他に望むところがあれば聞こうとも思うが、どうだ」

　信長に願い出るべきは盟約の他にもうひとつあった。随分と目茶苦茶な交渉になってしまったが、この分ならすんなりと聞いてくれるだろう。

「さすれば、主君・蘆名左京亮に三浦介の名乗りをお許しくださるよう、朝廷への奏上をお願いしとう存じます」

　蘆名家の遠い祖先、鎌倉幕府の中枢を担った関東八平氏のひとつ、三浦家の当主が代々受け継いだ名乗りである。しかし世は移り人は去り、既に名乗る者がなくなった称号でもあった。三浦介と聞いて、虚を衝かれたような面持ちが返された。

「斯様な、黴の生えた名乗りが欲しいとな」

「いかにも。蘆名は古くからの名門にて、一門衆、家臣団とも三浦家の流れを汲む家柄に誇りを持っております。斯様な古き家柄であるからこそ、古き名乗りがものを言うのです。いま会津が心穏やかならぬのは、止々斎入道が没し、三浦の流れを汲む男子がいなくなったことに端を発しまする。さすれば朝廷の宣下にて、主君・左京亮こそ三浦の正統とお定めあらば、口さがない者共を黙らせることができ申す」

信長は、ふん、と鼻から息を抜いた。

「人の不満というのはな、雑草のようなものだ。摘み取っても、またすぐに芽を出す。三浦介の名乗りで永劫に黙らせることはできぬぞ」

「構いませぬ。主君・左京亮は多分に若うござりますれば、いま少し歳を重ね、自らの力で蘆名家をまとめ上げられるようになるまでの時が欲しゅうござる」

大きく二度頷いて、信長は、右手で膝を打った。

「三浦介の名乗りから徽を払うか」

「左様です。この名乗りを得れば、蘆名家の時を止めることができ申す。十年、いえ五年でも構いませぬ。それがし一命を賭して主君を支え、その間に蘆名家を立て直しとう存ずる」

信長は甲高く笑った。

「時を止めるとは、其許は中々面白いことを考えおるな。初めの口上を聞いたときには退屈するかと思ったが、どうして、どうして。それでこそ会津の執権と言われる切れ者であろう。天晴な忠臣ぶりに免じ、其許を遠江守（とおとうみのかみ）にと朝廷に奏上しておく」

驚いた。遠江守は従五位下で、主君・盛隆の左京亮と同格である。大名並みの待遇を与えられたのだ。主君と同格とは畏（おそ）れ多いことであったが、断れば非礼となり、せっかくまとめ上げた交渉も水泡に帰するやも知れぬ。盛備は平伏してこれを受けた。

信長はその後、半刻（はんとき）もかけて盛備に諸々を問うた。会津はどのようなところかと聞かれ、胸を張って答えた。会津には何でもある。美しく素晴らしい地である、と。興味深そうに聞く信長の目は魔王のものではなく、子供の如き思いを映していた。

半月後、盛備は会津に戻った。遅れること十日で朝廷から使者があり、蘆名盛隆は三浦介の称号を許された。盛備の狙いどおり「三浦介蘆名盛隆」の名乗りは猪苗代盛国や四天王家の当主らをして、当面の不満を飲み込ませた。

表向きだけでも家中がまとまったのは大きい。だが信長の言うとおり、いずれ綻びが出るのは避けられぬはずだ。蘆名家の時は、いつまで止まったままでいるだろう。この仕掛けが時限のものであることは、当の盛備が誰よりも良く知っていた。

三　時を戻す

丘陵を行く街道筋、木立のひとつに馬を繋ぎ、草むらで横になる。ぼんやりと空を眺めながら政宗は思った。初陣からの一年は退屈であった、と。

母譲りの激しい気性は自身が一番良く知っている。それも戦の話となると際立ち、物言いも横柄になる。家臣の中に危ぶむ声があることは承知していたが、相馬攻めで初陣を飾り、丸森城と角田(かくだ)城を落とすと、自然と消えた。今では誰もが敬意を持って「若殿」と呼ぶ。長らく己を忌み嫌っていた母でさえ、愛と正式に夫婦となることを了解してくれた。人に認められるのは嬉しい。満足すべきところなのに、それでも思う。退屈な一年であった、と。

胸の内が騒ぐ理由は容易に分かる。伊達と陸奥国の勢力を二分する蘆名が、織田の風下に付いた。即ちこの陸奥にも織田信長の影が見え隠れするようになったことに尽きる。織田は今年――天正十年（一五八二年）に入って甲斐の武田勝頼を滅ぼした。遠からず相模の北条氏政を通じて常陸の佐竹を攻め、また会津の蘆名盛隆を通じて伊達に手を伸ばすだろう。

やはり天下は覆らぬのか、と思うと、何もかもが空しかった。時を飛び越えてみせると豪語しながら、己にできることは凡そ人の分を超えたものではない。戦に於いても同じ、城こそ落としたが、それで相馬との戦が決着した訳ではないのだ。時を越えるというのは、人を超えることに他ならない。やはり、できぬ話なのだろうか。

むくりと身を起こして街道沿いの畑を眺めた。

夏も終わろうかという六月半ば、百姓衆が畑の中ほどで黙々と鍬を振るう。土を解し、畝を作っているのは遠目にも見て取れた。秋から冬にかけて採る青物の支度らしい。大根でも植えるのだろうか。

それらの中には年端もゆかぬ童がいて、大人たちに混じり、鍬を振り上げては下ろし、振り上げては下ろしている。小さな体は鍬の柄に振り回され、よたよたと危なっかしい。童の姿が、天下というものに対する己に重なり、苦笑が漏れた。

しばし童の動きが止まった。どうやら鍬が土に固く突き刺さって抜けないようだ。少し腰を落としてから、えいや、とばかり持ち上げたら、勢い余って仰向けに倒れた。すぐに起き上がったところを見ると体は大事ないだろうが、せっかく作った畝は随分と崩れてしまった。

「何しとう、こん馬鹿けが。初めからやっとけえ」

父らしい百姓の大声が、四半里離れた街道までのんびりと渡ってきた。

（やれやれ。やり直しか）

見たとおりのことだが、そう思った刹那（せつな）、胸がどくりと脈を打った。

（やり直しだと？）

畝が崩れてしまったから作り直す。ただそれだけに胸が騒ぎ、落ち着かぬ。何か引っ掛かる。何かが己を突き動かそうとしている。

落ち着け、落ち着かねば「何か」の正体も見えまい。頭を冷やすべく、最前のようにごろりと横になった。草むらの褥（しとね）が柔らかい感触を伝える。沸々と滾（たぎ）る胸の内を冷ましてやろうとでも言うような、ひんやりと穏やかな土の生気が背に染みた。

少し気持ちを宥めて空を見上げる。こうして見ると、空の青というのは幾らか気味の悪いものであった。青が煮詰まり、濃くなってゆくと、終いには黒くなってしまうはずだ。夜空と同じ闇は、蒼天の深遠にも確かに潜んでいる。

(夜、闇……不安、恐れ……何も見えぬからだ)

ゆえに人は火を使う術を覚えた。火が消えなんとすれば、薪をくべて火種を絶やすまいとする者が現れる。だが、その火は最前まで燃え盛っていたものより、ずっと心許ない。

再び胸が、どくり、と鳴った。

(弱き火、闇の訪れ……やり直し……)

もやもやとしたものが満ちる。一寸先も見えぬ冷たい霧の中で、指先だけが何かに触れたような思いであった。きっと単純なことなのだろう。だが姿が見えぬ。触れて形を確かめることもできぬ。もどかしい。

夏の空を見上げ続けていたせいか、隻眼の左目が眩んだ。目を細めると「天は俺のものだ」とばかり、力強い入道雲が覗き込む様だけが見えた。

——おまえは、天下を取らぬのか。

入道雲の無言の問いに舌打ちして、目を閉じた。ちかちかと、陽光の名残が瞼の裏に映える。

時を越える手立て、まさに雲を摑むような話が目に見えるはずもない。己が頭の中、限りない闇を見つめてひたすら考えた。やり直しとは、何をやり直せば良いのか――。

ふと、遠くに馬蹄の音が聞こえた。一里、やがて半里。近付くに連れて馬は歩を緩め、やがて静かな闊歩となる。木陰から二間ほどのところで止まると、慌しく下馬する音が聞こえた。

「小十郎か」

「然り。おひとりで遠乗りに出られたと聞き、ここであろうと思って馳せ参じました」

起き上がって左手に向くと、片倉景綱は血相を変えていた。

「いつも、そちと共に来ている道だ。そう懸念することもなかろう」

心配性だな、と思う顔に、険しい面持ちで返してくる。

「違うのです。重大事が報じられたゆえ、こうして埃にまみれておりまする」

「ふむ。そちが取り乱すとなれば、掛け値なしに大ごとだ。何があった」

景綱は、すう、と深く呼吸をして傍らに座り、厳かに発した。

「右府・織田信長公、京の本能寺（ほんのうじ）にて横死された由にございます」

頭の中が、ぐらりと揺れた気がした。何を聞いたのか、すぐには飲み込めない。

「何と言った」

「信長公、横死。織田家重臣の明智光秀が謀叛し、右府殿が逗留する本能寺を襲撃。手勢のない右府殿は寺に火を掛けて自害。嫡子・信忠（のぶただ）殿は東宮誠仁親王（さねひとしんのう）の二条御所を借り受けて戦うも、衆寡敵せず明智勢に討たれたとのこと。六月二日の話にございます」

「十日ほど前か……。一大事ゆえだろうが、報せが急に過ぎる。確かなことだろうな」

「間違いございませぬ」

この手の話ゆえ、己が眼（まなこ）はきっと常ならぬものを宿しているのだろう。まじまじと見つめた景綱は少し気圧された風であった。だが、硬い面持ちはついに変わらなかった。それでなくとも生真面目で慎重な男である。戯言を弄（ろう）するとも、虚報に惑わされるとも思えない。これは紛うかたなき真実である。天下人、右府・織田信長は死んだのだ。

「火が……消えおった」

「は？」

呆けた声を出す景綱を捨て置き、さっさと馬に跨ると、すぐに腹を蹴って先へと馳せた。少しすると背後に景綱の馬蹄が続いた。

壊れた畝、やり直し、消えかけた火、薪をくべる誰か——そこに通るはずの、細い、まことに細い一本の糸を見極めることだけ考えて馬を追った。

遠乗りで乱れた小袖のまま、資福寺に師を訪ねた。

織田信長という、あまりにも偉大な先達が世を去った。それによって、この十年追い求めた答が見えかけている。寺は米沢城からそう遠く離れていないが、城に戻って着衣を替えている僅かの間も惜しかった。

朝の勤行の後、寺の門は夜になるまで開け放たれている。この頃では身寄りのない子らを何人か小僧として抱え、修行をさせていたが、それらの者は庭掃除の最中であった。

「お師匠」

門外でひと声かけると、小僧たちが縮み上がって脇に控える。山から切り出したまま磨きもせずに敷かれた石畳を、政宗は足早に進んだ。

「お師匠、おいでになられるのだろう」

呼ばわりながら進むと、本堂の内から虎哉禅師が姿を見せた。ゆっくりと落ち着いて出て来る辺り、来訪を見越していたのだろう。だが顔は「やれやれ」と渋い。

「相変わらず若は騒々しい。狭い寺だ。喚かねば聞こえぬほど年老いてはおらぬわい」

そうは言いつつ、顎の鬚にはめっきりと白いものが増えた。齢五十三、老境に踏み込み始めている。

「いつまでも顔をお見せあらぬゆえ、耳でも遠くなったかと案じたのだ」

「たわけめ。師匠を何と心得おる」

「師匠ゆえにござる。老け込まれたら、この政宗が手厚く守らずばなるまい」

虎哉は「ふん」と鼻で笑った。

「浮世の戯言を交わしに来られたのではあるまい。まずは上がられよ」

促されて景綱と二人で後に続き、虎哉の庵へと入った。大人が三人入ると少し狭いが、かつて学問の場であった僧坊は、今では小僧たちの住まいとなっている。致し方ない。

腰を落ち着けるとすぐに、小僧が木椀に湯冷ましを運んで来て、めいめいの前に置く。虎哉がちらと目を向けると小僧はぴょこんと頭を下げ、静かに障子を閉めて立ち去った。

「お師匠」

口を開くと、虎哉は湯冷ましの椀を手に取った。まずは落ち着け、ということらしい。政宗は眼前に置かれた椀を取ると、がぶりと一口を飲み込んだ。

「聞きたいことがあって来た」

「本能寺の一件かな。それならば伊達の家中の方が詳しかろう。わしとてつい先ほど景綱殿の手の者から報せを受けたに過ぎぬ。若が知る以上のことはお話しできぬよ」

平然とした様が、少しばかり白々しく思えた。

「また斯様にすました顔を見せるのか」

「何が悪い」

「お師匠のすまし顔は、腹の中で舌を出しているのだ。時を飛び越えるやり方を共に考えてくれと頼むと、いつもそういう顔をする」

「当たり前であろう。孔子の教えはおろか、諸国の事情や天下の動き、果ては畑違いの孫子まで教えてやったのだ。自らの進むべき道ぐらい己が手で切り開かんで、何とする」

虎哉はいつものように言い放って、自らの膝を叩いた。

思えば、良い師であった。

六歳で師事してから足掛け十年、父母との間に溝が生まれた訳を自らの醜い面相に求めることも数限りなくあった。気が塞ぎがちになり、自らの胸に宿った歪みに押し潰されそうになると、師は誰よりも早く見抜いて痛烈に一喝した。間違いなく己が父であった。

師を慕うあまり、父母との間には自ら垣根を築いたようにも思える。虎哉はこれについて普段は何を言うでもなかったが、垣根が厚く、刺々しくなると、やはり見抜かれて強く叱責(しっせき)された。父母への恨み言は山ほどあれど、辛うじて親子の情を忘れずにいるのも、師があってこそだ。

その師が自ら考えよと言う。普段ならここで引き下がるが、此度ばかりは引き下がれない。今まさに己は、自らの道を切り開かんとしているのだ。

政宗は、なお一歩を踏み込んで食い下がり、決然と首を横に振った。

「天下への道が、おぼろげに見えた。あと一歩なのだ。俺の道は、今を逃せば永劫に閉ざされよう。ほんの少しばかり手助けをするのが、そんなに悪いことか」

虎哉は幾らか眉根を寄せ、口を歪めた。

「そうは仰せられるがな、わしの話せることは乱破(らっぱ)の報せ、しかも又聞きに過ぎぬのだぞ」

「乱破の報せは表側の話に過ぎぬし、お師匠に改めて問うまでもない。俺が知りたいのは裏側のこと、織田家に渦巻く家臣どもの思惑だ。お師匠はかつて美濃にいた。信長や家臣についても細かく知っているのだろう」

「ほう……」

発したきり黙り、まじまじとこちらを見つめる。虎哉の身が、見間違いかと思うぐらいに小さく震えた。恐らく己が左目は、また激情を顕(あら)わにしている。知ったことか、と思った。

長い呼吸を三つも繰り返した頃、ようやく言葉が継がれた。

「なるほど。わしの知るところ、思うところを、今こそ話さずばなるまい」

政宗は「恩に着る」と頭を下げ、然る後に居ずまいを正した。

「まずは織田家の行く末だ。信長亡き後、織田は如何なろう。お師匠の見立てを聞かせよ」

「世の中の」

しわがれた声で発し、虎哉はひとつ咳払いして湯冷ましを含んだ。

「世の理から言えば、織田家を継ぐ者は三人おる。信長公の次男・信雄（のぶかつ）殿、三男・信孝（のぶたか）殿、京で討ち死にした長子・信忠殿が子、三法師（さんぼうし）殿。だが……」

「その三人ではない、と言うのか」

「いいや、そうは言わぬ。織田家を継ぐのは間違いなくこの三人の誰かだ。しかし信雄殿と信孝殿は、わしの見立てでは信長公の跡継ぎとして物足りぬ。恐らく自らが家督を取ることに決まるまでは何の動きも見せぬだろう。三法師殿に至っては幼子で、確か……三歳かな」

思わず苦笑が漏れた。

「織田の重臣には、頭の回る奴はおらぬのか。跡継ぎを決めてからなどと、もたもた手順を踏んでいては世の流れが明智に傾く。俺なら、まず主君の仇（あだ）を討つが」

　虎哉は大きく頷いた。

「然り。報仇（ほうきゅう）を果たさば、その者は織田家中での力を増そう。そして織田の重臣を見くびってはならぬぞ。若と同じことを考えるだろう者は二人おる。柴田勝家殿、羽柴秀吉殿だ」

「なるほど。面白い」

　思わず頬が歪んだ。信長の跡目争いだというのに遺児たちは動かぬ。未だ三歳の三法師は致し方なしとしても、信雄や信孝は凡庸に過ぎよう。つまり形の上では三人の誰かが家督を継ぐも、実権は明智光秀を討った者が取るのだ。

「お師匠はかつて、仰せあられたな。信長の足を掬う奴がいるとすれば明智か羽柴だと」

「当のわしですら、左様に言ったことなど忘れておったわい。良く覚えて……」

　言葉を切り、軽く頭を振った。

「いやさ。若にとっては当然であろうな。話を元に戻そうか。此度、足を掬うたは明智殿であった。あの御仁はこの上ない切れ者だが、考え方が古式に固まっている」

「なるほど、頭の切れる頑固者か。それは……」

何やら思い当たるところがある。誰だろうと考えると、金上盛備の顔が浮かんだ。顔を合わせたのは昔日の一度だけで、多分に風聞のみだが、頭の切れる頑固者と言えば金上以外にない。苦笑しつつ言葉を継いだ。

「それは、嫌な奴だな」

虎哉は軽く笑って続けた。

「信長公の考え方は実に明解でな。道理を突き詰め、どこをどうすれば最も簡単に済むかを重んじる。ただあのお方は、あっと言う間に物事の根本に迫ってしまうゆえ、余の者には何が何やら分からぬことがある。加えて、なぜそうするのかを一切説明せぬ」

「つまり明智は、付いて行けなくなったということか。羽柴は？」

「こちらは、まるきり逆だ。主君の思うところの多くは承知し、承服していただろう。そして、たとえ訳が分からぬことでも、はい、はい、と聞いて十全の働きを見せる」

軽く俯いて思った。気に入らぬ、と。一見して家臣の鑑のような男だが、訳が分からぬこと、承服できぬことでも全て従うという辺りに嫌なものを覚える。心のどこかで主君を、或いは人そのものを見下ろしているのに相違あるまい。それでも常に信長が満足する働きを見せるのは、力を示しつつ、自らの心根を覆い隠すためではないのか。

考えていた姿勢のまま、掬い上げるように虎哉を見た。

「だからお師匠は、羽柴が織田を覆すやも知れぬと仰せになったのか」

傍らの景綱が得心したように頷き、正面の虎哉は満足そうに含み笑いを返した。

「お分かりになられたか。さて次は柴田殿だが……これは羽柴殿とは違う意味で、信長公の下命に忠実であった。かつては信長公の弟・信行殿の下にいて、謀叛に加担した。が、その叛乱が鎮められ、追って信長公から重用されるに至って信服したようだ」

ふむ、と腕組みをして考えた。羽柴は――恐らく表向きの顔だけだが――人好きのする男という評判だ。しかし成り上がり者ゆえに妬まれることも多いだろう。織田家中でも親しいのは丹羽長秀、前田利家だけと聞く。一方の柴田は、羽柴に比べて頭の切れが劣ると聞く。だが織田の筆頭家老で武名高く、また忠臣ゆえに味方も多いだろう。

「お師匠、羽柴と柴田のどちらが先に信長の仇を討つと思う」

「分かっておるだろうに。まず間違いなく羽柴殿だ」

「だろうな」

ひと言だけ返してしばらく黙る。やがて、含み笑いが漏れた。止めようがない。それは次第に大笑へと変わった。

「お師匠、小十郎、見えたぞ。俺は右目が見えぬ。だが見えぬ右目に、他の奴らには見えぬことがはっきりと映った」

景綱が驚愕の面持ちでこちらに向き、居ずまいを正した。

「では……」

「そうだ。俺は時を越える。越えるための手立てが、ようやく見えた。初陣のとき、阿呆(あほう)の牢人めが子供返りしていただろう。あれが糸口だ。そして今、信長が死んだ。小さくなった灯火(ともしび)に羽柴が薪をくべる。だが柴田も黙ってはおるまい」

「はっ。それは分かりますが」

どうやら景綱には己が計略の全容が見えぬようであった。虎哉も似たような顔をしている。景綱ほどの切れ者、師である虎哉、己を最も良く知る二人にも悟られぬ大計となれば本物だ。探し求めた天下への道、ついにその答に到達した。嬉しくてならず、なお腹の底から笑った。

「遠乗りに出て、そちが来るまで畑を見ていた。小童が転んで、せっかく作った畝を壊してしまってな。やり直す破目になった。子供返り、小さな灯火、やり直し。死んだ信長、跡目を争う羽柴と柴田。これが答だ」

「いくら禅師の御前だからとて、禅問答のような……焦らさずにお教えくだされ。その心は」

当惑顔を、にやり、と見返す。

「まあ待て。答は分かったが、今しばらく様子を窺わねばな。羽柴が一歩先を行くとはいえ、いざ戦になれば滅法強い柴田が相手だ。どちらが勝つかで、俺の振る舞いは変わらねばならぬ。それが決まったとき、初めて教えてやろう」

すくと立って庵の外に出た。相変わらず入道雲が見下ろしている。

――おまえは、天下を取らぬのか。

街道にいたときと同じ問いに、取らいでか、と心中で返した。

それからも相馬との戦は続き、政宗も都度参陣したが、一方で乱破のもたらす報に注意を怠らなかった。

信長の死が米沢に伝えられたのは天正十年の六月十三日であったが、まさにその日、畿内では羽柴秀吉が明智光秀と対決していた。遠く離れた陸奥国に報せが届いたのは、さらに十日が経（た）ってからであった。

光秀は秀吉との戦に敗れ、近江坂本城を指して逃げる道中、落武者狩りの百姓によって討たれたという。

信長の仇討ちを成し遂げた秀吉は、織田家中での力を確固たるものにした。織田の家督は信長の嫡孫・三法師が継ぎ、秀吉と信長の次男・信雄が後見と決まった。織田家は事実上、秀吉に簒奪された格好になった。

面白くないのは柴田勝家、そして信長の三男・信孝である。勝家は秀吉と、信孝は信雄と折り合いが悪い。衝突は必然であったろう。同年十月に至る頃には双方とも織田家臣や周囲の大名家を味方に付けるべく暗躍し、本能寺の変からほぼ十ヵ月後の天正十一年（一五八三年）三月に戦となった。近江長浜の賤ヶ岳（しずがたけ）が一番の大戦で、これは秀吉の大勝に終わった。次いで秀吉は柴田本領の越前を攻め、北ノ庄（きたのしょう）城を包囲した。柴田勝家は抗し得ず、四月二十三日に自害して果てた。

政宗は片倉景綱に命じて各地に乱破を放ち、さらに諸々を探らせた。

賤ヶ岳の戦いが報じられてから一年をかけ、それこそ日本国中をくまなく調べ上げると、今度は自室に籠もる日々が続いた。天正十二年（一五八四年）の六月、本能寺の変から既に二年が経っていた。

「若殿」

障子の向こうから呼ぶ声がする。景綱であった。

「小十郎か。入れ」

「よろしいのですか」

少し驚いた声音だった。無理もない、この十日ほど妻ですら近寄らせなかったのだ。しかし、これから先は誰を遠ざけることもない。天下に臨む術、取るべき道がようやく定まっていた。重ねて「入れ」と命じると、すっと障子が開いた。

床に散乱するあれこれの地図、乱破からの文を見て、景綱の目が丸くなる。次いでこちらの顔を見ると、軽く眉をひそめた。

「臭(にお)うか」

「この夏場に、しばらく行水もしておられぬとお見受けします」

「髪が乱れきり、無精鬚が伸びておりまする。戦場にあれば致し方なき仕儀なれど、日頃は身だしなみにもお気を遣われるようにと、幼き砌(みぎり)よりお教えしてきたはずですが」

なお、幾らかしかめ面をしている。正直な奴だ、と思った。小袖の襟元を開いて自ら嗅(か)いでみると、なるほど、汗が腐ったような饐(す)えた臭気が鼻を打った。

「だいぶ臭いな。行水では足りぬ」

大声で妻の愛姫を呼び、湯浴(ゆあ)みの支度を命じる。その間ずっと室外に控えていた景綱に、改めて声をかけた。

「用事があったのではないか」

「いえ。若殿が部屋から出る気になられたのであれば、もう済みましてございます」

「そうか。だが俺は、そちに用がある。湯浴みの間、部屋で……いや、ここも相当臭うな」

「これだけ散らかったところに踏み込むのは、いささか……」

気にせぬという態度を貫く様子に、小さく笑いが漏れた。

「さすれば評定の広間で待て。この部屋は後で片付ける」

いったん景綱を下がらせ、湯殿に向かった。

湯に浸って汗を流すと生き返った——否、生まれ変わった心地がした。そうだ。今日これから伊達政宗は父と対決し、天下に臨む一方の雄へと生まれ変わらねばならぬ。髪を整え、自ら剃刀を取って鬚を剃り、衣服を替えて湯殿を出た。

評定の広間で待たせていた景綱を伴い、広間から外廊下を通った左手奥にある父の居室へと向かった。夕暮れ時が近く、執拗な夏の西日を避けるためか、障子が閉められていた。

「父上、政宗にございます。よろしいでしょうか」

幼少時はよく、ここに来ていた。だが虎哉に師事し、資福寺に通うようになってからは次第に足が遠のき、特に元服してからは一度も訪れたことがない。

輝宗は「おお」と返事をした。入室を了解したとも、久しぶりに子が訪ねてきたことを喜んでいるとも取れた。いずれにしても拒まれてはいない。

静かに障子を開け、頭を垂れる。父は手にしていた書物を閉じて静かに言った。

「良く参った。何用だ」

「用がなければ、お伺いしてはなりませぬか」

少しばかり棘のある言葉が出たが、輝宗はさらりと受け流した。

「近頃とんと、この部屋に顔を見せなんだ。それが自ら参ったばかりか、小十郎を連れている。いずれ何用かあらんと思うたが、違うたか」

「いいえ、違いませぬ。実は父上に無心したきことありて、お伺いいたしました」

「ほう。具足か、鉄砲か。或いは他のものか」

少し綻んだ父の顔に、幾許(いくばく)かの寂寥(せきりょう)を覚えた。

「他のものにございます」

「申してみよ。わしにできることなら、叶(かな)えてやろう」

元服して戦場にも出るようになった。親の助けなど要らぬようになっているはずの子に頼られて喜ぶとは。齢四十の父も、既に老境へ向けて歩み始めているのだと悟った。

湿りがちな胸を鎮めるべく、大きく息を吸い込み、長く、長く吐き出した。

「申し上げます。俺の無心は、伊達の家督にござる」

父と景綱が、呆気に取られた顔をしている。

「何と」

眉根を寄せて目を見開き、ようやくそれだけ返す父の顔を真っすぐに見つめた。

「かねがね、俺は天下を取ると言い続けて参りました。時を飛び越え、織田信長と同じ天下取りの舞台に上るのだと。信長は死に、羽柴秀吉が織田の実を握った。羽柴は柴田勝家との戦を制し、いよいよ自らの天下を目指すべく動いております。ぼんやりしていては――」

「若殿、お控えめされよ」

景綱が言葉を遮った。目に気迫を込め、短く「控えぬ」と返すと、景綱は何かを振り払うように「ふん」と荒く鼻息を抜いた。

「家督を譲れとは、叛心と取られても仕方なき物言いにござりまするぞ。傅役として、お許しする訳には参りませぬ。そもそも若殿は、時を越えるとやらができると仰せあられますするか。天下取り云々はそれが必須、なれど人に斯様なことができるとは思えませぬ」

「二年も前に、できると言っただろう」

「どのようにするのかとお伺いしても、はぐらかされるばかりにございました。信ずるに足らずと思う方が道理にござりましょう」

腹を据えた景綱は、こちらの激情にも劣らぬ剣幕で言い返してくる。互いに喧嘩腰の言葉を応酬させていると、輝宗が慌てたように「待て」と制した。

「時を越えるとな。突拍子もない話だが……わしは初めて聞いた。二年も前に算段が立っていたと申したが、何ゆえ今まで待った」

「二年前では、俺の計略など絵空ごとに過ぎぬと笑い飛ばされていたでしょう。そして退けられたが最後、再びこの計略をお話し申し上げることは叶いませぬ。ただの一度で父上に得心いただけるよう、織田家の行く末が定まるのを待っておりました」

輝宗は目を細め、冷徹な眼差しで「聞こう」とだけ返した。いざ父との勝負、敵を睨め据えるつもりで目に力を込めた。

「されば。羽柴は柴田との戦を制し、織田の実を握った。信長死して消えかけた天下統一の炎に、新たな薪をくべたのです。しかし！　遍(あまね)く世に聞こえる風聞、乱破の報、全てが羽柴の弱点を教えている。羽柴秀吉は成り上がり者ゆえ、織田家中にやっかみ多く、力ある縁者を多くは持ちませぬ。子飼いの者とて、精々が物頭か足軽頭でしかない。つまり羽柴は織田の跡目を取ったと言いつつ、焚かれる火は未だ盛る炎とは言い難いのです。ここに火勢盛んなる光明あらば、人はどう動きましょうや。よしんばその明かりに拠らぬまでも、羽柴への迷いが生じる。まして、元は羽柴を快く思っておらなんだ者どもの心は大きく揺れましょう。戦に敗れて風下に付いた滝川一益(たきがわかずます)、佐々成政(さっさなりまさ)などの輩(やから)です。日和見で羽柴に付いた筒井順慶(つついじゅんけい)、細川忠興(ほそかわただおき)らも然り。柴田と気脈を通じていた土佐の長宗我部元親(ちょうそかべもとちか)、かつて羽柴に煮え湯を飲まされた安芸の毛利輝元、織田の盟友として無理難題を言われ続けた三河(みかわ)の徳川家康、羽柴と付かず離れずを保ち続けた越後の上杉景勝など、風向きが変われば刃を向ける大名も大勢いる。羽柴の味方は織田家中の丹羽長秀と前田利家のみというところは何ら変わっておらぬのです」

一気に、しかし言葉のひとつひとつを噛み締めるように申し述べると、輝宗も景綱も口を真一文字に閉じて身を固くしていた。二人の耳目が、ただ己の声と眼差しだけに向いている。

「これらの者どもに羽柴の焚く火よりも大きな炎を見せることで動かす。それが、俺の考えた全てにござります」

なお続ける。いま伊達が蘆名を従えれば、陸奥の豪族はこぞって伊達に従うようになる。己が伯父に当たる山形の最上義光も伊達と組む道を選ぶであろうし、そうなれば出羽の諸勢力もこれに倣うことになろう、と。

「奥羽の大名豪族が伊達を中心に結束すれば、関東の北条氏政と互角以上の力になり申す。さすれば我らは北条と組んで常陸の佐竹義重を呑み、日の本の半分をまとめ上げるのです。羽柴の天下は、絶対ではなくなりましょう」

ここに至り、羽柴に服していない上杉、徳川、長宗我部、毛利、果ては九州の島津などの面々はどう動くか。決まっている。いずれも野心満々、好機を悟り、再び天下に名乗りを上げんと躍起になるだろう。

「我ら伊達家がいきなり全てを従えることは、でき申しませぬ。されど定まりかけた天下を再び戦乱に戻すことはできる。織田信長の横死を機に、一からやり直しとする……。悲しいかな、人には時を越えるなどできませぬ。されば俺は、時の方を戻そうと存じます」

景綱を横目に見る。二年前の話――壊れた畝、やり直し、消えかけた火、薪をくべる人。全てを一本の糸で繋いで見せた。奥羽連合、果ては東国と北国の大連合によって時の方を昔に返す。あたかも、初陣の日の横柄な牢人を子供返りさせたように。計略の全貌を明かしたことで、口うるさく頼もしい傅役の顔は驚愕の一色に塗り替えられていた。

否、景綱だけではない。父も度肝を抜かれたようであった。口を開き、自らが声を発せられると確認するように「ああ」と漏らすと、呆然とした風に言った。

「蘆名は強いぞ。止々斎こそ死したが、会津の執権が健在だ」

「羽柴とて味方を切り崩されれば天下への梯子から転げ落ちる。金上もまた然り、人である以上は同じと心得ます」

「その羽柴が、金上よりも上手であることは分かっていいような。それに……おまえの大計は、そう長く時をかけられぬのだぞ」

「元より承知。羽柴が天下をまとめ直すまでの十年……いえ、五年か六年、俺の前に開ける天下への道は時限のものとなりましょう」

輝宗はしばし瞑目した。三人の間に、重たい沈黙の時が流れる。

十、二十、三十も数えた頃か。ようやく目を開いた父は、ゆっくり、しかし大きく頷いた。

「天下への道か。どう考えても、この父の胸には描ききれぬ夢であった。政宗よ。疱瘡を患って右目を失い、醜き面相となり果てたおまえは、幼き頃から歪んでおった。虎哉に任せきったことで父に見放されたと勘違いし、捻くれて育った。だが、それゆえであろうな。世の常の者には持ちえぬ壮大な夢を描いたとは。今こそわしは、我が子を誇らしく思うぞ」

「それでは……」

「家督を譲ろう。だが米沢を囲む諸家への報せや、あれこれの支度もあるゆえ、十月だ。それまで、蘆名への調略を進めておけ」

己が天下への思いは、ついに父を動かした。そして、父の思いが胸に沁みた。

見れば父の顔は、実に穏やかなものになっていた。計略を打ち明けられたときの驚きも、常々眉間に皺を寄せてばかりいた剣呑な面持ちも、そこにはない。ただひとつ、子が長じて一人前になった満足だけに彩られていた。家督を譲ると決めて、肩に負うた重荷から解放されたのだろう。

ああそうか、と思った。人の上に立って得られる権力や威光とは、下の者には絶対に分からぬ苦痛を甘受する代償なのだ。

不意に涙が零（こぼ）れ、思い出した。昔日の、師の言葉を。

『人の生涯など、つまらぬものだ。泣きたくなるようなことばかりが待っている。されど、わしは生きる。御仏の教えに従い、衆生から苦しみを取り去って、この身に負うために。悲しみが除かれた人の顔は美しいものでな、それを見たとき、わしは嬉しいと思う』

今こそ、この言葉の真実が分かった。

人を騙（だま）す、欺く、出し抜く。そのたびに誰かが泣き、悲しみ、死ぬ。愉快なことであろうはずがない。それでも父は伊達の当主として、家臣領民のために権謀術数の限りを尽くしてきた。守り抜かんとした人々の中には、間違いなく己も含まれている。

「孝行に……ございましょうや」

「そうだな」

輝宗はそれだけ言うと、ふうわりと笑った。

家督を継げば、己は主君としての懊悩をも受け継ぐことになるだろう。だが望むところだ。父に認められたのは、己というものと真剣に戦い続けたがゆえ。向後とて苦難と真摯に向き合えば、光明も見えてくるに違いない。身に負う艱難辛苦の先には必ず天下への道が照らし出されると信じた。

第三章　意地と野心

一　嫉妬の刃

伊達家の家督相続は天正十二年（一五八四年）の七月に会津に報じられた。蘆名家からは猪苗代盛国が祝賀の使者に立ち、併せて馬匹や名物の味噌を贈った。初秋八月の頭、伊達家からの答礼が先触れされた。半月後に来る使者は、重臣・鬼庭左月斎とのことである。蘆名家ではこれを迎えるために重臣一同を黒川城に召致し、金上盛備も越後津川から参じた。

昨年の今頃、常陸の佐竹義重から長年の敵対を水に流して同盟したいと言ってきた。伊達の相馬攻め、また織田信長亡き後の動乱に対処するためのものであった。蘆名の若き当主・盛隆が会津を完全に握るまでの間、家中の時を止めねばならない。佐竹との同盟は渡りに船である。蘆名家中には少なからず反対があったが、盛備はこれをひとりずつ丁寧に説得して同盟に漕ぎ付けた。それ以来、一年ぶりの黒川であった。

（城下は変わりないように見える。だが……）

町に漂う空気に、これぞ会津、という清冽なものが感じられない。当主・蘆名盛隆への不満を燻らせている者が多いのであろう。

無理もあるまい。三浦介の名乗りを得て一門衆や四天王家を一時的に抑え込んだまでは良かったが、盛隆はその力を実父・二階堂盛義の勢力回復に傾けた。血族を多少重んじるのは当然だが、少々度を越していた。結果、会津の各地に叛乱が起きた。どれもごく小さなもので、武に優れる盛隆にとっては羽虫を払う程度のものでしかなかったが、あろうことか四天王家を継いだばかりの松本行輔までが謀叛したのは痛恨であった。最高位の重臣を討たねばならぬ事態を招いたことで三浦介の威光も大きく失われていた。

二町ほど先、城を囲う北出丸の門が見えた。本郭に最も近いだけに、侍衆の行き来が多い。自らと同じく、鬼庭左月斎を迎えるための支度であろうか。だが、どれも慌しく動いている割に覇気がない。遠目に見て溜息が漏れた。

三浦介の名乗りは、蘆名を守るために得たものだ。盛隆とて蘆名家を継いだ以上、そのために力を尽くすのが当主としての務めであろう。ことある毎に口酸っぱく諫め続けたにも拘らず、黒川のこの体たらくは何たることか。盛隆は引き続き「会津の執権」こそ頼みの綱ぞと言ってくれる。だが、それなら何故に諫言を忘れてしまうのだろう。このままでは、何のために命を削って織田信長と対決して来たのか分からなくなってしまう。

強い憂慮が口を衝いたか、ぼそりと「此度こそは」と発していた。政宗が伊達の家督を継いだのは良い機会だ。直接会ったのは十年も前の話だが、あの激越な性質がそうそう変わるとも思えない。表向きは盟友たる伊達も、手強い敵としての本性を隠している。それを説き、此度こそ盛隆に真の当主となってもらわねばならぬ。

門前まで行くと下馬し、供の者に馬を任せて空堀の橋を渡った。

(おや)

門内に、三十路を少し過ぎたかと見える男がいた。侍ではなし、出入の商人にもこのような顔は見たことがない。男はこちらに気付くと、深々と頭を垂れて腰を落とし、足早に橋を渡って城を後にした。

「これ。あの者は?」

門衛の若い侍に問うと、鬼庭左月斎の来訪に先立って伊達から寄越された商人だと言う。なるほど、と得心した。政宗の家督継承を祝賀した答礼ともなれば、当然ながらあれこれの手土産というものがある。それに対して蘆名では饗応（きょうおう）の支度をせねばならない。

「諸々の手違いあらば、両家とも恥となり申します。先んじての摺（す）り合わせにございましょう」

頷いて返し、話のついでに蘆名側の饗応役を聞いておくかと思った。すると背後から居丈高な声がかかった。

「門を塞がれては困りますな」

若い声だ。振り向くと、そこにはやはり見慣れぬ顔があった。頬骨の立った、いかにも武骨者といった風であった。十七、八だろうか。

門衛が慌てて歩を進め、男を窘めた。

「大庭（おおば）殿、こちらは金上盛備様にござりまするぞ」

「金上様であろうと誰であろうと、然したる理由もなく人を妨げて良い道理などない」

軽く舌打ちして口を開きかけた門衛を、盛備は「良い」と制し、すっと傍らに退いた。大庭と呼ばれた若い侍は軽く鼻で笑うと、肩で風を切って門をくぐる。十間も行かぬうちに、右手から年の頃十二、三と見える美少年が大庭に駆け寄った。西出丸の侍詰所辺りで待っていたものと見える。二人は連れ立って本郭に向かった。

「あれは何者だ」

「はっ。大庭三左衛門と申します。近頃では殿の寵を得ているのですが、それを笠に着た、いけ好かぬ者にござります。大した働きもないくせに……」

説明が半ば愚痴となっている。見れば、大庭とそう変わらぬ歳だ。

「大庭は止々斎様のお取り立てか」

「左様です」

止々斎盛氏は生前、五歳から十歳になる少年を集めては、よく話をしていた。衆道――武士の嗜みとしての男色が目的ではない。将来の蘆名家を支える者を見極めるためであった。

「お目に止まったのなら、いずれ能ある者には違いあるまい」

「確かに剣の腕は立ちますが、慎みというものがありませぬ。頭の方も空っぽと言って差し支えなく。何故に止々斎様は、あのような者にお目をかけられたのか」

どうやらこの門衛も、大庭三左衛門と同じく止々斎に取り立てられたのだろう。

大庭ばかり現当主の盛隆に寵用されることを妬んでいる。話半分で聞かずばなるまい。

「良う分かった。覚えておこう。それはそうと、先の幼子は大庭の小姓なのか。あの若さで小姓を侍らせるとは僭越な気もするが」

「増長し、衆道に溺れておるのです。そもそも大庭は――」

呆れて、つい苦笑が漏れた。嫉妬に燃やすその意気を振り向けて、主家のためにと身を粉にすれば認められように。軽く抑えるように「もう良い」と掌で制し、城へと向かった。


織田の安土城、北条の小田原城といった壮大な構えに比べると、黒川本郭の天守は玩具のように見える。もっとも天守とは本来、安土城のように日々を暮らすためのものではない。本郭の土蔵であり、物見櫓であり、城に拠って戦う際には最後の砦となるべきものだ。それを考えれば黒川の方が道理に適っている。

天守の脇に建てられた平屋の館は、本郭の南に広がる牛沼を向いている。北出丸から入った盛備は館の脇を三十間もぐるりと回り、西側に設えられた石段を上って中に入った。外廊下を通って評定の広間に至ると、室内に向いて座り、深々と一礼する。

「金上遠江守盛備、参上仕りました」

「良う参った。これへ」

嬉しそうに促す盛隆に従い、一間を隔てた前まで進んだ。今日は評定の日ではなく、四天王家の当主や一門衆・猪苗代盛国の姿もない。広間はがらんとして、盛隆の他には数名の護衛がいるのみであった。護衛の中には先に見た大庭三左衛門の顔もあり、盛隆の左後ろに侍していた。

「殿に於かれましてはご機嫌麗しゅう、祝着（しゅうちゃく）に存じます」

形どおりの挨拶をすると、少しばかり不満を湛えた声音が返った。

「相変わらずの、しかめ面か。お主は蘆名の柱石なれど、それだけは頂けぬ」

「半年前にそれがしがお諫めしたことを、聞き流されたと知りましたゆえ」

盛隆はこの嫌味に、うんざり、という風に応じた。

「何故そう思う」

「黒川の城下、侍衆の様子を見ていれば自（おの）ずと知れまする。それに、引き続き細かな叛乱が起きているとも聞き及びますれば」

「都度、鎮めておる。大事ない」

うるさそうに言うものだから、こちらもつい仏頂面になる。

「鎮めれば良いというものではござらぬ。そも、殿に背く者が出ぬようにするこそ肝要と申し上げたはず。ご尊父様への孝養は確かに大切なことなれど、岳父たる止々斎様の真の跡継ぎとならねば、今の乱れは収まりますまいぞ」

盛隆の顔が、幾らか頼りなげなものになった。

なるほど止々斎盛氏の逝去は、盛隆にとっても痛手であったらしい。蘆名の婿に入ったのは即時家督を継ぐことを求められての話であったが、当主とは名ばかりで、家臣も盛隆自身も隠居の盛氏に頼りきっていた。長らく蘆名を支え続けた英主がいなくなって誰よりも将来を憂慮しているのは、当の盛隆なのかも知れない。もしや実父の二階堂盛義を支援するのは、蘆名が倒れたときに備えているのだろうか。だとしたら言語道断、なお諫言を吐かねばならぬ。

「ゆえに、殿の左右には文武に優れたる者を置かれるよう申し上げました。そのことは――」

ちらと視線を流して大庭三左衛門を窺った。少しばかり顔が気色ばんでいるように見えた。ひと息だけ切り、続ける。

「まずお聞き入れあられたようで安堵（あんど）しております。が、それだけでは足りぬのです。伊達を継いだ政宗殿は恐るべきお方ですぞ。盟友なれど、隙あらば蘆名を呑む気でいると考えて差し支えありませぬ。この盛備が常々お諫めしておるもうひとつのこと、お忘れではございますまい」

盛隆は軽く溜息を混ぜ、小声で発した。

「蘆名の当主として負うべき務めから顔を背けるべからず」

「左様にござります」

「されど頼みの綱たるお主は、常に越後におる」

盛備は静かに鼻息を抜くと、敢えてしかめ面を解いた。

「勿体（もったい）なきお言葉にござります。伊達の使者、鬼庭左月斎殿が黒川におられる間、それがしも富田氏実が屋敷に逗留しておりますれば、何なりとご下問くださりませ」

盛隆は少し気を安んじたように頷いた。

「ともあれ、遠路疲れたであろう。今日は下がって休み、また明日顔を見せるように」

諫め甲斐がないほどの愚か者ではない。それゆえに厄介だ。言ったその場では心の底から理解してくれるものの、時が経てば元の木阿弥(もくあみ)となってしまう。

（殿は、お心が揺れすぎる。あの政宗の半分ほども、我の強さを持っていて欲しいものだが）

今の盛隆に必要なのは、信を置く者が常に傍らにあり、鼓舞し続けることなのかも知れぬ。本領の越後津川は倅に任せ、自らは黒川に詰めようか。できぬことではない。

思いながら再び深々と一礼して、盛隆の前を辞した。去り際に大庭三左衛門を目の端に見ると、剣呑な眼差しでこちらを睨み付けていた。先の門衛の証言は話半分で聞くべしと思っていたが、なるほど残る半分は正鵠を射ている。今のやりとりで胸に怒りを抱く辺り、確かに「頭の中身が空っぽ」だと言われても致し方ないように思われた。

登城した際は北門からだったが、出るときには東門を抜けた。黒川城の東にある、富田氏実の屋敷に向かうためである。示し合わせていたとおり、供の者たちが東門に馬を引いて来ていた。

富田の本領は猪苗代湖の南、安積富田村にあるが、四天王家の当主として黒川城下に屋敷を持ち、普段はこの屋敷にあった。

馬に跨って富田屋敷に向かいつつ、町を眺める。安土と比べて雑然としている、と思った。黒川では道沿いの建物があちこち無作法に張り出しているため、道ひとつを取っても幅が一定でない。商人や職人、侍たちの行き交う中では何とも馬を進めにくかった。

「止まれ。大工が材木を運んでいる。先に通してやれ」

供の者たちと道の端に退いてやると、二人の大工が大声で礼を述べながら重い材木を担いで通った。さて行くかと再び馬を進めると、木賃宿の脇を入った路地に二つの人影が見えた。

（うん？　あれは……）

片方は城に上がった際に見た、大庭の小姓であった。もうひとりは、誰だったろう。見たような気もする顔だが、と記憶を辿ると、北出丸の門衛から伊達の商人だと説明を受けた顔と一致した。きちんと覚えておられぬほど特徴のない顔で商いが捗るのだろうか。

小姓は頷いたり、或いは難しい顔をしたりして、商人と話している。

そう言えば、蘆名側の饗応役を聞きそびれていた。この手の話は四天王家の中でも政務に通じた平田常範の領分だろうが、ひとりで何から何まで手筈を整えるはずもない。平田から下知を受けて動く者は多いはずだ。あの小姓が伊達の御用商人と話しているということは、大庭三左衛門にも何らかの役目が与えられたのだろう。

思ううちに、小姓は軽く頷いて城の方へと走り去り、商人は木賃宿に入った。

のんびりと四半刻も馬を進めて富田屋敷に到着すると、当主の氏実、そして十六歳になるという嫡男の太一郎が出迎えた。

案内されて屋敷の広間に進み、首座を空けて差し向かいで座ると、改めて氏実が挨拶した。

「わざわざのお越し、痛み入ります」

「いや、面倒をかけてすまぬ。止々斎様がご存命の頃は向羽黒山城に逗留の部屋を与えてもらっていたが、今となっては、お主が家中で一番気安い間柄なのでな。年寄の我儘（わがまま）と思い、我慢して付き合ってくれ」

「金上様は、それがしの師とも言えるお方にござれば、いつお出でになられても歓迎いたしますぞ。そうそう、一年と少し先の話になりますが、倅の太一郎が十八歳を以て元服することとなりました。殿から一字を頂戴し、隆実（たかざね）を名乗ることが決まっております」

氏実はそう言って、傍らに座る倅の背を軽く叩いた。誇らしそうであった。

「これは武を好みましてな。戦場に出れば獅子奮迅（ししふんじん）の働きを見せましょう」

倅は父の武骨な面相に似ているが、まだ多分に歳若く、子供の面影も残している。ただ、癇の強さは父を超えると見えた。きっと優れた将になるだろう。

武に優れている、と考えて大庭三左衛門を思い出した。蘆名には勇士と言えるような将が少なく、伊達や佐竹に対してその点が見劣りしている。大庭が盛隆の寵を得ているのは足りぬものを補うためであろうが、あの思慮の足りぬ顔が胸に浮かんで、少し嫌な気がした。

「武を好むとは実に頼もしいが、学問や修身はどうか。慎みと思慮がなくば、戦場で冷静に立ち回ることはできぬ。……あ、いや、太一郎殿がそうだと言うつもりはないが」

歯切れの悪い言葉を聞いて、氏実はくすくすと笑った。

「学問も修身も、人並には。金上様の教えを受けたそれがしの子ですぞ」

「そうか。そうであったな」

己も齢五十八、心配性は歳のせいだろうか。髪もめっきり白くなった。止々斎が逝去してからは常にしかめ面をしていて、眉間には深い皺が刻まれている。白らの姿に溜息をついていると、今度は氏実が少し怪訝な顔をした。

「城で何かありましたか」

「大したことはないが……殿が近頃ご寵用されているという、大庭三左衛門なる者に会った。これが慎みなく、いささか頭の足りぬ者でな。毒に当てられたわい」

「ああ……あれですか」

氏実の顔が、露骨に嫌そうなものになった。

「あやつ、誰に対しても同じなのか」

「はい。それがしに対しても然り、平田殿や佐瀬殿に対しても傍若無人。まさか金上様にまで無礼な振る舞いをしていたとは」

「わしになら、まだ良い。盛国にでも同じ態度を取ってみよ」

「猪苗代様……確かにそれは、困ったことになりそうですな」

「似た者同士、角突き合わせるのが目に見えるようだ」

互いに渋い顔を見合わせて、その滑稽さに、つい笑いが漏れた。

「聞こうと思っていたのだが、左月殿の饗応役には大庭も含まれておるのか」

「はい。平田殿の下知に従っておるはずですが、あの者、何か問題でも起こしましたか」

「そういう訳ではない。城下で大庭の小姓が伊達の商人と話しているのを見かけたのでな」

やれやれ、と氏実が溜息をつく。さもあろう。大庭は未だ若輩であり、当主・盛隆の寵を受けているのみで、何らの功があるでもない。小姓を侍らせるのは分不相応である。しかも自らの役目まで押し付けているようでは先が思いやられる。

しかし、少しすると氏実の顔は天啓を得たようなものになった。

「小姓……か、それがあり申しました。金上様、太一郎を小姓に抱えてはいただけませぬか」

「待て待て、何を考えておるのか」

小姓は単なる従者ではない。主と共に戦い、諸々の用事をこなし、時には衆道のため褥を共にする役回りなのだ。太一郎は四天王家、富田の跡継ぎである。男妾のような立場に置かずとも、すぐに一方の将として取り立てられるだろう。

驚いた顔に向け、氏実は居ずまいを正した。

「漏れ聞こえるところ、殿に於かれては大庭を中老に取り立てるとの由。ことは大庭に留まりますまい。金上様もご存じのとおり、殿は二階堂をことさらに偏重されている。どちらも、誤った差配にございましょう」

「いつも、それではいかんとお諫めしている」

「斯様な差配を認め続けていたら、蘆名家は内から崩れてしまいます。我ら四天王家……あ、松本家が絶えましたゆえ三天王家でしょうか」

「どちらでも良い」

「はっ。されば四天王家の皆で、一門衆の金上様、猪苗代様とより強く結び、殿をお諫めせねばならぬと話しておりました。それがしは金上様の弟子のようなものにござれば、太一郎を小姓に取っていただくに不都合などございませぬ」

より深い結び付きとは、つまり太一郎と衆道の関係になることを意味する。

衆道は肉体の欲を満たすだけが目的ではない。主は小姓と交わって、一心同体であると示してやる。小姓は情をかけられたことを尊び、主のために命をも擲（なげう）つ覚悟を固める。戦乱の世に於いて最も強い互助の関係を築くという意味でも、この武士の嗜みは重い意味を持っていた。しかもこの場合、築かれるのは個々の結び付きだけではない。一門衆の金上家と、四天王のひとつ富田家の強固な互助が成立するのである。

「如何でしょう。元服までの向こう一年、太一郎にお情を頂戴することは叶いませぬか」

止々斎盛氏の逝去によって威勢に陰りが見え始めたとはいえ、それでもまだ蘆名家の力は大きい。これに家臣の側から無言の圧力を加えるとなれば、確かに氏実の申し出は理に適ったものであった。

「金上様とて何度も殿をお諫めし、そのたびに空しき思いをされておいででしょう。どうか」

二の矢、三の矢に、ついに盛備は折れた。瞑目して軽く鼻息を抜き、小さく二度頷く。

「実は……津川を倅に任せ、黒川に屋敷を持とうかと考えておった。殿は、わしを重く見てくださる。それだけに、遠く越後にあることが心細かったのに違いないと思うてな」

「では、そのお屋敷に太一郎を住まわせてくださると」

「そうする。ただし、お主の申し出どおり一年だけだ。太一郎殿を拒むのではない。終わりの時を決めた修行、奉公の類（たぐい）と考えよ。一年が過ぎて元服したら、富田太一郎隆実は正式に三浦介蘆名盛隆の家臣となる。わしの情を受けた身なれば、お取り立ても重かろう」

氏実は喜び、平伏して謝意を述べた。父に従って平伏する太一郎は少し顔を赤らめていた。

「さればこの富田氏実、金上屋敷の普請（ふしん）奉行となりましょう。間取り、その他、お望みの儀あらば、何なりと」

気の早いことだ、と苦笑が漏れた。

翌日、黒川城下に屋敷を持ちたいと盛隆に申し出ると、その場で了承された。ただし条件が二つ付いた。ひとつは四天王家を束ねるべきこと。もうひとつは、蘆名家を支えつつ二階堂家を重んじることである。蘆名にとって最も大切なのは、盛隆が家臣領民の皆から畏敬される主君として一皮剝（む）けることである。会津に詰めるのはまさにそのため、四天王家を束ねる役回りは望むところであった。

屋敷の普請は、富田氏実の申し出に従って奉行を任せた。場所は富田家から四町（一町は六〇間、約一一〇メートル）離れた空き地を使うと決まった。

本領の越後津川は嫡男の盛実に城代を命じ、妻や下の子らも残す。身ひとつで黒川に詰める以上、屋敷は然して広いものを要しない。応接の広間、自らの居室、小姓に抱えた富田太一郎の居室、包丁人の詰所と厨房（ちゅうぼう）、供回りが使う侍詰所、他には湯殿と厠（かわや）があればこと足りる。富田屋敷の半分もあれば、という気持ちで希望を申し述べておいた。

九月半ば、金上屋敷は完成した。鬼庭左月斎の答礼から、たったの一ヵ月後である。富田氏実が尽力して町衆や百姓衆への報酬を弾み、夜を日に継いで普請を進めた結果であった。伊達の家督が政宗に継承される十月を前に完成したことは、まず喜ばしい。

ただ盛備は、新造の屋敷が思っていたのとは大層異なることに仰天した。

「どうしたのだ、これは。お主の屋敷の倍ほども広いではないか」

半ば詰問という勢いで迫ると、案内する氏実は誇らしそうに説明した。

「この辺りの空き地をひととおり押さえました」

「そういうことを聞いているのではない。広すぎる」

「は……左様ですかな。金上様の居室は五間四方、広間はその二倍です。太一郎の居室は二間四方、侍詰所は――」

聞いていて、自らの失敗を悟った。部屋数などは注文どおりであったが、個々の部屋の大きさまでを指図してはいなかったのだ。妥当なのは太一郎の居室ぐらいである。

「ひとりで黒川に詰めるのだぞ。加減というものを知らぬのか。特に、わしの居室だ」

「ひとり寝には広すぎるかも知れませぬが、太一郎がおりますれば」

齢五十八の老骨が、そう毎夜、小姓を侍らせるはずもない。しかも太一郎はあと一年ほどで元服を迎え、この屋敷を出て富田家に戻るのだ。苦言を吐こうと思ったが、口を開いたところで押し止めた。できてしまった以上、どうしようもない。

「まあ、良いではございませぬか。一門衆、家臣筆頭として四天王家を束ねる御身の上、ちまちました屋敷では示しが付きませぬぞ」

確かに身分というのは、そういうものである。あの織田信長とて、自らの居住だけを考えて安土城を築いたのではない。とは言いつつ、と眉間に皺を寄せたまま屋敷の中に導かれた。館そのものは、黒川城で盛隆が住まうものより小さめに造られている。さすがにこれは加減したかと、ようやく安堵の溜息が漏れた。

広すぎる屋敷での暮らしに慣れるのには、ひと月以上かかった。その間、盛備は毎日城に上がって主君を補佐した。

内治の面で大きく改めるところはない。止々斎の代にまとめられた諸々は未だ会津の実情に違（たが）うことなく、これまでの方策を滞りなく進めるだけで足りる。

一方で所領や軍務には少し手を加えねばならなかった。まず二階堂盛義の身分を家老と定め、四天王家のすぐ下に置いた。二階堂家を重んじるという、盛隆の条件に応じるものであった。居城は引き続き須賀川としたが、領地の四割を召し上げ、その分を蘆名家からの俸禄（ほうろく）で補う形に改める。いざ二階堂が叛心を抱いたときに、禄を止めて力を殺ぐ目的であった。併せて、召し上げた領地は四天王家の富田・佐瀬に治めさせ、須賀川の後詰という名目で兵を増やした。二階堂の喉元に刃を置いて牽制するためであった。

毎朝、日の出と共に登城して、すっかり夜の帳が下りてから屋敷に戻る。数日に一度は湯殿に入って太一郎に垢（あか）を落としてもらうが、それだけでは疲れが抜けない日が続くようになった。

寒さ厳しいとある朝、総身に気だるさを残したまま登城する。馬を使っている間は大きく障りはないが、膝にも強い痛みを覚えるようになっていた。遠からず雪が降るな、と思った。

（十一月の……今日は八日か。少しばかり休むことも必要だろうか）

骨の髄まで染み込んだ疲れを抜くのには、湯治が良い。黒川の東に六里余り行くと、東山の温泉が湧いている。膝の痛みにも効くそうであるし、二日か三日を休むことにして、ここに向かってみようか。太一郎も連れて行ってやれば、きっと喜ぶだろう。

考えながら城下を進むと、見覚えのある顔がちらと目に入った。

（大庭三左衛門の小姓……）

名は磯目（いそめ）六郎（ろくろう）と言うらしい。家々の間の、ごく狭い路地で誰かと話している。何を話しているかまでは聞こえず、また、相手の男はこちらに背を向けていて顔が見えない。

まだ日が上りきっていない早暁、小声で話しているというのが気に入らなかった。何か良からぬ企てがあるのではないか。供を務める太一郎を目で制し、少し退いて下馬した。そのまま馬を預けて抜き足差し足で進むと、建物の陰に隠れて聞き耳を立てた。

「では、そういうことで」

いきなり、相手の男が話を切り上げた。日の出からそう時が経っておらぬ薄暗がりの中、路地から出る男の横顔を辛うじて見ることができた。見た覚えがあるような気もするし、間違いのような気もする。

少し遅れて、磯目が路地から出て来た。どうにも気になって、背後から呼び止めた。

「大庭三左衛門が小姓、磯目六郎であるな」

こちらに向いた背が、びくりと震える。少しすると、紅顔の美少年がゆっくり振り返った。

「わしの顔は知っていよう」

「は……はい、金上様」

「あの男は誰だ。何を話していた」

「その、大庭様が商人司の下役を仰せ付かったことは、ご存じでしょうか」

「聞き及んでいる」

するると磯目は、強張った顔を少しばかり緩めた。

「されば話が早うございます。米沢と味噌の取引の話です。先の者はかつて、鬼庭様がお出でになられた際の商人にございますれば」

なるほど、あの御用商人であったか。またも見忘れていた。これはこれで納得したが、しかし一方で思うところがあった。

「自らの役目をお主に任せるとは、大庭は怠慢な男だな」

「いえ、大庭様は熱を出しておられまして。されど商いの話は今朝が期限でしたもので」

話には筋が通っているものの、どことなく怪しい。何か裏があるように思えてならない。

（この者を捕らえ、責め苦を与えてみるか……）

強引に口を割らせるぐらい、自らの権限を以てすれば容易いことだ。が、もし単なる思い違いであったとしたら、大いに問題がある。

小姓が的外れの嫌疑で捕らえられ、責め苦を与えられたら、大庭が黙ってはおるまい。大庭が主君・盛隆の寵臣（ちょうしん）であるというのが厄介で、これに恥辱を与えたとなれば、盛隆は己を遠ざけるやも知れぬ。

我が身がかわいいのではない。遠ざけられたが最後、盛隆は過ちを繰り返す日々に逆戻りしてしまう。三浦介の尊称をもぎ取り、蘆名家の時を止めたことが無駄になる一事のみを恐れた。大庭に連なる磯目を捕らえるには、暗躍の疑い、程度のあやふやな根拠では足りぬ。動かぬ証拠が必要であった。

盛備は、苦々しい思いで返した。

「……左様か。養生し、早く城に上がるようにと大庭に伝えよ」

「勿体なきお言葉にございます。されば、私めはこれにて」

少年は丁寧に頭を垂れ、そそくさと去って行った。


主君を支えるという最大の目的はあれど、城にいる限り、それだけで済むはずもない。各地からの申し立ては実に多くある。このところ特に、二階堂から召し上げた地に本領を持っていた地侍からの陳情が増えていた。地割り直後の混乱もあろう。富田・佐瀬に任せた地ではあるが、自ら半ば強引に差配したことであるから、知らぬ顔はできない。

飛び去るように時は過ぎる。もう夕刻にならんとする頃になって、ようやく一段落が付いた。くらりと軽く眩暈(めまい)がする。膝には、座っていても痛みを覚えた。日頃は盛隆の夕餉(ゆうげ)が終わるのを待って半刻ほど話す間を作るのだが、今日ばかりは早く帰って休もうと考えた。無理を重ねては、かえって城を長く空ける破目になりかねない。

いざ主君に目通りを願い、今日はこれにて辞する旨を申し出ようと思ったまさにその時、狂おしい咆哮と驚愕の悲鳴が城内に響いた。盛隆の居室の方だ。

(今の声、殿ではないか!)

悲鳴だけなら良い。足を滑らせて転んだだけでも、つい口から漏れることはあるだろう。だがこれは尋常でない。もう一方の咆哮は、怒りに狂ったものであった。

盛隆の身に何らかの危難が迫っている。

「誰かある、殿の御間だ。急げ!」

あらん限りの声を振り絞り、自らも慌てて立ち上がる。また眩暈がして膝を突くと、鈍痛が響いた。忌々しさに舌打ちをして再び身を起こし、盛隆の居室へと走った。ぐるりと広間の裏手まで廊下を回った先、走れば二十数える間もなく辿り着くほどの距離が、この上なく長い道のりに思えた。

そこには既に佐瀬種常と、平田常範がいた。二人とも呆然としている。何をしているのかと押し退けて踏み込んだ刹那、惨劇が両の眼を襲った。

「盛隆……良くも、良くも!」

血まみれになった大庭三左衛門が、赤黒く染まった刀を振り下ろし、振り下ろし、蘆名盛隆の首を襲っていた。

あってはならぬことが起きた。気が付けば佐瀬や平田と同じに、どうしたら良いのかと、言葉を失っていた。

「良くも俺の六郎を」

大庭は喚き散らしながら、凶刃を振り下ろす。盛隆の首からは止め処なく血が噴き出し、煙となっていた。

「六郎を、奪いおったな！」

刀を逆手に持ち、切っ先を突き込もうとしている。ここに至って、やっと声が出た。

「何をしておる、大庭を止めよ！」

「あ……は、はっ！」

金縛りが解けたように、佐瀬種常が飛び出して大庭に体当たりを食らわせた。もんどり打って倒れる大庭の右腕を摑み、えいや、と後ろ手に捻り上げる。ごりごりと嫌な音が響いて、手中の血刀が落ちた。

「六郎……六郎、無念じゃ……」

小姓の名を呼びながら涙を零す傍らには、もの言わぬ盛隆の姿があった。首が半分断たれ、息絶えていた。

凶行に及んだ理由など、問い質(ただ)すまでもない。盛備は先に大庭が落とした刀を拾い、組み伏せられた脳天目掛けて振り下ろした。骨が割れ、二度、三度と身を痙攣(けいれん)させて、大庭は動かなくなった。

佐瀬、平田、そして己。三人が三人とも呆けた顔を晒していた。

「何たることか……」

佐瀬の呟きが全てであろう。だが、と思う。

（逃げてはならぬ。わしは、そういう立場なのだ。目の前のことを受け入れよ！）

不意に、どさりと尻の落ちる音がした。背後を振り返り、座り込んで呆然としたままの平田を見た。たった今まで己こそ途方に暮れていたのを忘れ、峻烈(しゅんれつ)に怒声を浴びせた。

「たわけ、呆けておる場合か。磯目六郎を捜せ、捕らえよ！」

平田はびくりと身を震わせ、やっと正気に返った。大きく呼吸してから「承知」と叫ぶと、館の外廊下から夕闇迫る庭に飛び降り、走って行った。

骸(むくろ)となった大庭の傍らに力なく座ったまま、佐瀬が奥歯を噛んでぼそりと呟いた。

「衆道のもつれ……なのでしょうか」

「大庭を見る限りは、殿が磯目六郎と通じたと考えるしかない。が……どうにも怪しい」

「と、仰せられますと」

「殿が磯目にお情を与えたかどうかを知る者がない。磯目を捕らえたところで、その証言だけでは何とも言えぬだろうよ。それにな」

今朝のことを話して聞かせた。見る見るうちに、佐瀬の顔が蒼白（そうはく）になっていった。

「もしや伊達が？」

「あの商人とやら、何度もこの会津に来ているが、実に覚えにくい顔をしている。忍びの者であれば得心がいこう」

「それを吐かせるために磯目を捕らえるのですか？」

力の入らぬ首を振って、違う、と言った。

「恐らくもう逃げてしまっている。捕らえることができねば、それこそ磯目が伊達の手の者に唆（そそのか）されていた証と見て良い。殿に無理強いされたとでも言って、頭の足りぬ大庭の嫉妬を煽（あお）った。そうは考えられぬか」

「されば我らは、伊達と戦に及ぶのでしょうや」

また首を横に振った。最前よりもさらに力が抜けていた。

「皮肉なものだ。磯目に逃げられたら、即ち伊達の差し金は明らかとなる。されど捕らえて全てを白状させられねば、今の話は全て憶測……言いがかりに過ぎぬということになろう」

佐瀬は文字どおり頭を抱えた。

「……我らはどうしたら良いのでしょう」

「わしは蘆名を永らえさせたい。お主はどうだ」

「無論です」

「ならば、わしに従え。今は堪え忍ぶのだ。佐瀬よ、お主も伊達が絡んでいることについては口を噤め。氏実が……領内の巡察に出ておるのは好都合だ。あやつは伊達寄りゆえ、絶対に何も言ってはならぬ」

「馬鹿な！　これほどの仕打ちを受けながら、ただ堪えよとは」

激昂する両の肩に手を置いて、強く握った。

「そこを曲げて堪えよ。軽挙妄動は慎まねばならぬ。山に囲まれ、長く厳しい冬に堪え忍ぶ会津の武士なれば、できるはずだ。悪いようにはせぬ」

佐瀬はなお口を開きかけたが、喉まで出かかった言葉を押し止めて溜息をついた。

「金上様は、こうと決めたことは譲らぬお人ゆえ、従いましょう。されど、いつまで堪えれば良いと仰せられますか」

「分からぬよ。会津が落ち着く頃には、わしはこの世におらぬかも知れぬ。だが、それでも良いのだ。堪え忍ぶ裏で、末永く生き残る強い蘆名を作ることができれば……な」

血の海となった部屋に二人して座り込み、しばし動く気にもなれなかった。

蘆名家中の侍を全て駆り出して野山を狩ること十日、ついに磯目六郎は捕らえられなかった。伊達の謀略を明らかにできぬまま、盛隆の葬儀が執り行われた。

盛隆には嫡男の亀王丸（かめおうまる）があったが、これは生後まだ一ヵ月である。どうにか家督は守り果（おお）せたとはいえ、後見を決めねばならない。蘆名家中で侃々諤々（かんかんがくがく）の議論が戦わされた。

四天王家の者たちは皆、一門衆の盛備か猪苗代盛国が後見する——つまり幼少の主君に代わって事実上の当主となるべきだと主張した。猪苗代は大いに乗り気のようであったが、盛備は渋面を返した。

「わしは家臣に過ぎぬ」

「一門衆ではございませぬか。蘆名を取ることに不都合などございますまい」

平田常範が、語気を強めて言う。正論だろう。だが盛備は同じ答を返した。

「わしは家臣に過ぎぬのだ」

「頑固も大概になされませ。家臣筆頭のお立場でしょう」

「されど家臣だ。蘆名の実を取るなど、分を超えておる」

こう返した理由は、羽柴秀吉である。織田信長を後継した三法師を後見し、秀吉は織田家を事実上簒奪した。そのため昨年には柴田勝家と、今年は織田信雄や徳川家康らと刀を交えることになった。結果的に羽柴は勝ったものの、徳川に対しては大幅な譲歩を余儀なくされている。蘆名家でも、家臣が後見となれば同じことが起きるだろう。天下を手中にしかけていた織田の地盤があればこそ、羽柴は持ち堪えたのだ。会津しか持たぬ蘆名家では、致命傷となりかねない。

(伊達政宗……それを狙ってきたか。だが、わしがある限り蘆名は潰させぬぞ)

すう、と大きく息を吸い込み、まだぶつぶつと文句を言っている平田に向け、一気に捲し立てた。羽柴を見よ、蘆名家を同じ目に遭わせるのかと。誰も、何も言わなくなった。

「蘆名にはまだ亀王丸様がある。当主ある限り支えるのが家臣というものぞ。されば、まずは当家の縁戚、かつ盟友たる伊達政宗殿に後見を願おうと思う。伊達家の庇護を受けつつ、なお蘆名の独立を保つべく支える。これぞ家臣の道と心得るが、如何に」

佐瀬種常が驚愕に目を見開き、かねて伊達寄りの富田氏実は少しばかり喜色を見せた。

「異論なくば、伊達家への使者を立てる」

佐瀬の面持ちが「堪え忍ぶとは、こういうことか」と問うていた。だが、ついに口は開かなかった。

（すまぬ。少しなりと政宗を油断させるためなのだ。後で詳しく説明してやる）

佐瀬に口を噤めと言ったのは、この時のためであった。盛隆の死の真実を知られていたら、如何に伊達寄りの氏実でも、政宗による後見を拒んだはずである。かわいさ余って憎さ百倍の言葉どおり、親和と憎悪は表裏一体なのだ。が、四天王家に反対されては困る。

政宗は蘆名を滅亡に追い込もうとした。会津を併呑せんと企んでいるのだ。ならば後見という事実上の主権をちらつかせて攻めの手を緩めさせ、時を稼ぐべし。

（この果実は毒だ。政宗め、精々いい気になっておれ。その裏で、この金上が亀王丸様を育て上げる……いずれ伊達の腹を食い破る怪物へと！）

蘆名には今少しの時が必要になった。牙を研ぎ上げる日まで、何としても、たとえ政宗の風下に立ってでも、時を止めてみせる。盛備は固く心に誓った。

二　情と器

米沢城の広間、主の座に着く。居並ぶ家臣団の顔ぶれも改まった。

参謀は父の代からの遠藤基信の他、片倉景綱が加わった。家督継承に際して父・輝宗の叔父に当たる伊達実元も隠居し、子の成実に後を譲った。伊達家累代の宿老・原田家も当主・宗政の死によって宗時へと代替わりしている。また鬼庭左月斎の子・綱元も家臣団に名を連ねた。旧来の者に若い覇気が加わった一同をざっと見回して、政宗は言った。

「家督を継いだときにも申し渡したとおり、俺は天下を取る気で世に臨む。皆、忘れてはおらぬだろうな」

一斉に「応」と返る。よし、と頷いて言葉を継いだ。

「昨年より、伊達は蘆名を後見する立場となった。……が、会津の執権め、裏であれこれ動いているらしい。大内定綱の一件だ」

大内定綱はかつて政宗の舅・田村清顕に服属していた豪族である。実に食えぬ男で、田村に属しながら伊達や蘆名にも気脈を通じ、静かに力を蓄えて田村から独立した。

一昨年、まだ輝宗が当主であった折、大内と田村は戦に及んだ。田村の劣勢を見た輝宗は、大内にいくらかの領地を割譲して両者矛を収めよと、和議の労を取った。

田村にとっては面白かろうはずがない。元来服属していた大内の独立は、田村にしてみれば自領を奪われたに等しいのだ。如何に旗色が悪かったとはいえ、この上さらに余禄をくれてやるなど御免被ると、輝宗の仲立ちに不服を申し立てていた。

これによって大内と田村の争いは続くこととなった。そればかりか、昨年からは周囲の豪族も大内に加担し始めている。

「舅殿は、元々自らが伊達を愚弄した一件をお忘れらしい」

九年前、天正四年（一五七六年）のこと、伊達の相馬攻めに援軍を出す出さないの話になった際、田村清顕は蘆名盛氏と共謀し、漁夫の利を得るべく静観していた。大内定綱はその頃から輝宗に近付き、相馬攻めの援軍を出している。後に田村は伊達の圧力に屈し、娘の愛姫を政宗の正室に差し出して帰順した。それがあってこそ輝宗も田村・大内の諍いを仲裁したのだが、諸々の経緯を考えれば、大内にも良い目を見せてやりたいのが人情であった。

傍らの景綱が「ふむ」と瞑目し、少しして大きく鼻息を抜いた。

「田村殿が包囲されているのは、なるほど殿が仰せのとおり、金上殿の差し金でしょう」

大内定綱と共に田村を攻めている者には、石川昭光（いしかわあきみつ）や岩城常隆（つねたか）など、伊達から入嗣した筋の者も含まれていた。言うなれば輝宗の意に背いた田村清顕を伊達一門が攻め立てているという構図だが、裏の事情はそう単純でもない。

　小勢の連合が田村のような大身の豪族を相手にするとなれば必然的に固く結束する。だが思惑や熱意が全く同じかと言えば、そのようなことなどあり得ない。自ずと個々の差が生まれてくる以上、長きに亘（わた）って連携を取るのは難しくなるはずだ。特に小勢ゆえの財力の乏しさが、何よりの仇となる。にも拘らず彼らが一年以上も連携して田村に相対しているのは、即ち裏で彼らを束ねる者の存在を匂わせる。南陸奥でそれができる財力など、蘆名家——即ち全てを差配している金上盛備を措（お）いて他にない。

「金上の狸め、謀略で負ければ外交で挽回（ばんかい）せんと動きおる。舅殿が伊達に不義理を働いたと吹聴して回り、皆を煽ったのであろう。蘆名とて伊達の縁戚だという口実でな。今の蘆名は他と戦うどころの騒ぎではないゆえ、自らは動かずに田村領を飲み込もうとしておるのだ。いずれこの俺から、再び蘆名をひとり立ちさせんがためにな」

　政宗はいったん口を噤（つぐ）み、小さく含み笑いして家臣一同に真剣な眼差しを向けた。満座の空気が、ぴんと張り詰めた。

「そこで俺は再度の仲立ちを行なう。大内は田村に戻れ、とな」

鬼庭左月斎が「お待ちあれ」と手を挙げた。

「それでは、大内は梯子を外された格好になりましょう。大殿のご意向を以て田村から離れたものにござりますれば、少しばかり温情を示してやっても良いのではございませぬか」

隻眼の左目だけを左月斎の顔に向け、低い声音を響かせた。

「昨日を振り返り、明日取り得る道を狭めるのは愚の骨頂ぞ。まず前に進み、不要とあらば昔は切り捨てるべし。それができねば天下など取れぬ。たとえ家中が四分五裂していようと、蘆名が田村領を取らば我らを超える。だが、俺が舅殿を助けてやれば話は全くの逆だ。伊達が天下を取るには、まず蘆名を骨抜きにして飲み込まねばならん。そのために金上の思惑を外すことが、掛け値なしの重大事ぞ」

荒々しい語気になったがゆえか、或いは天下を睨む上での正論であるがゆえか、これ以上の異論を挟む者はなかった。政宗は即刻、遠藤基信を使者として田村・大内の下へ向かわせ、一方で石川・岩城らには桑折宗長を使者に立てて停戦するよう説得させた。

二つの交渉は一面で成功を見た。石川昭光と岩城常隆は、田村清顕が輝宗の裁定に従わなかったことを戦の口実としていただけに、現当主たる政宗の意向を無視すれば二枚舌になってしまう。金上盛備の暗躍あって動いていた以上、腹の内はどうだか分かったものではないが、政宗の裁定に従うと約束せざるを得なかった。田村清顕が従ったのは言わずもがなである。小勢の連合による包囲が解かれる上に、大内が再び服属するのであれば文句などあろうはずがない。

だが当然ながら、大内定綱だけは従わなかった。田村・大内側の使者に立った遠藤基信が戻ると、片倉景綱と共に自らの居室でこの報告を受けた。

また剣呑な激情に満ちた叱責を受けると思っていたのか、遠藤は恐縮しきりであった。

「——以上です。大内にしてみれば、大殿に従って田村から離れたようなものにござれば」

「それで良い」

「ここは今少しご辛抱なされて……え?」

「それで良いと言うた。考えてもみよ。大内が、はいそうですかと聞くものか」

ずっと黙っていた景綱が、得心した、という顔で口を開いた。

「なるほど、伊達に従いながら蘆名に色目を使う大内を攻める。それこそ真の目的にございましたか。或いはそれすらも口実で、実は後ろ盾の蘆名をも？」

政宗は満足して、大きく頷いた。

田村清顕は政宗の裁定を受け入れたのだ。何かあったからと言ってご破算にし、再び豪族の包囲を受ける選択をするはずもない。ならば伊達が大内を討ち、その領・小浜(おばま)を取ったとて口を挟めぬだろう。石川と岩城も裁定を是とした以上、異を唱えることはできぬ。そして裏で糸を引いていた蘆名を攻めるとしても、全ての者が黙って見ているしかない。

自らの天下への道は、羽柴秀吉が織田家中を完全に従えるまでの間しか開かれていない。急速に織田家の重臣を糾合している秀吉に対抗するには、一手の戦略にいくつもの意味を持たせることが肝要と、政宗は心得ていた。そうやって時というものを圧縮せねばならぬ。

遠藤はひととおりを聞くと、目を丸くして二人の顔を交互に見た。

「いやはや……殿の神算は無論のこと、小十郎殿の卓見もお見事。さすがは長年、殿の傅役を務められただけのことはある」

驚きに満ちた眼は、言葉が終わると、幾らか寂しそうな羨望の眼差しに変わっていた。

思えば遠藤と父・輝宗はちょうど、景綱と己のように意を汲み合う間柄であった。それを思って穏やかな心持ちになったことを少し気恥ずかしく感じつつ、政宗は自らの思いに逆らわず、柔らかに言った。

「それが時を共にするということではないか。お主に、俺の意を全て見通して動けとは言えぬ」

「左様にござりますな。向後は小十郎殿をこそ第一の参謀となされませ。やれやれ、我が身に過ぎた荷が、ようやく肩より下りた気がします」

「だが楽はさせぬぞ。あちこちとの交渉は、引き続きお主の役回りだ。加えて、日頃より父上を見舞う役目を命じる」

遠藤は先と同じように、こちらと景綱を交互に向き、満面の笑みを見せた。ただでさえ丸い顔が、さらに丸く見えた。

雪も完全に消えた四月の半ば、十九歳の政宗は大内定綱を征伐すべく、五千の兵を整えて米沢を発った。だが伊達軍は米沢の東南、大内が本城とする阿武隈の小浜城には向かわず、南にある蘆名領、会津の柏木城へと押し寄せた。

　蘆名盛隆を排除した昨年の謀略によって、会津は激震している。柏木城に向かったのは、幼少の亀王丸を主に戴いてどれほどの統制が取れるのかを見極めつつ、小浜攻めの陽動とするためであった。

　だが蘆名の地力は未だ健在で、四天王家の佐瀬種常が率いる三千は柏木城の千と共に城に拠る構えを見せた。こうなると五千の大軍とて容易に手出しはできない。城から北に十里、檜原(ひばら)の小谷(こたに)山に築いた陣地で逗留すること一ヵ月、政宗は思う。まずは蘆名一門と四天王家の繋がりを断たねばならぬ、と。

（やってやろう。いずれ、ずたずたにな）

　一番の狙いは、やはり金上である。あの狸と四天王家の信頼を断ち切れば、蘆名は壊滅する。もう一方の一門衆・猪苗代盛国は会津の中でも厄介者扱いで、これをあしらうのは金上を攻略することに比べればずっと容易いだろう。

　本陣警護の侍を走らせて中備えの陣から侍大将の後藤信康(ごとうのぶやす)を呼び寄せると、政宗は命じた。

「この陣と兵四千を任せる。蘆名と戦に及ぶ必要はない。今は六月、冬を迎える前の九月半ばまでに、陣を基に城を築き、お主が城代となって睨み合いを続けよ」

眼前に片膝を突き、後藤は鉢金の頭を上げた。

「では、殿は小浜へ向かわれますか」

「いったん米沢に戻り、あと二千を整えてからになる。まずは小浜の出城、小手森からだ」

「承知仕った。必ずや、蘆名を釘付けにしておきましょうぞ」

小谷山に築くべき城は空堀を巡らしただけの館と言ったもので、使い捨てとなる。その程度の普請であれば四千の兵で二ヵ月もあれば十分だろう。命じると政宗は即日、本陣の後詰に控えていた千の兵を率いて米沢に返した。

兵を休めること一ヵ月、新たに二千を整え、秋八月初旬には三千で小手森城へと向かった。

阿武隈・小浜城のやや東、丘陵の中にぽんと突き出たような高みがある。小手森城はこの頂に築かれた山城であった。山の中腹にあるごく小さい郭の群れが、山頂の本郭と北東の腰郭を囲んでいる。急な山肌は要害と言えるものであったが、将兵はそう多く入れない。精々が千と言ったところだろう。三千の手勢があれば攻略できる。

伊達軍は山の北西四里に陣地を築き、小手森城主・菊池顕綱に戦いを挑んだ。城攻めに必要なぎりぎりの数しか連れておらぬゆえ、総攻めであった。

城への山道を登る兵は二千。腰郭のある北東は幾らか登りやすい。ここに鬼庭左月斎率いる五百と原田宗時率いる五百、合計千の徒歩兵を集めた。一方、敵の備えが薄くなる峻険な山肌を衝くため、白石宗実率いる五百を搦め手に回す。政宗も陣地を出て自ら五百を率い、後詰に控えた千の兵と共に山頂を見上げた。

鬱蒼と茂った森の中、喚声が響いていた。この声は敵兵のものである。伊達軍では、将が鬨を上げよと命じるまで絶対に声を上げない。政宗の軍令は徹底していた。喚声は勇壮に見えて実のところは違う、と政宗は思う。戦という死と隣り合わせの恐怖を吹き飛ばすための虚勢でしかない。

（喚け、騒げ。それが、うぬらを死に導こう）

木立の中では、弓矢や鉄砲などの飛び道具は遮られやすい。したがって力と力、兵と兵のぶつかり合いになる。先に疲れた方が負けなのだ。人は大声を上げ続けると、それだけで疲労する。まして絶対の破滅である死の恐怖を吹き飛ばすだけの大声となれば、疲れは並大抵でない。城に拠る敵の有利を崩す突破口として、これは重大な意味を持つ。

「皆の者、怯むな。それぞれ大将が下知に従い、黙々と動くべし」

後詰の中から呼ばわると、山裾に控えた法螺貝が「進め」の合図を吹き鳴らす。そのたびに敵の喚声が上がり、衝突の激化を示した。徐々に、喚き声の出所が山頂に退いてゆく。

「後詰、支度せよ。道が空いたところから俺に続け」

命じた直後、後方遠くに迫る足音が聞こえた。静かな地響きを感じて西を向くと、五里も向こうで徒歩兵の旗指し物が丘陵を駆け上がっていた。遠すぎて、何処の兵かは分からない。

「小十郎、検分させい」

傍らの片倉景綱に命じると、次いで伝令が走り、忍びの者が木を登った。十も数えぬうち、樹上の高みから「敵の紋、小紋村濃」と呼ばわる声が聞こえた。大内定綱と同じく、田村から離れて蘆名になびいた二本松義継の軍勢であった。

「報せ、続けい」

景綱が呼ばわると、忍びの者はその数を「千に満たず。およそ八百」と報じた。

蘆名の「丸に三引き両」でなかったことには安堵したが、それでも挟み撃ちには違いない。景綱が眉間に皺を寄せた。

「拙（まず）いことになり申しましたな。蘆名め、自らが動けぬからと、二本松を動かすとは」

「八百か。後詰の千はあるが……」

それを当てれば抑えにはなる。だが手勢を分けて二つの戦端を開くことは、最も拙い戦い方であった。もう少しで小手森は落ちたはずなのに、退かねばならぬのか。

だが何処へ逃げる。南西に向かい、三春の田村清顕を頼むか。

（それはない。三春から米沢に帰るのは難しい）

三春は東を大内定綱・二本松義継に、南を蘆名の家老・二階堂盛義に囲まれている。田村のようにそこを本領として踏み止（とど）まらざるを得ないのなら士気を奮い立てることもできよう。だが戦意を喪失した多くの敗残兵を引き連れて米沢まで帰還するのでは多分に心許ない。

　この小手森から北東にかけては相馬領で、そもそも逃げ道にならぬ。南に向かえば止々斎盛氏の娘婿・白河義親(しらかわよしちか)があり、東南には常陸の佐竹義重。撤退するなら北に向かうしかない。

　忍びの報は、当然ながら後詰の将兵にも聞こえている。八方ふさがりを危惧(きぐ)したのか、足軽たちは軍令を忘れてどよめいた。

（いかん。俺が迷ったら終わりだ。ここは――）

　腹を決め、あらん限りの大音声を発した。

「静まれい。声を上げた者は殺すと軍令を申し渡したはずだ！　罪一等を減じたくば、後詰の千は二本松勢を叩きのめせ。綱元、兵を任せる」

　鬼庭綱元に千を任せ、すぐさま二本松勢の抑えに回した。次いで山裾に呼ばわる。

「貝、鳴らせ。城正面の寄せ手を退かせよ」

　これまでの攻勢を捨て、防戦と退き戦を同時に展開する。皆がこの命令を危ぶんだのは明らかだったが、しかし政宗には勝算があった。

「小十郎。本隊の鉄砲五百を預ける。二里進んで綱元を援護せよ。それ以上、動いてはならぬ」

西に三里の辺りでは既に二本松勢との戦端が開いていた。景綱に任せた鉄砲は、敵の先陣まで届くぎりぎりの距離であった。

「それでは敵兵を討つことは叶いませぬが」

「構わぬ。五百で正射すれば五人や十人は撃ち殺せよう。少しでも斃(たお)れる者があれば十分だ。あとは音で押す。弾薬を惜しまず、撃ちまくれ」

「承知。殿は如何なされます」

「俺はひとりでここに残り、城から引き上げてきた兵と共に時を待つ」

渋い顔の景綱に、にやりと笑ってやる。すると笑みの意味するところを察したようであった。或いは「思い出した」と言う方が正しいか。ともあれ命令に従って鉄砲隊を率いて行った。

背後に敵兵の喚声、鉄砲の音、悲鳴が響く。だが一切振り返らず、小手森城を見続けた。やがて、正面の寄せ手に出していた兵が徐々に引き上げて来る。数は当初の千から、七百ほどに減っただろうか。城攻めとなれば致し方ない損兵と言える範囲だ。兵たちも算を乱してはいない。相変わらず無駄口をきかず、大将の命令に良く従っている。

（勝ったな）

心中ほくそ笑み、退いて来た兵に合流して、二本松勢との戦場に向けて後退する。銃声や喧騒が次第に近付いてきた。間もなく、景綱に任せた鉄砲隊とも合流することになろう。それは即ち二本松勢と小手森勢に包囲されることを意味する。

だが――。

（そろそろ、だな）

完全に包囲されたかに見えたところで、小手森城から声が上がった。それも喚き声ではない。規則正しい鬨の声は、城の搦め手に回していた白石宗実隊のものであった。

「皆の者聞いたか、あの声を。白石が五百、敵本郭に到達せり」

腹の底から呼ばわると、こちらの撤退に合わせて打って出た小手森勢の顔色が蒼白になった。

当然だろう。城から出た兵は凡そ八百、先の交戦で討たれた者を差し引けば、城に残っているのは精々が百と言ったところだ。そこへ勇名高い白石宗実の五百が襲い掛かったのだ。しかも既に本郭を脅かしている。たった今まで勝ちに驕（おご）っていた敵兵の顔が「負けた」と曇るのを、政宗は見逃さなかった。

「左月、宗時、反撃せい。小十郎、鉄砲隊を返し、小手森の兵を討て」

待っていた、とばかりに鬼庭左月斎がだみ声を張り上げた。

「皆聞いたか。今こそ叫べ、えい！」

「おう！」

兵が声を合わせて叫ぶ。原田宗時も鬱憤を晴らすように馬上で槍を掲げた。

「それゆけ、押しまくれ、勝ちは近いぞ。ええい！」

「おう！」

山の中から、野を走る兵から、えい、おう、えい、おう、の大音声が上がる。小手森勢は整然と繰り返される鬨の声に完全に飲まれ、算を乱した。ある者は何処へともなく走り去り、またある者は修羅場と化しているはずの城を指して走る。だが逃げ足は遅い。勝ち戦から負け戦へ、天から地の底へと叩き落とされた今、これまで散々喚き散らしていたことが仇となり、一気に疲れとなって兵を襲っていた。

「撃てい！」

銃声が響き、逃げる敵兵の背を無数の弾丸が襲う。二十、三十と倒れた者どもを踏み付け、踏み越えて、鬼庭左月斎・原田宗時の手勢が容赦なく追い討ちをかけた。

戦局の一転は、鬼庭綱元と相対している二本松勢をも飲み込んだ。綱元の手勢も鬨の声を上げ、一気に反撃に出る。二本松勢八百を蹴散らすのに時はかからなかった。

小手森城は半日で落城した。

本郭の館に入り、休息して飯を取っていると、景綱が諸々の報告に参じた。城郭は、白石隊が本郭に雪崩れ込むに当たって壁を数箇所壊した以外に目立った損傷はなし。この先、伊達の城として使えそうであった。

城に残っていた侍や兵は百足らず、侍たちの妻子まで合わせても百五十ほどであった。これに加え、敗走して城に戻った兵が三百ほどある。

「揃って降を求めておりますが、如何なさいます」

「殺せ」

「え……全てを斬るのですか。女子供は如何なさるおつもりで」

「殺せ」

「されば、馬匹のみを接収――」

「殺せ」

言葉を遮って命じた。命あるものは全て殺せ、と。

「館の裏手に犬がいた。あれも殺せ。女と年頃の娘は足軽どもの慰み者にした上で殺せ。近くに針道川(はりみち)がある。河原に引き出して全てを撫で斬りにせよ」

景綱は少し身震いしつつ頭を垂れた。

「それは、あまりに惨(むご)うございます。小手森の縁者から怨(うら)みを買いましょう」

じろりと睨み付けて「さにあらず」と返した。

「陸奥は腐りきっておる。俺の曽祖父、祖父、そして父上は、各地の大名豪族と無闇に縁を結んできた。その成れの果てが、この姿ぞ。戦に及んでも縁を頼んで決着せぬ。決着したとて降伏すれば許され、後の謀叛や裏切りを招く。陸奥をそういう腐った土壌にしてしまったがゆえ、大内のような者を生んだ。小勢が散らばり、戦が続くゆえ、ただでさえ痩せた土地は多くを産むことができぬ。だから俺が腐った繋がりを断ち切り、陸奥を安寧に治めるため天下に臨むのだ。間違っているか。天下を目指す以上、時を無駄に使って良い訳がなかろう」

景綱は口を開かなかった。縁というものを断ち切ることへのためらいがあるのだろう。だが何も言わぬ、或いは言えぬのは、正しいと認めているからだ。

「早々に俺の意向を皆に申し伝えよ。撫で斬りは明日、昼餉の後だ。良いな」

「……承知仕りました」

立ち去る足音を聞いた。静かな、それでいてしっかりとした歩みが、景綱の心を映している。どうやら納得してくれたらしい。

目の前に置かれた白木の膳には、飯の木椀。話している間に、湯漬けの中に入れた京風の紫葉漬から紫蘇の色が染み出していた。

「血の色か」

軽い溜息と共に独りごちて椀を取り、ざらざらと飯を流し込んだ。


小手森城の撫で斬りは周囲の豪族を震え上がらせた。元々の狙いとしていた大内定綱も例外ではなく、本領の小浜城を捨て、蘆名家を頼って会津へと逃れた。

政宗は労せずして小浜城を手中にし、九月、ここに入った。本来ならすぐに二本松城も攻略したいところだったが、兵を酷使するばかりでは働きが鈍る。それに小手森での戦いでは三百ほどの兵を損じた。これも新しく募らねばならぬ。まず一ヵ月で兵を休ませ、整え直すべし。

大内から奪った領内の差配を景綱らと共に定め、数日に一度は自らの鍛錬のために遠乗りに出る。そうした日々を送る中、月半ばに父・輝宗が小浜城を訪ねて来た。

家督を譲った後、輝宗は米沢の北八里ほどにある小松城に入っていた。小浜までは相当に離れている。遠路の来訪には驚いたが、一方ではまた嬉しくもあり、政宗はすぐに自らの居室に招いて首座を譲った。輝宗は丁寧に断り、主の座を空けたまま二人で差し向かいに座った。

「一年ぶりにございますな。正月の祝賀にもお顔をお見せくださらぬゆえ、嫌われたのかと思っておりました」

ひねくれた物言いに、輝宗は微笑で応じた。

「既に家督を手放した身ゆえ、ただ我が子に従うのみ。心地よいものだぞ。……が、家督をくれというおまえの無心は、途方もないものだった。それは承知していよう」

「無論です。ゆえに、父上には末永く安寧にお過ごしいただくべく、奔走しております」

輝宗は軽く頷き、少し唇を噛んだ。言いにくいことがあるようだった。

「俺は何か、お気に障ることをしたでしょうか」

「違う。実は、此度はわしからの無心があってな」

思わず吹き出してしまった。伊達の差配は任せたのだと、たった今、自ら言ったではないか。無心のひとつや二つ、当主の力があれば叶えられる。

「何なりと、仰せくださりませ」

「……二本松義継の降伏をな」

笑い顔が強張り、心が瞬時に戦場へと飛んだ。それだけは認められない。二本松は天下への道にある石ころに過ぎぬが、叩き壊してしまわねば、いつか石礫（いしつぶて）となって背後を襲う。

「小手森の者を皆殺しにしたのが何故か、お分かりにならぬ父上ではございますまい」

「分かっておる。だが、あの撫で斬りには蘆名ですら恐れを為し、二本松への援助を断つと決めたそうだ。それでなくとも、おまえは亀王丸殿の後見ではないか。あとは穏便に取り込むこともできるはずだ。さすれば蘆名に従ってきた二本松とて、おまえの臣となるのだろうに」

「認められませぬ。蘆名盛隆が横死した理由……会津の執権は、そう長く騙し果せる相手ではありませぬ。蘆名が震え上がっているというのも、そう見せかけているだけと考える方が理に適っておると心得ます」

輝宗は軽く俯くようにして目を逸らし、ぽつりと言った。

「わしは、おまえが織田信長と同じ道を辿るような気がしてならぬ。信長とて、おまえほど苛烈ではなかった」

「信長以上であるとの仰せ、有難くお聞きします。時を戻さねば俺の天下はない。されば信長を超えねばならぬのが道理。何と仰せられても二本松の降伏を認めることは致しませぬ」

それだけ言うと座を立って、供も連れずに遠乗りに出た。

十月が近い。陸奥の短い秋は終わろうとしている。野に青々と茂っていた草は枯れ、木の葉は落ち、枝の間から覗く空には薄暗い雲が垂れ込めていた。馬上から眺める向こうには丘陵の肌に切り開いた段畑があり、来るべき冬に向けて百姓の親子が立ち働いていた。

（二本松の降伏などとは）

父の顔を思い出した。無心したいと、申し訳なさそうに言う顔を。

家督相続の話で、父の心底を見た。己という者とその成長を無条件に認めてくれていた。天下を目指した大本は、己を認めて欲しいという子供じみた思いであった。少なくとも父に対しては、それは満たされている。ゆえに降伏は認めぬと言う一方で、押し切られそうになってもいた。

だが――。

既に天下取りは己の生きるよすがとなっている。二本松を許してしまえば自らの足許を崩すことになるだろう。気が付けば眉根を寄せていた。

いくらもせぬうちに、景綱が血相を変えて馬を飛ばして来た。供も連れずに出たことで強く諫められた。それに詫びつつ、父について聞いてみる。父は景綱に仔細（しさい）を話し、そのまま立ち去ったそうだ。どうやら諦めてくれたかと胸を撫で下ろした。

しかし、間違いであった。輝宗はその日以降、近くの宮森城に入り、三日に上げず小浜を訪れては二本松の降伏を嘆願するようになった。かつては怨んだこともある父だが、今では幼少の頃そうであった以上に敬愛している。二本松の件を断るのは容易いが、何度も断り続けるのは心の疲れることであった。

五度目の来訪で、ついに政宗は根負けした。いつもと同じように小浜城の居室で対面し、深く溜息をついて苦々しく言った。

「父上がそこまで仰せになられるのであれば、受け入れましょう」

傍らの景綱がしみじみとした笑みを浮かべ、正面の父は満面に笑みを湛えている。

「されど相当厳しい条件が付きますぞ。それで構わぬのであれば、です」

少しばかり気に入らず、仏頂面になってしまった。

「致し方ないところであろう。まずは降伏を受け入れることこそ肝要ぞ」

輝宗は満足して宮森城に帰った。いつもと同じく、館を出るところまでしか見送らなかった。

二本松義継が小浜に参じたのはそれから四日後、十月六日であった。小男で、名家・畠山（はたけやま）の流れを汲むとは思えぬほど貧相な顔つきが広間の中央で縮こまっている。

「面を上げい」

わざと居丈高に呼ばわった。二本松は平伏した姿勢から顔だけを上げた。

「此度は降伏をお許しいただき、有難き幸せに存じます」

十五も年下の己に向け、作り笑顔を引き攣らせている。あまりにも卑屈と見えた。如何に降伏の申し出とはいえ、交渉である以上は戦と同じだ。対決の気概があって然るべきであろう。家名など所詮この程度のものか、と苛立ちを覚えた。

「うぬが如き野鼠のために時を使うのは惜しい。降伏受諾の条件、申し渡す。向後、二本松城周囲の五ヵ村を領すべし。他は全て伊達が召し上げる。以上だ。下がれ」

「え……いや、お待ちくだされ。これまでの領の四半分もありませぬ。何とご無体な」

「黙れ。我が軍を後ろから襲った卑怯者の降伏を容れたばかりか、五ヵ村を認めたのだ。泣いて喜べ。さもなくば、この場で殺す」

二本松義継という男の器を見通して、うんざりしていたところだ。否やを言うなら自らの手で縊り殺すつもりで睨め据える。途端に、二本松は平伏して最前よりも小さくなった。さらに嫌気が差して、軽く舌を打った。

「分かったら、さっさと往ね。うぬと違って俺は忙しい」

言うだけ言うと腰を上げ、早々に広間から立ち去った。床を踏み鳴らす足音の荒さを抑えようがなかった。

二日経っても、苛立ちは消えなかった。

何かに没頭するのが良い。厩に向かって馬を受け取る。跨ってから景綱の顔を思い出した。ひとりで出れば、またうるさく言われるに違いない。だが、どうしても供を連れる気にはなれなかった。

小手森城へと馬の足を向ける。冬に差し掛かった丘陵に、冷たく湿った風が渡った。もうしばらくすれば陸奥は雪の白に染まる。晩秋にあって既に冷え込みはきつい。この冬は雪が深くなろうと思われた。

（さすれば戦はできぬ。次の春も遠くなるか）

ただ眺めているだけなら、雪というのは世の喧騒を吸い取り、心を落ち着けてくれる慕わしいものなのだが。

思いながら馬を闊歩させる。顔は恐ろしく冷たいが、衣の内は汗ばんでいた。政宗は下馬すると、馬を木立に繋いで休ませ、自らも腰から水筒を取って含んだ。

城を出てから半刻以上も過ぎたと思しき頃、遠く馬蹄の音が響いた。景綱か、と思ったが音が違う。ずいぶんと慌しく、目茶苦茶に追っているようだ。

（何かあったか）

思いながら目を凝らす。馬が少し近付くと、伝令の者だと分かった。伝令は思い切り手綱を引き、けたたましく馬を断かせて止まると、即座に下馬して眼前に控えた。

「お報せ申し上げます。すぐ小浜城に戻られたしと、片倉様からのお言伝にございます」

「小十郎からか。何用だ」

訝しんで問うと、伝令は言いにくそうに、しかし言わねばならぬと思い切って大声を上げた。

「二本松義継に、大殿・輝宗様が身柄を奪われてございます」

「何だと……詳しく聞かせよ」

二本松は仲立ちの労に謝意を述べるという名目で宮森城の輝宗を訪れた。しかし城中のこととて、輝宗は帯刀していない。これを見越して供の侍二十数名を乱入させたという。

「宮森からの伝令によれば、二本松義継めは本領を指して逃走したとの由」

「分かった。ゆくぞ」

言いながら木立に結んだ手綱を解き、跨る。すぐに馬の腹を蹴って馳せると、背後から「どちらへ」と伝令の声が響いた。大声で「たわけ」とだけ返した。

景綱が伝令を出したのなら、もたついているはずがない。既に兵を従え、動いているだろう。即ち小浜城を素通りして二本松城を指せば、道中で落ち合うことができる。自らの懐刀を信じ、単騎でひたすら駆けた。間もなく阿武隈川に行き当たるという頃になって、景綱率いる百の騎馬鉄砲兵と合流した。

「小十郎、父上は。二本松めは」

「未だ。されど、二本松城以外に向かう先はありませぬ」

馬上で怒鳴りあうように言葉を交わし、なお馬を馳せた。すると阿武隈川沿いの高田原で、枯れ薄の向こうに人影が見えた。三十人に満たぬほどの数、間違いない。

二本松義継の馬は、既に川に入ろうとしていた。鞍壺には、がっちりと輝宗の体が縛り付けられている。

「父上！」

総身の力を込めて叫ぶ。二本松の貧相な顔がこちらを一瞥だけして、すぐに正面を向いた。これほどの狼藉を働いたくせに、何とも怯えた風で、それきりこちらを見ようとしない。

父は涙に揺れる声で、しかし腹の底から返した。

「政宗、父の不明を許せ」

「今、お助け申す」

馬に鞭を入れようとすると、しかし輝宗は悲痛に言い放った。

「ならぬ、撃て！　この愚鈍な父もろとも、二本松を！」

高々と鞭を振り上げた右腕が止まった。父は何と言った。撃てと言ったのか。聞き間違いだろう。そうに違いない。助けてくれと言ったのだ。きっとそうだ。

「お助けいたす！」

一町も向こうで、父の顔がくしゃくしゃに歪んだ。しかし、それは刹那のこと。すぐに戦場の大将の顔となった。

「時を戻すのであろう。些末なことに拘るでない」

悪さをした子を叱責するような、重く、厳格で、しかし慈愛に満ちた一喝であった。ぎりぎりと奥歯が軋んだ。鞭を振り上げたままの右手が、わなわなと震える。

最前と同じように二本松がちらりと視線を寄越し、引き攣った笑みを見せる。撃てるはずがないと、高を括っている顔であった。

「政宗、わしに夢を見せよ。天下という夢を！」

そのひと言が決断させた。これは父の願いなのだ。途方もない夢、それこそ己にすら辿り着くまでの明確な道筋など見えぬ、天下への夢。ここで二本松を逃せば遠回りとなることを父は理解している。年老いた親は子の成長を認め、一人前になったことを喜び、しかしそれでも子のために何かをしたいと思う。命懸けの願いは、最後まで父であろうとする無上の慈愛なのだ。拒めるはずがない。首を横に振れば、己は伊達輝宗の子でなくなってしまう。

震える右腕に力を込め、鞭を振り下ろして真正面を指した。

「撃て！」

誰も撃たなかった。否、撃てなかったのだ。周囲の兵を、千年の怨敵を睨め据える勢いで見回した。

「伊達の軍令だ。ひとつ、我が下命に従わぬ者はこれを殺す。撃て！」

震え上がった百の騎馬鉄砲隊は、今度は命令に従った。銃声が一斉に轟（とどろ）き、百の弾が二本松義継以下の侍衆を襲う。戦場と違って具足を着けていない今、弾を遮るものは何もない。二十余の者どもは、ばたばたと倒れた。

「弾込めい。まだ息のある者がいる。撃て！」

下知に従い、二度、三度と正射された。

高田原、阿武隈川の河原には、ついに動く者がいなくなった。輝宗も例外ではなかった。

誰も、何も発しない。ただ風の音だけが聞こえる。時が間違いなく動いていることを確かめるように、空の雲を見上げた。鈍色（にびいろ）が滲んで見えた。

「小十郎。この場は後を頼む」

政宗はそれだけ残して馬首を返し、右の袖で目元をぐいと拭（ぬぐ）った。

してやられた。二本松の降伏は、本来容れられるはずのない嘆願である。よしんば聞き入れられたとて、苛烈な沙汰があることは分かりきった話だったはずだ。にも拘らず、二本松は斯様な暴挙に出た。ならば、この降伏には裏があったと考えるのが理に適っている。

（やはり……そういうことか）

情に訴えて何とか降伏を受け入れさせ、父・輝宗の油断を誘ったのだ。その身柄を押さえ、濁流に備える堤とするために。

（そのつもりで二本松を躍らせたか。蘆名め……いや）

これほど周到な謀略を駆使できる者など、ひとりしか思い当たらなかった。

三　人取橋の戦い

黒川の金上屋敷、自らの居室で佐瀬種常を待ちつつ盛備は考えた。

政宗はやはり信長に似ている。果断、即決。気性激しく酷薄な行ないはあれど、無駄に暴虐を働くのではない。小手森城の撫で斬りも、怨みの種を残すことを嫌ったと考えれば理に適ってはいる。周辺を震え上がらせ、伊達に対して及び腰にさせることまで併せれば、実に怜悧（れいり）な男であるとも言えよう。そういうものがなければ家臣団とてまとまらぬ。

（英明に過ぎる。陸奥に収まりきる男ではない）

国の中央に比べて全てが立ち遅れた北国に於いては、政宗の大きすぎる器こそ火種となる。これを排除せぬ限り蘆名の存続は叶わぬだろう。

その政宗は父・輝宗の初七日が終わると、伊達が動かせる兵力の実に七分目、一万三千を率いて二本松城を攻めた。二本松は義継の子・義綱（よしつな）に家督を取らせて籠城（ろうじょう）したそうだ。

盛備は敢えて援軍を出さず、静観に努めた。伊達輝宗を捕らえんとする謀略について、飽くまで蘆名は関わりなし、二本松義継の独断とする立場を貫くためであった。計略に関わっていた二本松義継とその側近が揃って死んでいる以上、真相を知るのは己の他には佐瀬しかいない。

政宗が父もろとも二本松を撃ったことには、正直なところ驚愕した。輝宗を伊達への盾とする算段は狂ったが、それならそれで、やりようはある。

政宗が父を失って怒り狂っているなら、当主を殺された二本松も怒り狂っているのだ。小勢でも伊達の大軍を相手に頑強な抵抗を見せるであろう。既にひと月近く持ち堪えた。もうあとふた月は粘るだろう。この間に策を完成させるべし。その鍵を握るのが佐瀬であった。

　蘆名盛隆が凶刃に斃れたのが伊達の謀略だという推測は、佐瀬にしか話していない。本来であれば家中で最も近しい富田氏実に諸々を諮りたいところだったが、多分に伊達寄りであるがゆえ、最近では佐瀬と共に謀を巡らすのが常であった。

　半刻も待った頃、富田隆実が佐瀬の来訪を報せに来た。富田氏実の子、かつて小姓として仕えた太一郎の元服した姿である。今では蘆名家臣として盛備の配下に就き、金上屋敷の侍詰所を取り仕切るようになっていた。

　佐瀬を案内して通すと、隆実は詰所に戻って行った。佐瀬は去り際の隆実と軽く会釈を交わしてから向き直り、小声で問うた。

「隆実殿を抱えているのは、危なくはございませぬか」

「あれが元服する前のいきさつからして、縁を切る訳にもいかぬ」

「夜伽などもおありに？」

「小姓であった頃、片手に数えるほどだ。わしも年寄りでな」

　小さく頷く苦々しげな顔に「案ずるな」と返した。

「隆実はこの一年、わしに従うて自らを形作った。主家に忠実な家臣ぞ。いざ伊達と正面切って戦う日になれば、父と違う道を選ぶことも厭うまい」

「左様に仰せならば。さて……」

佐瀬は細面の上の細い目を、一層細くした。

「高田原での一件、石川昭光、岩城常隆も腹に据えかねていたようでしてな。父殺しを見過ごすべからず、と言ってやったら誘いに乗りましたぞ」

死んだ伊達輝宗から見て石川は実弟、岩城は甥である。近しい血縁であるからこそ、政宗の父殺しを見過ごすことはできまいと睨んでいた。佐瀬にこれらの調略を任せる一方、自身は止々斎盛氏の娘婿・白河義親を抱き込んでいた。

「祝着じゃ。こちらも万事抜かりない」

思わず、にやり、と頬が緩んだ。兵を出すことに「仲立ちのため」という大義名分が整いつつある。此度、伊達と戦を構えるのは致し方ない成り行きであり、結果として政宗を屠（ほふ）ることになった――この筋書きならば、誰が文句を付けられようか。

「あとは佐竹が動けば……ですが」

思案顔の佐瀬に向けて、大きく頷いて見せた。

白河への調略と併せ、盛備は常陸の佐竹義重にも書状を送っていた。蘆名・佐竹・石川・岩城・白河・相馬の連合で包囲して政宗を排除し、伊達を骨抜きにする。これが成れば三春の田村清顕を降し、また陸中の白石城から千代城までを攻め落とすことは決して難しくない。切り取った土地は皆で分け取りにするという寸法である。

「懸念には及ばぬ」

何しろ佐竹にとって、今以上の勢力を築くのは並大抵の労ではない。常陸から南進して下総や武蔵に領を拡げんとするなら、関東の雄・北条との決戦を覚悟する必要がある。西に進んで下野を取っても、痩せた山地ばかりで旨味が少ない。だが連合で北に進むのなら兵の拠出は少なく済み、それでいて得るところが大きい。

「まあ見ておれ。常陸の鬼と恐れられる男が、この好機を逃すはずはない」

ひととおりの話が終わると、佐瀬は金上屋敷を後にした。

十日して佐竹義重から書状が届いた。兵を整えて須賀川まで出向く、と記されている。これを確認すると盛備は即時、兵を率いて進発した。

須賀川で合流した兵は佐竹の一万、蘆名の八千、二階堂の三千。岩城には白河・

石川・相馬を併せた九千が参集し、政宗が二本松城を包囲する数の倍以上、総勢三万が揃った。

須賀川に至ったのは夕刻であったが、冬の分厚い雲に覆われた空は早々に暗くなっており、城や陣地の篝火が頼りという有様だった。まずは佐竹義重の陣を訪ねる。供に連れた初陣の富田隆実と話しながら進んだ。

「おまえの父は長らく伊達家の者たちと親交があってな」

「はい。此度は致し方なく伊達と戦う形になるゆえ、父には参陣を求めなかったとか。ご配慮痛み入ります」

苦笑が漏れた。戦場で中途半端な動きをされても足手纏(あしでまと)いゆえ、配慮したと見せかけて除外したというのが正しい。

「子の初陣が父の下でないのは、かなり珍しい。申し訳なく思う」

「いいえ。それがしは金上様を敬愛しておりますゆえ、お連れくださったことに感謝しております。この戦では必ずや手柄を立ててご覧に入れましょう」

その言葉を聞いて立ち止まり、肩越しに後ろを見た。

「逸(はや)るでない。戦は、稽古とはまるで違う。此度は十重二十重の兵に守られて、ひたすら戦場を見ることだけを考えよ」

「されど……」

振り返って手を伸ばし、隆実の口を塞いだ。

「良いな。勝ち戦の中で敵を……負ければどういう目に遭うのかを見よ。恐れを知らぬ者は、すぐに命を落とす。どう立ち回れば死なずに済むかを考えぬからだ。死を恐れつつ、命を捨てる覚悟を固めよ。矛盾しているように思えようが、これができる者だけが生き残り、再び主家のために働ける。おまえには、そうなってもらわねば困る。蘆名の将来のためにな」

無言で頷く隆実を入り口に残し、ひとりで陣屋に入った。

二十人からの家臣が為す列の奥、正面の床机に座るのが常陸の鬼・佐竹義重であった。中央まで進み、立ったまま深々と頭を垂れた。

「蘆名一門、金上遠江守盛備にござる。此度のご出陣に篤く御礼申し上げます」

義重の面相は一種独特なものであった。頬や顎はすっきりとしているが、眼窩の奥まったところに鋭い双眸が光る、彫りの深い顔立ちである。鼻も高く、太い眉は険しく吊り上がり、なるほど鬼と呼ばれるに相応しい風貌と思われた。

「お主が会津の執権か。蘆名家と戦い続けておった頃には、これ以上なく厄介な男だったが、味方となると頼もしい」

低く、それでいて意外にも柔らかい声音に知性が薫った。謀略にも長けた男であるのは既に知っていたが、それでも多少面食らった感がある。

「両家盟約の際には常陸まで出向くこと叶わず、ご挨拶が遅れました。恐縮しております」

「堅苦しい挨拶は抜きだ。俺は佐竹に利ありと見て動いたに過ぎぬ。既に、お主の術中にあると言って良かろう。この上、何を頼みに来た」

さすがは、と舌を巻いた。ならば単刀直入に言うのが良い。

「さればこの戦、総大将をお願い申し上げたく存じます」

「……良かろう」

伊達政宗の排除を画策したのは己である。だが義重は仮にも一国を治める大名であり、かつ兵の数も最大である。顔を立てるのは盟友としての配慮であるが、しかし一方では名を取らせることと引き換えに、戦勝の暁には蘆名への実利――領地配分で少しばかりの優遇をしてくれ、と言ったつもりであった。義重はこちらの思惑を悟り、何も尋ねずに依頼を受けた。類稀（たぐいまれ）なる賢将と言って良いだろう。だが、それゆえに世の常の物差しで計りきれる。政宗のように、思いもよらぬことをしでかす難物ではない。

「さすれば、次は進路ですが」

「既に伊達勢も乱破を使い、こちらの集結を察しているであろう。どう出るかな」

まともに考えれば、倍以上の数だと分かった時点で撤退する。だが蘆名の先代・盛隆を謀殺した一件にしても、大内定綱を攻めた小手森城の一件にしてもそうだが、どうにも政宗はことを急（せ）いているように思える。

鬼が軽く笑った。

「よもや撤退はすまいという顔だ。もっとも、それを見越して皆を集めたのだろう」

「伊達政宗という男は、凡そ常なる者とかけ離れておりますゆえ、恐らく迎え撃とうとするかと」

「二本松城は？」

「父を失った怒りもあれば、そちらの囲みも解かぬと見ます。隊を二手に分け、政宗率いる本隊が観音堂山の辺りに布陣するものと思われますが」

　須賀川から北進する兵を食い止め、なおかつ二本松城も落とそうというのなら、阿武隈川の支流・五百川（ごひゃく）に架かる人取（ひととり）橋を目の前にした観音堂山以外にない。義重は納得顔で頷きながら、今度は豪快に呵々と大笑した。

「何と浅はかな小童よ。そもそも我らの半分にも満たぬ兵を分ければ四半分だ。戦は数だと、あの織田信長が身を以て示しておるだろうに」

　確かにそうだ。信長は常に周囲を睨み、或いは抱き込み、自軍を一点に集めることで難敵を降した。そして、兵を持たぬ隙を衝かれて本能寺で横死した。

「されば力押しにて進みますか」

「金上殿の思惑は政宗を除くことであったな。ならば奴を確かに討たねばいかん」

　義重は、総勢を三方から進軍させる、とした。須賀川の東方、岩城領に近い高倉城方面から岩城・石川・二階堂・白河の一万。五百川方面に佐竹・蘆名の別働隊と相馬を合わせた一万。残る一万の佐竹・蘆名本隊は一番西を進み、会津街道を北進する。米沢まで続く街道に本隊を進めて政宗の糧道を断ち、かつ開戦前の撤退を封じる手筈である。その上で全軍が再集結して人取橋に押し寄せ、白石城・千代城へと追い立てれば、政宗の首を見ることもできよう。

「見事なお指図です」

「いいや。小手森の戦までなら、石川・岩城は伊達に付いていただろう。こういう戦ができるのも政宗が父親を殺したからだ。二本松を唆した男……そやつの力よ」

見抜かれていたか。だとすれば政宗も、既にこちらの策謀だと悟っている。いずれ報復の手が伸びる前に、何としてもこの戦で決着させねばならぬ。

翌朝の日の出を以て進軍と決まり、義重の本陣から岩城へと早馬が飛んだ。佐竹・蘆名の各陣では本隊と別働隊が分けられていった。

盛備は三隊の中央、五百川方面に向かう佐竹・蘆名・相馬の一万を率いた。まずはこの辺りで一番大きい大名倉山の南に軍兵を隠すように、東へと進む。進軍開始から半刻と少し、冬の朝日が正面から差してきた。ここで本隊と別れ、街道から外れて野を進んだ。

冬場の昼は短い。それゆえ日が高くなるのも早く、正面から差していた光は見る見るうちに斜め上から降り注ぐようになった。大名倉山を東に大きく迂回する頃には、空は高く突き抜けるような青色であった。

人取橋までは残り四里ほど。一万という大軍ゆえ行軍には時を要するが、それでもあと半刻あれば到達するだろう。無論、そこまでに伊達軍の抵抗がなければ、の話だが。

ひょう、と甲高い唸りを上げて北東の風が吹く。枯れ野を渡る冷気に少し身震いすると、伝令の侍が馬を寄せて来た。

「乱破が戻りました」

「聞こう」

「はっ。伊達軍はやはり観音堂山の裏手に本陣を築いたとのことにございます。数は七千、高倉城に籠もる兵を合わせても八千ほどと見受けられる、と」

「ふむ。そうなろうと思ってはいたが……」

こちらの四半分よりも少し多い程度の数で何ができると言うのか。ひとりで四人を相手にする戦いと、八千で三万を相手にする戦いは大きく違う。算盤（そろばん）の上ではどちらも一対四で同じだが、人の集団は算術ではない。全体の数が増えるほどに多勢が有利となり、無勢が不利となるのが戦というものだ。

（どこで仕掛けてくる……）

数の不利を承知の上で迎え撃とうとするのなら、それなりの算段あってのことだろう。だとすれば野伏を置くのが常道だが、政宗は何をするか分からぬ。用心に越したことはない。

考えながら進軍するうち、人取橋が遠目に見えた。あと二里と少しだろうか。右手に三里も向こう、阿武隈川沿いでは高倉城攻めが始まったらしく、兵の喚声が上がっている。

それにしても、と盛備は思う。伊達はなぜ高倉城を捨てぬのだろう。ここに置いた千の兵を本隊に合流させた方が、少しはましな戦になるのではないだろうか。

「注進、注進！」

先の者とは別の伝令が馬を馳せ着けた。

「伊達成実が千、伊達本隊から高倉城の後詰に動いてございます」

「何だと？」

ただでさえ少ない本陣の数をさらに減らすとは。おまけに、ここまで野伏の備えもなく、何の苦もなく進軍している。あまりに容易く進み過ぎているがゆえに、かえって政宗の術中に落ちているように思えた。

（一時、足を止めねば……佐竹殿と話す必要がある）

刹那、それを許さぬとばかり、疾風の如く駆け込んで来る一隊が目に入った。左前方に二里ほど、伊達の騎馬を率いるのは白石宗実か。数は、ざっと五百というところだった。

「進め！」

白石の騎馬隊は斜めに突撃を仕掛けて来た。牽制のためか、或いは足止めのためか。

（足止めだと？）

しまった。二つの別働隊が行軍に手間取れば、本隊だけが先行してしまう。それならば高倉城を捨てずに抵抗し、かつ後詰に伊達成実の千を増援したのにも得心がゆく。白石隊まで除くと、政宗の本陣に残るは五千五百。対して佐竹義重率いる本隊は一万。十分、戦になる数だ。一対四の差を一対二に化かされてしまった。

或いは己も数の利を過信したか。まずは白石隊を退けねば本隊と連絡を取ることも叶わぬ。盛備は迎撃を命じた。

「弓、撃てい！」

　しかし鍛え抜かれた白石騎馬隊は、とにかく速い。弓の狙いが定まらず、正射で減らせたのは五百のうち十ほどに過ぎなかった。残余の騎馬は勢いを緩めず、こちらの徒歩兵を蹴散らし、踏み付け、二百以上を屠ると、弧を描いて半里も退いた。そこでまた馬首を返し、二度目の突撃が始まった。飛び道具は数をまとめてこそ効き目があるものだけに、総勢五百の鉄砲隊は全てを本隊に付けている。弓隊で止まらぬとなれば、足軽の槍衾で止めるしかない。

「先鋒（せんぽう）、槍構えい！」

　盛備の隊は完全に足を止めた。足軽の長槍が、ざっと斜めに掲げられる。だが白石の騎馬は中央から二手に分かれ、槍衾をかわしてこちらの両側面に当たってきた。

「怯むな。一騎を十人で囲め」

　数の利を生かせと号令すると、足軽を率いる侍衆が各々の手勢をまとめ、騎馬を個別に叩き始めた。翻弄されていた状態から、ようやく戦の体裁になった。

　その後も白石は騎馬を縦横無尽に操り、たった五百で二千ほどの足軽を蹴散らした。味方の徒歩勢は何とか騎馬を包囲して少しずつ叩き、四百余りを退ける。数が減り、馬が疲れを見せ始めた頃になって、白石隊は撤退していった。

気が付けば、青かった空が一面の雲に覆われている。雲は昨晩以上に分厚く、そして黒い。空の変わりようから考えれば、このひと当たりで半刻ほどの足止めを食ったのだろう。

（時がかかり過ぎた。このままでは）

連合側が三万の兵を三手に分けたのは、政宗の退路を塞ぐだけが目的ではなかった。日没となればいったん兵を収めねばならぬが、冬の昼は短い。確実に敵を仕留めるためには、行軍に遅れを生じやすい大軍での移動を避けるのも重要だったからだ。政宗はこれを見切っていたのだ。

（だとすれば……備えは野伏ではない）

左手三里の遠方に鬨の声が上がった。佐竹・蘆名の本隊一万は既に人取橋へと殺到し始めている。その行軍、長蛇の横腹に向け、伊達の旗指し物を着けた千ほどが突撃を食らわせていた。整然とした鬨の声に襲われた本隊の動揺が見て取れた。恐れていたことが現実となった。

本隊の中腹を分断されてしまえば、人取橋で激突するのは連合側五千に対して伊達軍が四千五百。数の上で互角になった。しかも連合は今、動転している。実際には伊達側が遥かに有利だ。連合の本隊がこの難局を突破するには一気に敵本陣を叩くしかないが、見れば、狭い人取橋がそれを阻んでいる。

「隆実、隆実やある」

「これに！」

白石騎馬隊の襲撃で乱れた行軍を整えていた富田隆実が、大声で返して馬を馳せた。たった一間の距離で、敢えて腹の底から大声を出した。

「戦場を見たか」

「見申した。仰せのとおり、まことに恐ろしきところにございました」

「よし。おまえの初陣は終わりだ。これ以後、武辺の将として扱う。じき、味方が高倉城を抜くであろう。三千を率いて加勢し、高倉の後詰に入った伊達成実を叩け！」

隆実は武者震いして「応」と返すと、自らの持ち場に駆け戻り、兵を率いて東へと走っていった。次いで盛備は、手元に残った兵から二千を本隊の中腹に向かわせ、伊達の挟撃隊に当てた。この増援で本隊の動揺が治まることを信じ、自らは三千を率い、人取橋で奮戦する先陣の救援に向かった。

案の定、橋上は修羅場であった。連合は思うように橋を渡れず、猛将・鬼庭左月斎率いる四千と競り合っている。橋を諦め、そう深くない五百川を歩いて渡ろうとした兵たちもあった。だがそれらの者たちは川底の石に足を取られて動きを鈍らせ、片倉景綱が率いているのだろう騎馬鉄砲隊の正射を受けて水面に浮き、身も凍るような水に流されていった。

「金上盛備、見参！　本隊先陣、気張れい。いずれ高倉城からも石川、岩城、二階堂の皆が押し寄せる。それまで持ち堪えよ」

味方が敵の足止めを突き抜けさえすれば、数の利が復活する。それまであと半刻か、一刻か。とにかく粘り切れば、この戦は勝てる。盛備は本隊の佐竹義重と共に兵を鼓舞し、敵の備えが薄いところに兵を集め確実に殲滅することを繰り返した。

やがて本隊の中腹から味方の兵が馳せて来た。右手、東の方からは伊達の旗指し物を着けた侍や足軽が、ばらばらと駆け戻るのが見える。足止めは徐々に解かれているらしい。

（どうだ政宗、思惑を外してやったぞ。うぬの首を見ぬことには、この戦は終わらせぬ！）

盛備は齢五十九の老骨に鞭打ち、ここぞ正念場と腹を据えた。だが――。

空の雲はなお黒さを増し、ついに雪が舞い始めた。まだ夕暮れ時には早いはずだが、既に夕闇と見紛うほどに暗い。湿り気を湛えた大粒の雪が暗い中でやけに白く見え、辺り一面の視界を遮った。この分だと、今日は夜の訪れが早くなってしまう。

橋の上は一進一退、しかし本隊後方から駆け付ける味方が増え、また高倉城方面から二階堂の旗指し物がちらほら見えるようになり、味方は疲れの中に光明を見出せるようになってきた。

と、そこへ敵陣から突撃して来た騎馬の一群があった。

「鬼庭左月、参上！　者ども怯むな、進めい。何としても橋を守りきれ！」

数は五十か六十か。己よりもよほど老骨の武者が馬上でだみ声を張り上げ、薙刀（なぎなた）を掲げた。左月斎は、当年取って七十三とは思えぬ軽やかな動きで雑兵を斬り、打ち据え、蹴飛ばして川の中に叩き込む。だが、それも長続きはしなかった。

「弓持てい。左月を射よ。頭を狙え！」

他の武者なら頭を狙っても兜に弾かれてしまうだろう。だが老将は己が歳を考え、動きやすさを第一として綿入りの頭巾を被っている。盛備の弓隊が一斉に矢を射た。

「甘いわ！」

薙刀を一振りし、まとめて矢を払う。当たった矢はあれど、頭巾の綿に刺さり、頰を切り裂くに留まった。

「金上盛備！　年寄同士、決着といくか」

「ほざけ糞爺、うぬに年寄呼ばわりされるほど耄碌してはおらぬ。弓隊、正射続けい！」

二度、三度、四度。正射してはまとめて払われを繰り返したが、そのたびに少しずつ左月斎は傷を負った。頰に矢が突き立ち、切れた額から流れる血が右目を塞いでいる。肩で息をして薙刀の鋭さも鈍ってきた。

「弓、撃てい！」

五度めの正射で、一本の矢が額に立った。ぐらりと揺れる体を、しかし左月斎は馬の首に抱き付いて支えた。断末魔であったろう。

「今だ、皆で左月を囲め。首を挙げよ」

号令一下、足軽が蟻のように群がる。やがて空馬が走り去り、皺だらけの首が掲げられた。

鬼庭左月斎を討ち取ったことで、連合はどうにか人取橋を抜いた。伊達の将兵は総崩れとなり、退却してゆく。それらは観音堂山の本陣を素通りしていった。

さては、と佐竹義重に合流して敵本陣を検めてみたが、案の定、蛻の殻であった。最も近いのは本宮城か。左月斎が命懸けで時を稼ぐ間に、政宗は何とか撤退したようであった。

連合は観音堂山の敵本陣を接収し、佐竹がこれに入った。

陣幕の内に各軍の長が集まって戦評定となった。政宗は本宮城に退き、兵も二千か三千しか持っていない。朝一番からの総攻めで落とせるだろうというのが、全員の一致した見通しであった。

だがその晩、事態を一転させる早馬があった。何と北条氏政が佐竹義重の留守を衝いて下総から兵を動かしたという。まさに一大事であった。

北条は、そもそも佐竹とは敵対していた。かつては蘆名の第一の盟友であったが、蘆名がより益の大きい佐竹との同盟を選んで以降、疎遠になっている。一方で伊達は、あの羽柴秀吉と疎遠な点で北条と共通している。或いは以前から、それを以て誼を通じていたか。いずれ北条の動きが伊達の策謀であるのは明らかであった。

本領を侵されながら遠征を続ける者など、いるはずがない。まだ日の昇らぬ早暁の評定で、佐竹義重は撤退を決めた。総大将がいなくなる以上、戦そのものが続けられぬ。

盛備は嘆息して天を仰いだ。分厚い雲に星明りが遮られている。

（策とは二重、三重に網を張るもの……か）

政宗とてここで大敗した以上は二本松の包囲を解き、いったん米沢に戻らざるを得ない。だが北条を動かすという一手によって、明らかな負け戦を痛み分けにまで持ち込んだ。佐竹・蘆名の連合が動いたと聞いてすぐに撤退しなかったのは、後日二本松城を落とすため、足掛かりとなる自領をできる限り温存する目的だったに違いない。だとすれば、初めから北条が動くまで持ち堪えれば良し、という方針だったのか。

遠からず二本松は伊達の手に落ちるだろう。それはこの戦で伊達に与えた打撃が帳消しになってしまうことを意味する。いつまでも明けぬ冬の空に目を泳がせ、盛備は奥歯を噛んだ。

四　報復

二本松城の包囲は程なく解かれ、伊達の全軍が撤退した。佐竹・蘆名連合と伊達の双方にとって益のない戦が終わり、年が明けた。

人取橋の戦で伊達は六千以上を失い、しばらくは兵を整える必要に迫られた。未だ広大な領地と一万五千の兵を残しているとはいえ、他勢力にしてみれば一気に叩く好機だったに違いない。だが佐竹は北条との争いに傾注せざるを得ず、蘆名は引き続き領内の細かな叛乱に忙殺され、追撃を加えられなかった。

もっとも、何の動きもなかったという訳ではない。蘆名家では、昨天正十三年（一五八五年）の七月に朝廷から関白の宣下を受けた羽柴秀吉と誼を通じるようになった。盟友・佐竹義重が秀吉と親密に交わっていたことに加え、かつて安土で盛備と秀吉が見知っていた縁があっての話である。

一方の伊達家は兵こそ動かさなかったが、着実に二本松攻めを進めていた。政宗の従弟、伊達成実の調略によって二本松の家臣が続々と伊達に寝返り始めたのである。これによって二本松城は、次に伊達に包囲されたら籠城すら覚束なくなった。二本松義綱はついに城を捨て、蘆名を頼って会津に逃れた。

一連の動きが本当に伊達成実の調略によるのであれば、蘆名は伊達に抗議をせねばならぬ。二本松が蘆名に従っている以上は一面で責務なのだが、外交の手札としての意味合いの方が強い。

盛備は逃れて来た二本松主従と黒川城で面会した。だが、家臣らが伊達成実と密約を交わしていたという動かぬ証は得られなかった。調略は証拠を残さぬことが最も重要である。敵もしたたかなものであった。

傍証、或いは憶測で抗議する訳にもゆかぬ。そこで盛備は、政宗が蘆名当主・亀王丸の後見であるという事実に則って書状を出した。内容は、後見役は幼い当主が長じるまで安全に責任を持つものである、ということを確認する以上のものではなかった。だが伊達の調略によって蘆名に従属する豪族が城を捨てたのであれば、それは蘆名家の、つまり亀王丸の財と権威を侵したに等しい。盛備の書状は、その点をちくりとやる遠回しな嫌味であった。

政宗からの返書はなかった。やはり蘆名が弱るのを待って併呑する気なのだろう。

如何にしてこれを防ぎ、主君が長じるまでの時を稼ぐべきか。そう考えていたところ、冬を迎えた十一月頭の冷える夜、富田氏実が金上屋敷を訪れた。

自らの子たる隆実に案内され、氏実が居室に入った。

「珍しいな」

そのひと言に、氏実は少し顔を歪めた。

「それがしの訪問をお喜びいただけませぬか」

ここしばらく、伊達との関係に於いて何ら諮るところがなかったことを言っているのだろう。他の件であれば諸々を命じ、また諮問してもいる。軽んじている訳でも、遠ざけている訳でもない。どちらかと言えば氏実の側が、この屋敷に寄りたがらぬ節があった。

「いいや。お主がこの前に立ち寄ったのはいつだったか、などと考えねばならぬほど久しぶりだというだけの話だ」

氏実は少し面白くなさそうに鼻息を抜いた。

「まずは用件をお話しいたしましょう。政宗殿から亀王丸様に贈り物がありましたもので、ご報告に上がったのです」

「城では、そのような話は聞かなんだが」

「贈り物を間違いなく亀王丸様にお届けしたいとの由にて、それがしの屋敷に届きました。明日にでも城に運ばせます」

「これはおかしい。なぜお主に仲介を頼まねばならぬのだ」

少しばかり詰問する口調になると、氏実はむきになって反論した。

「金上様が政宗殿を嫌っておられるからでしょう。伊達家が二本松城を接収したことは、確かに蘆名家としては認めにくい。されどこうして贈り物まで寄越す辺り、伊達家とて後ろめたさは感じておるのに違いありませぬ。ただ、政宗殿は二本松がために父君を失っておられる。仇討ちなれば、曲げて認めざるを得ぬでしょう。そもそも二本松が狼藉を働いたのも……。いえ……これは憶測にて、余人に話せることではありませなんだ」

言いながら、こちらの目を掬い上げるように見る。口を滑らせた、というのではない。

（これは……）

伊達の手の者から何か吹き込まれたか。伊達輝宗の身柄を押さえんとして二本松を喫したことを知るのは、己の他には佐瀬種常のみである。先代・盛隆が横死したからくりを知るのもまた、己と佐瀬のみ。元来主家への忠心篤い佐瀬が、斯様な大事を軽々しく他者に漏らすとは思えない。

「念のために聞くが、贈り物とは？」

「穫(と)れたての林檎(りんご)の実と独楽(こま)ですが」

ぞくり、と背筋が凍った。独楽はさて置き、口に入るものは危ない。毒でも盛られていたらどうするのか。

「検める。荷は、お主の屋敷にあるのか」

氏実は目を吊り上げ、口から泡を飛ばした。

「何と無礼な！　検めるとは政宗殿の誠意を踏みにじるに他なりませんぞ」

「結構。これを政宗殿に報せるも報せぬも、お主次第だ。大体、政宗殿は斯様なことに目くじらを立てるような器ではあるまい。それに、これは蘆名が検めるのではない。飽くまでわしの独断だ。何かあったら、わしの首ひとつで片が付く」

平然と返すと、激昂している口が噤まれた。

どうにも溜飲(りゅういん)が下がらぬ、という氏実を促して富田屋敷に向かい、釘付けされた箱の蓋を剝がして林檎の実を検めた。特段、怪しむべきことはなかった。ぶつぶつと文句を言い続ける氏実を残し、ひとり屋敷を後にした。

富田屋敷と金上屋敷は四町しか離れていない。膝の痛みに悩まされながら、ひとり歩いて戻った。冬の夜風が身に沁みる。静寂に過ぎる闇が、胸に苦いものを満たした。

（氏実。お主は、もう……）

二十年ほど前、まだ氏実が富田家を継いだばかりの頃は、紛うかたなき師弟であった。時が過ぎても変わらぬ間柄だと思っていたのに、蘆名盛隆が横死した一件を境に、それも形ばかりのものに成り下がってしまった。

盛隆が大庭三左衛門の凶刃に斃れたのは、政宗の差し金である。それを見抜き、己は伊達を敵視するようになった。そうでなければ、蘆名は早々に飲み込まれていただろう。

向背常ならぬ世ゆえ、たとえ盟友であっても一定の警戒はせねばならぬ。氏実とて、それは承知していよう。だが警戒と敵視は違う。好感を持って伊達と接している氏実が己と対立するようになったのは、理の当然というものだろう。

（寒いな）

胸を満たす寂寥ゆえか、底冷えが増したように思えた。

二十日近くが過ぎた。十一月も半ばを過ぎると、会津は昼夜問わず縮み上がるような寒さになる。それでもやはり、日の出と共に城に上がっては、会津諸郡の内治に関わるあれこれに明け暮れていた。

もうすぐ昼餉の頃合か、くらりと眩暈がした。昼間だというのに猛烈な眠気が襲う。無理もあるまい。この十日ほど、屋敷に戻るのが夜半になっていた。毎夜一刻半も眠っていないのではないだろうか。昼間、それも城で執務の最中に眠ってはならぬ。思うほどに、意識は容赦なく彼方へ飛び去ってゆこうとする。

そんな折――。

叫び声が響き、眠気を吹き飛ばした。心ならずも閉じていた目を見開き、どの方角から悲鳴が上がったのかと、部屋の中であちこちに目を向ける。

再び、取り乱した女の声が響いた。

「誰か、誰か！」

亀王丸の乳母であった。掛け値なしに一大事である。何を思う間もなく体が動き、執務の文机を蹴飛ばした痛みすら捨て置いて盛備は走った。

城主の居室に踏み込むと、そこには腰を抜かして半狂乱で叫ぶ乳母と、泡を吹いて動かなくなった幼子の姿があった。

「落ち着かれよ」

乳母の頬を少し強めに二度、三度と張る。乳母はようやく盛備が駆け付けたことを理解して、金切り声で叫び散らした。

「と、殿が……吐いて、泡を、林檎の、吹いて！　殿が！」

何を言っているのか分からない。が、室内を見ると、乳母が何を言いたいのかは分かった。亀王丸は動かない。激しく嘔吐（おうと）したのであろう、嚙み砕かれて綿のようになった林檎の実が散乱している。

（政宗から贈られた林檎……）

馬鹿な。あれは自ら検め、危ないことはないと確認したではないか。否、考えるのは後だ。いま何よりも憂えるべきは亀王丸なのだ。

「御免」

ひと言発して亀王丸の口元に頬を寄せる。

頭を後ろから棍棒で殴られたような思いがした。亀王丸は既に息絶えていた。

どうした。何があった。分かっている。だが嘘だ。認めたくない。己には何も分からぬ。分かっているが、分からぬのだ。誰か教えてくれ。

「殿！」

小さい体を揺する。それに合わせて細い首が、ぐらぐらと動いた。

蘆名の将来を作るはずの幼子が死んだ。ようやくそれを認めた頃、佐瀬種常と平田常範が駆け付けてきた。

「金上様、如何なされました。殿は」

血相を変えた平田を見て、目尻が吊り上がった。

「医師を呼べ。早く！」

平田は剣幕に押されて走り去った。だが医師を呼んだところで、どうなるものでもない。ぼろぼろと涙が落ちた。

「殿……」

せっかく時を止めたのに。止々斎亡き後の蘆名を背負うはずの人が、立て続けに世を去ってしまった。己が意地にかけて蘆名を守り立てようとしたのは、全て無駄だったのか。

思わず、亀王丸の亡骸を抱き締めた。つん、と鋭い臭気が微かに鼻を打った。

（……この臭い、どこかで）

いま一度、口元を嗅いでみた。

口を衝いて出たつぶやきに、佐瀬が蒼白になった。

「鳥兜……だと？」

「まさか。どうして、そのようなものが殿のお口に」

「間違いない。嗅いでみよ」

佐瀬も亀王丸の口元に鼻を近付け、そして、がくりと肩を落とした。

何故だ。どうして猛毒の鳥兜が。混乱しているところへ、亀王丸の母――彦姫が急を聞いて駆け付け、そして変わり果てた我が子の姿を見ると気を失った。

嗚呼。このお方は最初の夫たる盛興を失い、止々斎の養女となって盛隆に嫁いだ。伊達から輿入れした身ながら、蘆名のために生涯を捧げてきた人だ。何とおいたわしい。

（伊達……伊達？　まさか……）

亀王丸は政宗から贈られた林檎の実を食って死んだ。確かに検めたはずだったが、何らかの形で鳥兜を仕込んでいたとは考えられぬだろうか。話としてはあり得ることだ。が、証がない。

（いや……もしかしたら）

傍らでは、乳母が狂乱して泣き叫んでいる。盛備はその頬をまた張った。

「答えよ。殿は、どのようにして林檎を口に入れた」

相変わらず乳母は混乱していたが、辛抱強く聞き、何とか話を整理できた。

亀王丸は政宗から贈られたもうひとつ、独楽で遊んでいたらしい。これまで興味を示さなかったものが、今日に限って延々と遊び続けていたそうだ。昼餉を前に腹が減ったと言うので、乳母から台所に申し付けて林檎をひとつ持たせ、そして口にした。

だとしたら、この城の中に亀王丸を亡き者にせんとした輩がいるのか。馬鹿な、と右のこめかみを掌で叩いた。

（まずは林檎の細工を疑うべきだろうに）

部屋の隅に転がっていた果実を手に取る。亀王丸がかじった跡が三箇所あった。鼻を近付けてみるが、鳥兜の独特な臭気は感じられない。

（他の実は？）

佐瀬と共に台所に走り、箱に残った十数個の果実を全て割ってみた。だが、やはり毒の臭いはしなかった。

亀王丸が口にした林檎にも、台所に残っていたものにも、毒は盛られていない。では、どうやって鳥兜が口に入ったのだろうか。否——そもそも、なぜ亀王丸が死なねばならなかった。混乱して堂々巡りをしている。また眩暈がして、軽く吐き気を催した。

力の入らぬ歩を進めて亀王丸の許に戻る。足下に独楽が転がっていた。苛立ち、悔しさ、遣り場のない怒り。八つ当たりに独楽を蹴飛ばそうとして足が止まった。

政宗から贈られた独楽。

そう思って飛び付いた。独楽からは、確かに鼻を刺す臭いがした。

（逆……なのか）

崩れた積み木が正確に積み上がり始めている。

鳥兜を水に濃く溶いて独楽に塗り付け、乾かしてから贈られたとしたら。亀王丸は林檎を口にする直前、独楽で遊んでいた。その小さな手には鳥兜がべったりと付いていたはずだ。果実の汁気に濡れた手を嘗めたとしたら。そうでなくとも幼子は、何でも口に入れてしまう。政宗は、それを狙ったのか。口に入る林檎は隠れ蓑で、この独楽こそ本命の毒であったとしたら。

(政宗……やりおったな!)

手にした独楽を床に叩き付けた。

しかし——。

独楽のからくりは政宗の関与を確信させるに足るが、動かぬ証にはなり得ない。政宗の贈り物が亀王丸の手に渡ってから、いったい幾日経つ。その間に蘆名家中の不心得者が毒を盛ったのではないかと言われたら、そこまでなのだ。己にとっては確信でも、傍から見れば憶測でしかない。喧伝すれば伊達家を愚弄することになり、政宗に蘆名攻めの口実を与えてしまう。たとえ人取橋で大打撃を受けた直後であっても、主を失って動揺する会津を叩くなど、造作もないことに違いない。

「金上様、金上様！」

佐瀬に肩を揺すられて、ようやく周囲が目に入った。平田が息を切らせ、出入りの老医を引っ張って来ていた。

「常範、大儀であった。いまひとつ頼みたい。館に誰も入らぬよう、本郭の門を固めよ」

体良く平田を追い払うと、盛備は件(くだん)の独楽を医師に預け、鳥兜が仕込まれていないかどうかを検めるよう申し付けた。

佐瀬と口裏を合わせ、他の皆には「亀王丸は疱瘡による急死」と伝えた。

一部始終を見ていた乳母には即時暇を出し、黒川から遠ざけるべく、須賀川へと送ることに決めた。当然ながら、乱破を見張りに付けるよう手配している。

あまりにも急なできごとに、黒川城の内外が混乱し、皆が放心していた。己とて、呆けていられたらどれほど楽だったろうか。だが、一門衆にして家臣筆頭という立場がそれを許さない。

その日は黒川城に詰めることになった。

平田常範に亀王丸の葬儀を手配するよう命じ、叛乱の鎮圧に出ている富田氏実には早々に戻るよう遣いを出したが、それで終わりではない。己には家中をまとめる役回りがある。城のあちらに顔を出し、こちらに向かって指示を出し、それこそ独楽のように動き続けた。一睡もせぬどころか、横になることすらできぬまま夜を明かしたが、たとえ褥を被ったとて眠れるはずもない。目の回りそうな多忙ゆえに余計なことを考えるだけの余裕がなかったのは、逆に有難かった。

翌朝、昨日の老医が城に上がった。引見して話を聞くと、やはり独楽には鳥兜が塗り付けられていたそうであった。

二日後、しめやかに葬儀が執り行われた。彦姫はその後数日を寝込んでしまい、体を起こせるようになってからも呆けた日々を過ごすようになってしまった。

跡継ぎのいない蘆名家に、各地の大名豪族から弔問の書状が相次いだ。彼らの思惑は分かりきっている。自らの一族を蘆名に入嗣させ、会津を我が物にせんとしているのだ。ここぞとばかりに食指を動かす者たちの浅ましい心根を思い、盛備は腸（はらわた）を煮えくり返らせていた。

とはいえ、それでも主は決めねばならぬ。蘆名に伍する有力大名からの入嗣を求めるしかないであろう。

ならば最大の盟友たる佐竹である。佐竹義重の次男・義広が止々斎の娘婿・白河義親の養子に入っている。これを三代前の当主であった盛興の娘・岩姫の婿にと、佐竹家から打診もあった。

止々斎に縁のある家から当主を迎える意味は大きい。嫡流の絶えた蘆名にあって、岩姫はただひとり三浦氏の血を引く。止々斎に連なる者との間に男子が生まれれば、それは歴とした「三浦介」の復活と言えるのだ。

そう考えていた矢先、こともあろうに政宗から弔辞が入った。弟の小次郎政道を岩姫の婿にどうか、というものだった。黒川城の広間で書状に目を落とし、盛備はわなわなと手を震わせた。

その昔、二階堂から盛隆を養子に迎えるに当たり、盛興室の彦姫を止々斎の養女と為した。強引な交渉の条件として、伊達家先代の輝宗と確かに約束した。岩姫が長じたら伊達の誰かと娶わせよう、と。あのときは必要な約束であった。しかし。

（……政宗！）

自ら謀略を仕掛け、盛隆・亀王丸の二人を殺しておきながら、臆面もなく弟に蘆名を取らせようとは、何たる侮辱か。

（わしだけに寄越された書状ではあるまい）

恐らく伊達寄りの富田氏実にも「口添えを願う」という名目で話は明かされている。

馬鹿を言え。これだけは絶対に認められぬ。会津の時を止めたのは、そんな結末のためでは断じてない。敬愛する止々斎盛氏の、蘆名を頼むという断末魔のひと言。この金上盛備をこそ頼みとしてくれた心に応えるためなのだ。だからこそ身を粉にして主家を守り続けた。

その蘆名の家督を伊達になど渡してなるものか。政宗の思いどおりになど、してなるものか。己が弟子、氏実と刺し違えてでも、きっと阻止せねばならぬ。

亀王丸の初七日が明けた日、盛備は固い誓いを胸に、家督相続についての評定を開いた。

座る者のない当主の座。そこから見て左手の筆頭に盛備、次いで佐瀬種常、富田氏実ら。右手筆頭には猪苗代盛国、次いで猪苗代の嫡子・盛胤、そして平田常範らが並ぶ。

佐竹から義広を迎えたいという発議に対し、最初に口を開いたのは平田であった。

「盛隆様がご逝去なされた際には幼少の亀王丸様が家督を継ぐこととなりましたが、失敗でしたな。幼子が長じる前に死するは、ままあることにござれば」

抑揚のない声音は、主を失った悲嘆ゆえではない。盛隆の死に際し、一門衆が家督を取るべきだという意見を断固として拒んだ己への非難であった。

平田は小さく溜息をつき、じろりとこちらを見て続けた。

「佐竹を頼ろうとは……まだご決心が付かぬものとお見受けします」

「お主の言う意味が分からぬ」

この返答が癇に障ったと見えて、平田は声を荒らげた。

「頑なに過ぎましょう！　既に蘆名の男はおらぬのですぞ。金上様が蘆名を守らんとしておいでなら、どうしてご自身が主の座に着くことを拒むのです」

「何度も言わせるな。わしは飽くまで家臣なのだ。主家を奪ったとあっては、止々斎様に申し訳が立たぬ」

平然と返すと、「受けて立とう」と言わんばかりの声音が発せられた。

「何度も言わせないでいただきたい。金上様は一門衆ではございませぬか」

「金上家が蘆名家から分かれたのが、いつの話だと思っている。八代も前だ。既に血の繋がりなどないに等しかろう」

「然りとて、蘆名に縁もゆかりもない他家から主を迎えるのは納得がゆき申しませぬ」

「縁はあろう。義広殿は、止々斎様の娘婿たる白河義親殿の養子だ」

「今……会津に叛乱が相次いでいる理由がお分かりにならぬと？」

平田の言うことは重々承知していた。

叛乱が増えたのは、止々斎盛氏が逝去し、二階堂から入嗣した盛隆が名実共に主君となってからのことである。伊達から嫁に取った彦姫を盛氏の養女と為し、これの婿として盛隆は迎えられた。蘆名盛隆の当主という立場が形ばかりのものと言われれば、否定できぬ面もあった。

盛氏の威光に服していた地侍も、盛氏を恐れて従っていた豪族たちも、もし蘆名の正統があれば叛乱を起こさなかったかも知れぬ。それは確かに頷ける。他の大名家から主君を迎えるぐらいなら、血が遠いとは言いつつ一門衆が家督を取った方がはるかにましだ、という言い分も分からぬではない。

眉根を寄せていると、正面の猪苗代盛国が咳払いをした。

「盛備殿が受けぬとあらば、猪苗代家で受けても良いが」

このひと言で怒りが湧き上がり、その怒りすら瞬時に通り越して、呆れてしまった。

「わしが家臣たるべしという理由だけで拒んでいると思うてか。良く考えよ、盛国殿。わしもお主も年寄なのだぞ。今から主家の家督を取って何とする」

盛国は軽く笑った。

「だから貴公は堅物と言われるのだ。少し頭を柔らかくするが良かろう。盛備殿が受ける必要はない、嫡子の盛実殿がおるではないか」

「倅とて家臣に過ぎぬ」

「まあ、そう言うと思っておった。だからこそ猪苗代家で、と言うたのだ」

ちら、と横目で右手を見る。

「我が嫡子、盛胤ではどうか」

平田は目の端をぴくりと動かし、佐瀬種常や富田氏実も静かに鼻息を抜いた。猪苗代盛胤が悪いのではない。盛胤は良い若武者だ。しかし彼に家督を取らせれば、父の盛国が横暴に振る舞うことが目に見えているゆえ、皆が渋っている。

「そもそも猪苗代家は、金上家よりも早く蘆名から分かれた家系ではないか。わしの倅が家臣なら、盛胤殿とて家臣に過ぎぬ」

「では、どうせよと言うのだ。話がまとまらぬではないか」

「だから佐竹に頼ろうと、最初から申しておるではないか」

盛国に腹を立てるのは毎度のことだが、此度はいつにも増して執拗で、実に苛々（いらいら）する。この機にどうしても会津を我が物にしたいという腹の底を見て、言わずとも良い言葉がつい口を衝いた。

「盛胤殿に蘆名の家督をと申したな。子に従うことを既に心に定めておると見える。ならば早々に隠居したらどうだ。お主も年寄ゆえな」

「何だと。無礼にも程があるぞ！」

「やかましい。家臣が家督を取ろうなどとは、僭越にも程がある！」

猪苗代盛国は激昂し、広間の床に右の握り拳を叩き付けた。

「盛胤に猪苗代の家督を譲り、わしは隠居する」

ぼそりと呟くと、すくと立ち上がる。

「隠居した身が評定に加わるのも、おかしなものよな」

腹立ち紛れの大声と荒い足音を残し、盛国は退出してしまった。残された盛胤は恐縮して平身低頭の体であったが、富田氏実がこれを慰めた。

「胸を張って評定に加わられませ。盛胤殿は何も悪くはござらぬ。むしろ――」

言葉を切って、溜息をついている。どうやら言いたいことがあるらしい。ちらりと視線を流すと、氏実はぽんと膝を叩いた。

「ひと言、言上仕ります。平田殿および猪苗代様への仰せ、言葉が過ぎるものと存じますな。そもそも、これは評定なのでしょうか。金上様のご存念以外は認めぬ、と仰せのように聞こえますが」

「左様なことは言っておらぬ。お主の存念も聞こう」

氏実は軽く舌打ちをした。

「されば、それがしは伊達家のお勧めに従い、政道殿をお迎えするべしと存じます。一門衆が蘆名の家督をお引き受けにならぬと仰せなら、陸奥で最大の力を持つ伊達と強く結ぶことこそ、会津を安泰に保つ道ではございませぬか」

予想したとおりの言葉であった。これに頷く者も相応にあったが、佐瀬種常は異を唱えた。

「それは、どうであろう。伊達と結んだとて安泰とは言えぬぞ。伊達・佐竹それぞれが自らの一族を婿にと言うのは、突き詰めればどちらも会津を奪う気でいると思って良かろう。さすれば、いずれ伊達とも佐竹とも決戦は避けられぬと見るが」

盛備は佐瀬の助け舟に喜び、大きく頷いた。この意見を是とする者も相応に多かった。

「しかし、だからと言って今すぐ伊達を敵に回せというのは乱暴ではござらぬか」

氏実も食い下がる。評定に列席した家臣の意見は真っ二つになった。侃々諤々の論戦はどこまで行っても交わることがない。

こうなると、やはり場をまとめるのは盛備の役目であった。両の掌を向けて「待て待て」と制する。ひとまず静まった一同をざっと見回し、ゆっくりと頷いてから発した。

「伊達と佐竹、どちらと結ぶを是とするか。皆の意見は半々と見る。どちらの言い分を取っても半数は不満であろうが、決めねばならぬことだ」

言い聞かせるように、いったん言葉を切った。皆が自らを宥めるように頷く。

個々の存念が絡まり合うゆえか、空気が澱（よど）んでいた。

盛備は改めて口を開いた。

「白河義広殿をお迎えする」

伊達と結ぶことを是としていた半数から怒号が飛んだ。盛備は落ち着いた口調のまま声だけを張り上げた。

「異論はあろう。だが、わしは佐瀬の言い分が正しいと思う。伊達、佐竹、どちらとも決戦は避けられぬのだ。さすれば考えよ。佐竹との盟約にて伊達を打ち破り、然る後に佐竹と戦う。伊達と結んで佐竹を降し、追って伊達を打ち負かす。どちらが容易か」

今日は唇歯の関係にある盟友と、明日には決戦に及ぶこともある。戦乱の世の理を掲げると、口を開く者がなくなった。

盛備は敢えて正面を向いたまま、誰の顔も見ずに続けた。

「会津には何でもある。これまでは、ただひとつ海だけがなかった。だが我らは今、最も大事な主を失ったのだ。皆に言おう。他家から当主を迎えたところで、それだけで我らが真の主となるものではない。我ら皆で、蘆名の男に作り上げてゆかねばならぬ。然るに伊達政道殿は、突き詰めれば政宗殿の傀儡よ。どうやっても蘆名の男にはなり得ぬのだ。蘆名の将来を託すのは白河義広殿を措いて他になし。異論あらば申せ」

明らかな不満の目を向ける者、諦念して溜息を漏らす者も多々あった。が、誰も口を開こうとはしなかった。評定は決した。

三々五々、重臣たちが退出して行く。それを見送るように、猪苗代盛胤と四天王家の皆が最後に残った。盛胤は居心地が悪いのか、余の者がいなくなると、深々と頭を垂れて真っ先に広間を後にした。

盛備に向けられた四天王家の眼差しには、どれも含むものがあった。

重苦しい空気の中、富田氏実が席を立った。

「我らが何を言おうとお聞き入れになられぬのでしょう。お好きになさいませ」

背を向けたままの捨て台詞は、師弟の絆が完全に切れたことを意味していた。

次いで平田常範が席を立ち、冷ややかに見下ろした。

「納得がゆかぬではございませぬ。ゆえに、まずは従いましょう。されど此度の評定……金上様が家督を取るということと、どう違うのか。それがしには分かり申しませぬな」

静かな足音が遠ざかっていった。

隣り合わせた二人だけが、ぽつんと残された。無言のまま、十も呼吸を数えた。

「お主は、言いたいことはないのか」

問うても無言だった。

「助け舟を出してくれたこと、有難く思う」

しん、と静まった室内で、二十も呼吸を数えた。佐瀬はようやく口を開いた。

「いいえ。これは偶然ですな。それがしは伊達の策謀を知らされていた。ゆえに白河義広殿を推したに過ぎませぬ。他の者と違うのは、その点だけとお心得くだされ」

胸に冷たい風が吹いた。

「蘆名家を守り立てんと志すのは、それがしも同じです。ゆえに向後も金上様に従い申す所存。されど今日のようなお指図ばかりでは、全てが空回りとなりましょう」

「……盛国のことか」

「色々とあり申しますが、一番はそれにござります。猪苗代の家系を考えに入れてのご対処とは思えませせなんだ」

溜息が漏れた。猪苗代は、水利、水運、漁業、凡そ水に関わるひととおりを取り仕切る実力と一門衆の立場を背景に、過去、幾人もの謀叛人を出した反逆者の家系なのだ。

「蘆名家では謀叛人が出ても、その者のみの罪として、人の縁をこそ重く見た。それによって人の和を育み、今日まで会津を治めてきたのです。そこをお含み置きくださらぬとあらば、いずれ……。甲斐のないことに力は尽くせぬものです」

佐瀬はそれだけ言うと、会釈して去った。

第四章　摺上原決戦

一時、迫る

弟の政道を入嗣させようという申し出に対し、蘆名はごく簡単な書状一遍で断ってきた。佐竹から白河家の養子に入った義広を迎える、と書かれている。人取橋の戦いで苦汁を嘗めさせられたことで、政宗にとって佐竹は南方の脅威から仇敵へと変貌した。その佐竹と組むとは、蘆名は伊達の盟友たる立場を捨て、完全に袂（たもと）を分かつということだ。

米沢城の居室で片倉景綱から手渡された書状に目をとおし、忌々しい思いで言った。

「佐竹から当主を迎え、伊達とも北条とも完全に手を切るか。面白い」

北条家はかつて蘆名の最大の盟友であった。相模・伊豆・武蔵・安房（あわ）・上総（かずさ）・下総を制し、また上野（こうずけ）や下野の一部も手中に収めた、紛れもない関東の雄である。佐竹から当主を迎えて一心同体となり、北条を敵に回すという選択をするとは思わなかった。

「それだけ、亀王丸殿を失って腹を立てているのでは？」

景綱はこの謀略が既に蘆名家——金上盛備に見抜かれていると、言外に示した。平静な言葉の中に咎めるようなものが宿っている。

「甘く見ていたと言いたいのか」

「ならば、なぜ怒らせたのです」

今度は明らかに詰問であった。じろり、と目を見返した。

「政道に蘆名の家督を取らせられれば最上だったが、金上に見抜かれるやも知れぬとは思っていた。その場合……奴が怒ることこそ狙い目だった。図に当たったに過ぎぬ」

政宗は思う。人は冷静に物事を見ているようで実際にはまるで違う、と。

誰かが愚かな行ないに及んだ場合、人は「俺ならこうするのに」と思う。だが、考えのとおりに動ける者がどれほどいようか。傍から見るほど楽ではない。己が「愚か者」と見下した行ないの理由など、全く同じ立場に至らぬ限り理解できぬものだ。

「人とはな、元来が愚かなものだ。俺は身を以て知った」

父を奪われ、自らの手にかける破目に陥り、激怒した。二本松を攻めたことも然り、結果として人取橋で敗れ、あまつさえ宿老・鬼庭左月斎を死なせてしまった。突き詰めれば怒りに身を任せたがゆえの帰着である。

「会津の執権と呼ばれる辣腕、外交巧みにして謀略に優れ、戦場にあってはそつなく兵を動かす。主家を守り支えることだけを思っているから目立たぬが、金上は傑物だ。これまで俺は、何をしても奴に勝てなかった。謀略で鼻面を叩いてやったと喜んでいれば、奴は八方手を尽くして会津を落ち着けてしまう。されば心を乱してやり、自ら誤るように仕向けるしかない」

景綱は軽く眉根を寄せた。言っていることは分かるが、という顔であった。

「されど蘆名と佐竹が組めば、我らの勝ち目は薄くなりましょう。それでなくとも人取橋での損兵は痛い。ようやく数だけは揃えましたが、訓練足りず戦場も知らぬ者ばかりです」

確かにそれが泣き所であった。人取橋から既に二年が過ぎ、天正十五年（一五八七年）も暮れなんとしている。

ここまでの間に羽柴秀吉は関白の宣下を受け、朝廷から豊臣の姓を賜り、そして今年には九州の島津義弘を下して西国のひととおりを平らげた。遠からず、恐らく三年もしないうちに関東へと兵を向けるだろう。そうなる前に奥羽を従え、北条氏政と盟約を結ばねばならぬ。天下への道には、もう時が残されていない。

「練兵はいくらでもできようが……どこかに戦を仕掛けたいところだ」

実戦の場が欲しい。思わず漏らすと、景綱は面に渋いものを湛えた。

「大義名分なく兵は出せますまい。石川・岩城に倣って当家を離れる者が多うござりますれば」

陸奥には伊達から入嗣して家を継いだ大名豪族が多く、それらは伊達に従属していたのだが、人取橋の戦いを境に続々と離反していた。石川や岩城と同じく、政宗の父殺しに異を唱えるという名目であった。だが実際には、あの戦での大敗によって見くびられたのだろう。

「腹立たしい」

それだけ言って部屋を出た。景綱が後に続く。

疱瘡に潰された右目とあばた面で、母に忌み嫌われた。母のみではない。誰も彼も己を嫌い、軽んじている。幼い頃は、そう思えてならなかった。元服して初陣を飾り、ようやく母と家臣に跡取りと認められた。戦に勝ち続け、周囲の大名豪族の風上に立った。天下への道を示し、父の心を素直に受け止められるようになった。然るに己は今、また見くびられている。ここで手をこまねいて時を無駄にすれば、積み上げてきたものが全て崩れてしまうだろう。

天下を定め、人々に安寧をもたらしたい。己ならできる。否、捻くれそうな心を制した己、心というものの危うさを知り尽くした己でなくてはできぬ。突き詰めて研ぎすました思いだったはずなのに、どうしても「嫌われたくない、認められたい」という子供じみた思いの方が頭を擡げ、先に立ってしまう。秀吉に遅れを取り、天下への道が閉ざされる時を迎えてしまえば、また皆に忌み嫌われてしまうのではないか。己の後に続いて歩く、この小十郎にも――。

歩を止めて振り向くと、景綱は少し怪訝な顔をして、然る後に柔らかく微笑んだ。

「焦っておられるのではございませぬか」

虚を衝かれた。そうだ。確かに焦っている。金上を怒らせて道を誤らせるなら、己こそ焦って判断を誤ることがあってはならぬ。

景綱は小さく頷いて、遠乗りに出ようと誘った。冬場の雪道ではあるが、寒さに縮こまっているばかりでは人も馬も体が鈍るだろう、と。行き先は米沢から南に続く会津街道、かつて「時を戻す」手掛かりを摑んだ、あの畑が見える木立であった。

兵を動かす口実は意外なほど早く訪れた。蘆名に政道の入嗣を断られてから僅か半月後、年が改まり天正十六年（一五八八年）を迎えた一月のことであった。

陸中・千代城のさらに北には伊達に従属する豪族・大崎義隆の名生城がある。ここでも伊達に属し続けるか離れるかで家中が二分していた。両者の争いはついに内紛となり、伊達派の重臣、岩手沢城主・氏家吉継が政宗に援軍を求めてきた。

これは好機であった。内紛への援軍ならば万余の戦にはならぬ。整え直した兵に戦場を経験させられるし、離反した豪族にも再び威を示せる。その上、氏家を支援して大崎領を併呑することもできるのだ。政宗は二つ返事で援軍を快諾し、叔父の留守政景に五千の兵を預けて派遣した。

ところが、この戦に介入した者がある。早馬がもたらした報せを聞いて驚愕した。

「最上の伯父御が？」

名生城に向かった留守政景からの書状とあって、米沢城の広間には片倉景綱、鬼庭綱元、原田宗時らの重臣が並ぶ。景綱が「間違いございませぬ」と言って、報せを繰り返した。

「最上義光殿、大崎義隆に加担して出兵。留守様は新沼城にて、囲まれておりまする」

出羽山形城の最上義光は母方の伯父に当たる。戦上手で、怜悧な謀略家であった。かつて自らの父・最上義守と争って家督を奪った際、政宗の父・輝宗がこれを咎めて出した兵を巧みに退けている。後にも何度となく輝宗の出兵を受けながら常にこれを撃退し、一方では各地の豪族に調略を仕掛け、一代で出羽の大名となった。

「最上家は大崎家の分家に当たります。口実は十分でしょう」

言葉を継ぐ景綱に頷いて返した。苦々しい思いであった。

口実は飽くまで口実でしかないのだ。伊達と最上の関係は決して良好ではない。ましてや一筋縄ではゆかぬ義光である。豪族の離反が後を絶たぬ伊達の苦境を見て、領地を削り取らんとしているのは明白であった。

「だが、これ以上の兵を動かす訳にはゆかぬ」

そんなことをすれば、南の佐竹・蘆名が隙を窺わんとするだろう。

大崎義隆も最上義光も、いずれ許してはおかぬ。食い殺さんばかりの気迫はあれど、この状況を打開する手立てがない。

思いが空回りする中、ふと景綱の顔が目に入った。この期に及んで涼しい顔をしている。

「小十郎。何かあるのか」

「ないことはございませぬ。ただ、殿が最も嫌うやり方ではないかと」

背に腹は替えられぬのだ。小さく舌打ちをすると、景綱は軽く溜息をついて腹案を申し述べた。聞くうちに自然と、眉間に皺が寄った。

「やはり、お嫌ですか」

「色々と気に入らんが、任せる。他にあるまい」

少し前までの己なら言下に退けていただろう。しかし先頃、景綱に焦りを指摘され、判断を誤ってはならぬと自戒したのが効いていた。気に入らぬことがあろうと、着実に最善手を打たねばならぬ情勢であった。

ひと月して二月のこと。蘆名義広——実際には金上盛備が、かつて小手森城の大敗を機に会津に逃れていた大内定綱を遣わして、安積の伊達領・苗代田城を攻略した。

大崎・最上に加え、先んじて離反していた石川・岩城、そして未だ頑強に抵抗する相馬。これらの包囲に加え、ついに蘆名が動き、政宗は窮地に陥ったように見えた。が——。

ここで景綱の策略が動き始めた。三月、何と苗代田城を攻め落とした当の大内定綱が、落としたばかりの城と共に伊達に寝返ったのである。大内の寝返りによって蘆名は安積から撤退し、伊達は息を吹き返した。

蘆名が頼みとする常陸の佐竹義重は、関白・豊臣秀吉から再三にわたり蘆名・伊達の和睦をまとめよと督促されていた。秀吉が去る天正十三年十二月に発した惣無事令で、大名豪族は私闘を禁じられている。その手前、豊臣と懇意にしている佐竹は蘆名に加勢する訳にもいかなかった。

大内の寝返りには、二つの余禄もあった。ひとつは大内の実弟に当たる安積片平城の城主、片平親綱が時機を見て内応を約束したこと、もうひとつは蘆名の内情がつぶさに報じられたことである。

先に謀殺した亀王丸の後継を決めるに当たり、一門衆たる金上盛備と猪苗代盛国が仲違いしたそうだ。さらに評定での独断を嫌い、四天王家と金上の間にも溝が生まれているらしい。金上が猪苗代に詫びを入れて当座は丸く収まったようだが、四天王家との関係を旧に復することは容易ではあるまい。加えて、新たな当主・義広が常陸から帯同した家臣たちが横柄に振る舞い、蘆名譜代の家臣と険悪な関係にあるとも報じられている。

片平が内応すれば会津黒川への進路を確保できる。また、蘆名家中の乱れを衝けば新たな謀略の足掛かりとなる。どちらも蘆名攻略に重い意味を持っていた。

この調略に引き続き、鬼庭綱元に命じられた第二の策が功を奏した。越後の上杉景勝に、最上領を攻めるよう働きかける交渉が成立したのである。

上杉景勝はかつて養父・謙信の死に際して義兄・景虎と争い、家督を勝ち取っている。しかしこの争いに乗じ、かねて上杉家に従順でなかった新発田重家（しばたしげいえ）が北越後で叛乱を起こした。政宗は上杉家に味方し、昨年十一月に新発田重家が討ち死にするまで征伐に助力していた。

本来は、やがて東国と北国の大連合が成った暁に上杉を抱き込むための布石だった。景綱の策はこの下地の意味合いを換え、上杉からの援護を求める材料にするというものであった。

先んじて恩を施した形の交渉は、すんなりとまとまった。五月初め、上杉景勝は北陸奥に出陣している最上義光の背後を衝いた。

しかし、最上勢はそれでも大崎の名生城に近い新沼城の包囲を解こうとしない。あと一歩で留守政景を攻略できるとなれば、その選択も否定できるものではなかった。ここに和議交渉の使者を送ることが片倉景綱の最後の策であった。

荒い足音を残して立ち去る影を、政宗はごく僅かに開いた襖の隙間から覗いた。ほっと息が漏れた。広間では、ひとり残された景綱が「やれやれ」とばかりに溜息をついた。

「殿。いつまで隠れているおつもりです」

「知っていたのか」

襖を開けて顔を見せ、広間の奥、城主の座に着く。呆れ果てた声音で詰問された。

「ご母堂様がおいでになると、お伝えしておいたはずですぞ」

「だから身を隠したのだ。分からんのか」

「分かりませぬ！」

珍しく声を荒らげた景綱に、口を尖らせて言い返した。

「最良の使者を出すとだけ聞いていた。それが、よりによって何故に母上なのだ」

「だからと言って隠れることはございますまい。いつまでご母堂様を恐れているのです」

「恐れてなどおらぬ」

顔を背けて返す。そのままちらりと視線を送ると、景綱が妙な面持ちをしていた。

「本当だぞ」

「では何故、それがしひとりに任せたのです」

疑いの眼であった。心外だ。

「鬱陶しいからに決まっておろう。俺の顔を見れば、またあれこれと文句を言って、けたたましい金切り声を響かせるに決まっている。どうして俺が、そんな相手に頭を下げねばならぬ」

「人に頼みごとをする以上、当然と思いますが」

「だから、お主に任せた。俺の頼みごとを、あの母上が聞くと思うか。俺のやることなすこと、全てが気に入らぬという人だ」

政宗はひとつひとつ、これまでに母から受けた扱いを語って聞かせた。幼少より傅役を務め、今に至って第一の参謀となっている景綱が知らぬ話などあるはずがない。だが言わずにはおられなかった。

「愛を嫁に取れば、まだ早いと癇癪を起こす。俺が相馬との戦いで力を示すまで、夫婦となることを許さなんだ。それを許したと思ったら、たった一度勝ったぐらいで増長するなと難癖を付けおる。父上から家督を受け継いだら謀叛人と罵られ、政道こそ家督を取るべきだと放言して憚らぬ。父上がご落命の際には……」

言葉が止まった。父殺し、人でなしと罵られたことは相当に堪えていた。

「とにかく母上は、俺そのものが気に入らんのだ。頭を下げるなど、できるはずがなかろう」

景綱は深く溜息をついた。

「されど、お聞き入れくださいました。殿の窮地を救うためですぞ」

「知らぬ！」

徹底して面白くない。政宗は席を立ち、母と同じく荒い足音で広間から去ろうとした。

「殿！」

足を止め、ちらりと背後を向く。

「それにだ。母上が出向いたとて何になる。もし、お主の言うとおり伯父御が新沼城から兵を退いたら、そのとき初めて頭を下げようではないか」

再び声を荒らげた景綱を挑発するように薄笑いを浮かべ、政宗は自室へと戻った。

ところが。十日もせぬうちに、新沼から和議成立の伝令が到着した。

「戦場での諸々、つぶさに述べよ」

景綱の命令に従い、伝令の侍が滔々と語った。

「東の方様、和議申し入れのため最上殿が陣を指し、颯爽（さっそう）と馬を駆られましてございます。古式ゆかしき赤縅（あかおどし）の大鎧（おおよろい）に御身を包まれ、黒髪を長くなびかせたるお姿は、巴御前（ともえごぜん）もかくやあらんと思わせましてございます」

巴御前。四百年前に朝日将軍と謳われた源　義仲（みなもとのよしなか）の愛妾（あいしょう）の名だ。古く源平合戦の時代には巴御前のような女武者など珍しくもなかったが、当代で目にすることは皆無である。政宗の母、義光の妹たる東の方——義姫の気性を思わせる証言であった。

苦虫を嚙み潰したような政宗の顔に、景綱は笑いを嚙み殺して「どうだ」と言わんばかりの目を向けた。

「殿に倣い、時を四百年も戻してお目にかけました」

「やかましい」

不仲の母に頼ること自体、政宗にとっては気に入らぬ話であった。

しかしながら義姫はかつて、やはり伊達と最上の争いを仲裁している。最上義光は、ことの外、妹には甘いのだ。それでなくとも上杉の動きは捨て置けぬはずで、遠からず撤退を視野に入れ始めていた頃合であったろう。此度の使者は義光の背中を押すのに十分であった。

「和議申し入れから撤兵の交渉まで、東の方様おひとりでまとめ上げてございます。平清盛に源頼朝の助命嘆願を認めさせたる池禅尼が如く――」

「黙れ。小うるさい源平かぶれめ……殺すぞ」

口上を遮って睨み付けると、伝令は顔を引き攣らせた。

「この俺が、伯父御に助命嘆願をしたと申すか。いつだ。俺がいつ、斯様なことをした！」

「え……いえその、それは」

「うるさい。早々に往ね。さもなくば」

本当に殺す。その気迫を込めて再び睨み付けると、伝令は転げるようにして広間を辞した。面白くなくて、軽く舌を打った。

和議成立はひとまず祝着である。景綱の思案した三つの策によって、伊達勢は考え得る最少の損兵で窮地を切り抜けた。だが新兵の鍛錬も、離反した豪族に武威を誇示することも、大崎領の併呑も、政宗の思惑は何ひとつ叶わなかった。

「さて」

とぼけたように眼差しを外す景綱の態度が忌々しい。政宗は「分かっている」とだけ言って、大の字に寝そべった。

翌日、義姫は戦場から戻ると、自らの住まう小松城を素通りして米沢城に上がった。鎧も解かず、広間の入り口で頭も垂れず、ずかずかと政宗の前に進むと、どかりと胡坐をかく。

「景綱の、たっての願いにて和議の労を取った」

並の者なら震え上がる隻眼の睨みも、母には一切通じない。当主の座にある政宗の側が、深々と頭を垂れる破目になった。

「此度は母上のお手を煩わせ、面目次第もござらぬ」

「良い。されど政宗殿、ここに至って考えを改めるべきではないか。そなたは人の縁を蔑ろにしてきた。その報いが此度の不始末ぞ。腐った縁は断ち切らねばならぬ……そなた、小手森で言うたそうじゃな。母として問う。父と子の縁が腐ったものじゃと言うか！　血を分けた者たちとの縁が腐ったものじゃと言うのか！」

「左様なつもりで申したのではございませぬ。俺は――」

「ええい、黙れ黙れ！」

何度も説明したはずのことを蒸し返された挙句、抗弁すら許さぬという剣幕で詰め寄られるのである。政宗は仏頂面で溜息を漏らした。耳に刺さる金切り声に辟易した頃、ずっとすまし顔だった景綱がようやく口を開いてくれた。

「東の方様、愚見なれどお聞きくださりませ。人の縁を断ち切るだけが能ではないと、殿も重々承知しておられます。されど縁を重んじ過ぎれば、かえって争いの火種を生む場合もあり申します。断ち切るべき縁、大切に育むべき縁、この景綱も殿と共に考えてゆきますれば、どうか此度はご寛容を賜りとう存じます」

和議を画策したのは他ならぬ景綱である。その景綱が嘆願したことで、義姫はどうにか納得したらしい。黙々と具足を解き、鎧下だけの姿になると、来たときと同じく騒々しい足音を立てて去って行った。

　母が下がって、当座の嵐が全て過ぎ去った。五ヵ月ぶりに安堵の溜息を漏らし、しかし景綱には恨み言を吐いた。

「お主が口添えをすれば早々に黙ったろうに、なぜ言いたい放題にさせていた」

「東の方様の仰せは至極ごもっともだと思いましたので」

「母上の申しように従っていたら、天下への道が閉ざされてしまう。時はもう、そこまで迫っているのだ！」

　つい声が大きくなった。しかし景綱は気圧される風でもなく、小さく笑った。

「殿の畏怖が通じぬのは、それがしも天下への道を真摯に思うておるゆえにござります。まず、無駄な縁など断って当然という殿のお心、それがしは正しいと存じます。されど誰もが割り切って考えられる訳ではない。東の方様の仰せからそれを悟り、口を挟むのを控えておりました」

「俺と同じ考えを抱けぬ者がいるなどと、言われずとも承知しておる」

「それがしは、こう思うに至りました。無駄な縁は断って当然、されどある人にとって無駄な縁が、他人にとって同じく無駄であるとは限らぬ。ならば使えるものは全て使うべし、それこそ天下への近道ではないか……と」

このひと言で、ぱっと光明が差す思いがした。まさに天啓である。

他を見れば、無駄であるにも拘らず断ち切れぬ縁というものがごろごろ転がっている。だが己までそれに同調し、いつまで引きずっているのか、と呆れてやる必要はどこにもないのだ。

「……蘆名にとって無駄な縁を俺が断ち切り、己が利と為す」

蘆名を見れば、切っても切れぬ腐った縁がひとつある。これを断ち切ってやる手立ては少なからずあろう。盟友の立場ながら裏では敵対し続けてきた蘆名だけに、泣き所は熟知していた。

調略——これまで何度も使ってきた手段だが、急所を抉(えぐ)ることで生まれる利は大きい。思わず頰を歪めると、景綱が大きく頷いて応えた。

二　聚楽第

盛備の許には会津各地からの陳情が引っ切りなしに届く。やれここの用水路が壊れたの、この地域の田は不作だから年貢を減じて欲しいだの、凡そ家臣筆頭が見るべきではないものまで持ち込まれていた。

四年前に松本行輔が叛乱を起こして誅殺されたのが大きい。軍務を司る富田氏実を除き、平田常範・佐瀬種常と己で政務を見るようになっているのだが、平田も佐瀬も家督相続の評定以降は役目に熱が入らぬようであった。

（自業自得……か）

陳情の書状から顔を上げ、深く溜息をついた。

佐竹をはじめとする他家とのやり取りに至っては、全てが己に委ねられている。各地の叛乱や領地の境で起きる小競り合いなどは四天王家の若者が対処してくれるからまだ良いが、家臣筆頭であるがゆえに全ての顚末を知っておかねばならず、これらを報告する書状にも目を通す。会津の南西、河原田の叛乱を鎮めた富田隆実からの書状を開くと、目が霞んで文字がぼやけた。胡坐をかく足許まで書状を離すと幾らか見やすい。

「金上様、よろしゅうございますか」

黒川城の居室、障子を開け放った入り口に、富田氏実をはじめ、佐瀬、平田に率いられた家臣たちが揃って参じていた。

「どうした」

「どうもこうも！」

氏実が大声を出した。佐竹から当主を迎えて以来、氏実を中心とする伊達派の者たちは常に不満を燻らせていた。これを宥め、押さえ込んでいたのは佐瀬を中心とする佐竹派である。両方が揃って訪ねて来るのは初めてのことだった。

「先だって苗代田を落とした大内が政宗殿に降り、弟の片平まで伊達になびいている。佐竹と組んで伊達を叩くという金上様の思惑は外れてございます。今からでも遅くはない。義広様を白河に送り返し、伊達政道殿をお迎えするべきではないかと言上しに来たのです」

口から泡を飛ばす氏実に、平田が苦虫を噛み潰したような顔で、さもつまらなそうに小さく頷く。佐竹派のはずの佐瀬は同調している風ではないが、やはり渋面を湛えていた。どういう心づもりで何も言い返さぬのか分からず、探るように問うてみた。

「種常はどう思う」

「義広様を送り返せとまでは申しませぬが……」

歯切れが悪い。なるほど、伊達を窮地に追い込むべき絶好機に動けなかった佐竹義重に落胆しているのか。確かに佐竹が動いてさえいれば、大内が寝返ったところで然して痛くはなかった。その動きを見せなかったため、政宗は最大の窮地を脱している。

「関白殿下のご命令に逆らうなど、できるはずもあるまい」

豊臣秀吉の発した惣無事令を持ち出すと、佐瀬は口を噤んだ。氏実はと見ると、軽く目を伏せている。権力の頂点にある関白に逆らうことまでは考えていないらしい。どうにか納得させられるかと思ったら、今度は平田が口を開いた。

「佐竹殿が関白殿下のご下命に従ったのは致し方ございませぬ。されど我らにはなお不服があり申します。義広様と佐竹からの随臣どもが、何かにつけて佐竹殿にご指示を仰いでおる由、よもやご存じないとは仰せられますまい」

確かに知っていた。義広を諫めてもいた。しかし改まる気配はない。何とかせねばならぬと思ってはいるが、政務に忙殺される毎日がそれを阻んでいた。軽く鼻息を抜くと、また氏実が目を吊り上げた。

「佐竹から参った奴めら、陰では、蘆名は佐竹に従っておれば良いとまでほざきおるのですぞ。このままでは名門・三浦の流れを汲む蘆名は、佐竹に飲み込まれてしまいましょう。それを憂えるに於いては、皆が意を同じくしてござる」

義広を迎えるべしと唱えた佐瀬がここにいる理由が知れた。得心して、語気強く返した。

「皆、聞け。今になって伊達から当主を迎え直さば、面目を潰された佐竹は怒り狂うであろう。結果、蘆名はまた佐竹と刃を交える破目になる。四方を敵に囲まれた伊達と相対する以上の苦境となろう。佐竹は関白殿下と誼を通じること密にて、これに恥辱を与えたとなれば即ち関白殿下への逆心ありと喧伝されるのは必定ぞ。斯様なことあらば、佐竹が会津に兵を向けたとて、関白殿下も私闘とは断じまい」

一気に捲し立てると頭がくらりとした。目を開けているのが辛くなり、思わず右手で目頭を押さえる。己が様子に驚いたのか、或いは己が言に同意したのか、誰も口を開く気配がない。

盛備は今少し眩暈が治まるのを待ち、目を開いた。

「お主らの思うところ、わしにも良く分かる。されば、これではどうか。蘆名家は関白殿下に臣従する。天下人の下に付くことに不服はあるまい」

　蘆名の源流である三浦家とて、鎌倉幕府の臣下であった。しかし天下人の忠実な臣下であったがゆえに自らの領を保ち得た。同様に蘆名家が関白直臣の大名となるのなら、同じ直臣の佐竹はあれこれに口を挟めなくなる。

　関白に蘆名を庇護させるという考えに皆が唸った。蘆名は古くから続く家系だけあって、やはり家臣団も世にあるべき秩序を重んじる。盛備は二の矢を放った。

「今、蘆名は佐竹の風下に付かざるを得ぬ。それゆえ義広様も実の父上にあれこれのご助言を仰ぐことに躊躇(ためら)いがない。されど両家が同じ関白直臣ならばどうか。同格の佐竹家に所領の差配を委ねるのが恥となることは、義広様とてご理解されよう。加えて、佐竹が蘆名の差配に口を挟まば、それは関白殿下の臣下を自らが従えること……つまり叛逆となる」

　これが建前でしかないのは己とて承知している。今後の蘆名と佐竹は、どうあっても完全に分立することはできぬだろう。だが少なくとも両家当主の間には、目に見えぬ垣根が築かれる。建前に過ぎぬとはいえ、それのあるなしで天地ほども違うのだ。

　元来が佐竹派であった佐瀬は、この方針を是とした。伊達派の富田氏実や、義広の随臣に嫌気が差していた平田も、これ以外に取るべき道がないことは了解したようである。

だが氏実はなお、大きく鼻息を抜いて言った。

「義広様と取り巻きが、うんと言うはずはございますまい」

「何も申し上げずに話を進めれば良い。義広様も関白殿下に逆らうおつもりはなかろう」

「金上様の首が飛ぶやも知れませぬが」

厳しい面持ちは、こちらの身を案ずるがゆえではあるまい。これは詰問だ。

盛備は眦（まなじり）を決した。

「佐竹と蘆名の盟約を壊さず、両家の間に線を引く。それさえできれば……あとは、お主ら重臣が義広様を蘆名の男に育て上げてくれると信じておる」

あらん限りの手を尽くし、将来への光明を見出しさえすれば、己が命など落としても構わぬという思いに迷いはなかった。政宗の毒牙から主家を守り、会津を安寧に保つ。その一念で老骨に鞭打ち続けたのだ。いまや執念となった思いを真正面からぶつけると、ついに重臣たちは首を縦に振った。

皆が帰った後で、ひとり居室の外に出る。廊下から見上げる空は鈍色の雲に覆われていた。

（十月か）

彼方に見える磐梯の山も、あとひと月もすれば白く染まる。会津の冬はとりわけ寒い。盆地だから、だけの話ではないだろう。四方を山に囲まれ、雪に閉ざされ、孤立を思わせるのが大きいのではないか。

（今のわしと同じだ）

ふと二十年以上前を思い出した。二階堂の須賀川城を攻め、伊達家の先代・輝宗の横槍で和睦するに至った頃、止々斎と共にしっぺ返しの策をまとめたことがあった。止々斎はいつものように障子を開け放って己が訪問を待ちつつ、身を震わせていた。寒いのなら障子を閉めていれば良かったのに、と思ったものだ。

（だが今は、それではいかん）

障子の内に閉じ籠もって安閑としていては、蘆名家は滅ぶを待つのみとなろう。止々斎から託されたのは他の誰でもない、己なのだ。障子を開け放ち、会津を出でて京に向かうべし。肘を張って肩を回すと、齢六十二を数えて凝り固まった体は痛み、めきめきと音を立てた。

三日後、盛備は富田隆実ら数名の供を連れて極秘裏に会津を出た。主君・義広には佐瀬の口から「病ゆえ出仕叶わず」と告げさせた。

京都の内野――かつて平安京の大内裏（だいり）があった跡地に、豊臣秀吉の別邸・聚楽第（じゅらく）は築造されていた。本郭を囲うように南・西・北の大郭を持ち、その他にも小さい郭がいくつか見られる。高さ三間にも及ぼうかという壁が周りを囲い、その外には堀が廻（めぐ）らされている。第、つまり邸（やしき）とは言いつつ、構えは城であった。

聚楽第の周囲には豊臣麾下（きか）の大名が屋敷を連ね、二重三重に城を守っている。守りに向かぬ平城とは言いつつ、この屋敷街を突破して攻めるのは難しい。もっとも誰が攻めるのか、という世情ではある。大名の屋敷は守備のためではなく、ここが政務の中心であるがゆえだろう。

「目の眩みそうな……。人が斯様なものを造れるとは……」

富田隆実が陶然と漏らした。さもあろう。まず城としての大きさが黒川城を遥かに凌ぐ。かつて織田信長の安土城を見たが、それにも劣らぬ威容であった。

城壁の向こうには白壁の櫓が林立しているのだが、この櫓ひとつが黒川本郭の館脇に建てられた天守とほぼ同じ大きさなのだ。さらに驚くべきことに、天守らしい重層の建物がいくつも覗いている。ひとつひとつは安土にあった七層の天主に及ばぬものの、全ての瓦が金箔で覆われた様には度肝を抜かれた。煌びやかな瓦は斜めに差し込む初冬十月の陽光を受けて真上に跳ね返し、乱れ飛ぶ眩い光が雲すらも金色（こんじき）に染めた。まさしく天上の世界であった。

とにかく驚いた。秀吉の派手好みは遠く聞こえていたが、これは想像を遥かに越えている。己ですら身の置き所がないように思えてならぬのだ。まして陸奥国の内しか知らぬ隆実には、この世のものとは思えないだろう。

「気後れしたか」

「そのような……いえ、はい」

強がって見せようとして、結局は正直なところを吐露してしまった隆実の無精鬚が何ともおかしい。盛備は少しだけ笑うと供の皆を連れて進み、堀の手前に侍立する門衛の前で下馬した。

「此方、会津は蘆名主計頭（かずえのかみ）義広が家臣、金上盛備にござる。先般書状をお送り申し上げ、関白殿下へのお目通りを願い出た次第。本日参上すべきことを仰せつかってござれば、案内をお願い申し上げたい」

門衛の侍たちは、これも黒川や米沢とは比べものにならぬ、小奇麗（こぎれい）な装束に身を包んでいる。会津の全てを取り仕切る己よりも、門衛の方が上等な侍に思われた。威勢を示すためには見栄えも大切であることを学びつつ、飲まれかけている己を心中で叱咤（しった）した。

供の皆を堀の外に残し、ひとりだけ本郭の天守へと導かれた。控えの間に通されると、そこには既に数名の男がいて、言葉少なに語っている。どれも己よりずっと若い。言葉からすると大坂（おおざか）や西国の大名家から寄越された使者であろうか。どうも順番待ちというのではなさそうで、これらの者とひとまとめで謁見を受けるらしい。

案の定、四半刻もすると一同揃って広間へと通された。五十畳はあろうかという大広間の中央に座らされると、若い使者たちはそわそわと落ち着きがなくなった。時折、彼らは「この年寄は何者か」と胡散（うさん）臭いものを見る目つきを寄越す。不躾なことだ、とうんざりした。

ほどなく六人の重臣を連れた小男が広間に入った。静かに頭を垂れて待つと、どさりと尻を落とす音が聞こえた。

「佐吉（さきち）」

秀吉の呼びかけに応じ、線の細い声が響いた。

「関白殿下の御成である。一同の者、面を上げい」

従って顔を上げると、秀吉は退屈そうにこちらを睥睨（へいげい）していた。周囲の若い使者たちは震え上がり、命じられもしないのに何度も頭を下げている。落ち着きがない。

「左から、用件を述べよ」

先と同じ声が発せられた。のっぺりとして色白の顔に、威容を見せんとして蓄えたのであろう短い口髭（くちひげ）が滑稽であった。これが石田三成か。

思う間に、若い使者たちが舌を噛みながら口上を述べた。それらは、或いはご機嫌伺いに上がったと言い、或いは季節のものを献上に上がったと言う。なるほど、こういう使者は数多いのだろう。日本国中に差配をせねばならぬ関白ともなれば、この手の使者に謁見するのは退屈に過ぎよう。いちいち個別に会う訳にもゆかぬ事情が分かった。

「次。最後だ」

石田が尊大に呼ばわる。どうにも気に入らぬと思いながら、改めて頭を垂れた。

「会津より蘆名主計頭義広が使者として参上仕りました、金上遠江守盛備にござる」

名乗って再び面を上げると、周囲がざわめいた。さもあらん、遠江守は従五位下、大名並みの官位である。蘆名義広の主計頭が従五位上、そのすぐ下の位を持つ家臣など滅多にいるものではない。ひけらかすつもりは毛頭なかった。だが礼節に則った口上に於いて、官位を名乗らぬという法はないのだ。

「……静まれ」

瞬時言いよどんで、三成が静かに制した。それで皆が口を閉ざしたが、おかしな空気が流れていることは肌で分かる。

秀吉は、ようやくあの人好きのする笑顔を見せた。

「金上殿、久しいな」

また周囲がざわめいた。天下人が、陸奥という僻地(へきち)からの使者に対等の口をきいたのであるから当然か。周囲の誰ひとりとして面白く思っていないだろうが、意に介している暇などない。

「関白殿下に於かれましてはご機嫌麗しゅう。ご尊顔を拝し奉る栄誉を賜り、恐悦至極に存じ上げます」

「相変わらずの堅物よのう。わしとお主の仲ではないか」

秀吉とは安土で案内役と使者として言葉を交わしたのみである。確かにその縁を頼って献上品を贈り、書状を交わしてはいたが、その程度で「わしとお主の仲」とは言い過ぎであろう。

しかし、七年前のことが脳裏に去来すると「もしや」と思われた。

あのとき秀吉に感じた「食えぬ男」という印象からすれば、蘆名を麾下に従えて良いものかどうか、使者たる己の応対を試しているのではあるまいか。安土城の造りから信長の人となりを見抜けるかどうかを試したように。

「往時と今とは異なります。関白殿下は天下を治めるお立場、それがしは引き続き蘆名家を守ることのみに心を砕いておりますれば」

「何じゃ、つまらん」

そうは言いつつ、顔は嬉しそうに綻んでいる。どうやら意に適う返答であったらしい。

「先頃より書状にて言上仕ったとおり、関白殿下とより深き誼を通じさせていただきたく思うておりました。されど会津を取り巻く大名豪族、殿下の惣無事令に背く者どもの所業を鎮めるべく奔走しておりましたれば、参上が遅れましたことは平にご容赦を」

秀吉は、にやりと笑った。

「誼か。ひとつ聞くが、お主の上洛は蘆名殿の意向か？」

ぞくり、とした。秀吉は、己の独断だと見抜いているのやも知れぬ。何しろ若い頃から「人たらし」と言われ続けた男である。人を抱き込むためには相手の胸の内を見透かす眼力が必須となろう。綻びなく相対したつもりだが、どこかに真実を悟らせるものがあったのだろうか。

いずれにしても嘘は通じまいと、腹を据えた。

「いいえ。此度の上洛は、この遠州が独断にて。されど主君・主計頭が実の父、佐竹常陸介義重殿は早くから殿下の直臣となっておられますれば、子である主計頭が殿下にお仕えすることを厭うはずもございませぬ」

秀吉は「独断か」と発して軽く息を呑んだ。

やられた。己が相変わらずの堅物だと言うのなら、秀吉は相変わらず食えぬ男である。つまり先の問いは思いを読まれたがゆえではない。鎌をかけられたのだ。

「そうか……独断か。だが金上殿は主家を守ろうとしておったろうに。わしに蘆名家を売り渡して家名を残す、それで満足なのか」

「売り渡すのとは少々違いましょう。先に信長公が天下を握りかけた時点で、既に野心は終わるべき時を迎えておりまする。さすれば殿下の直臣としていただくべく、伏してお願い申し上げる次第にござります」

珍しく、秀吉の眼差しが憮然としたものになった。

「それではお主、死ぬぞ」

主家を豊臣の風下に付けることを独断し、あまつさえ行動に移している。秀吉の言うとおり、当主・義広から切腹を命じられでもしたら、避けることは叶うまい。

しかし、こうするより他に蘆名を存続させる手立てはないのだ。

かつて信長に目通りして三浦介の名をもぎ取ったときは、信長に命じられるまま切腹することは何としても避けねばならなかった。だが今となっては、己が命で済むなら安いと言える。齢六十二とは、そういう歳だ。

このまま永らえても、遠からず天寿を迎えるであろう我が身である。ならば信義のために散るこそ潔し。止々斎の真心――家中でただひとり、常に手を取り合って生きてきた己にこそ蘆名を頼むと遺言してくれた信頼に応えねばならぬ。伊達政宗に攻め滅ぼされることも、佐竹義重に家を簒奪されることも、己が命ひとつを捨てれば防げるのだ。蘆名の家を残すため、何としても天下人の庇護を得なければならぬ。

「この上は古の三浦家が鎌倉府に仕えたのと同じく、関白殿下の天下のために力を尽くすこそ蘆名の取るべき道と心得ております」

秀吉はこちらの言い分を聞き終えると、大きく溜息をついた。

「良う分かった。それがお主の意地か」

未だ秀吉は、蘆名を直臣にすると明言していない。他の使者たちには明快な回答をしているのに、である。どうした。何か拙いことでも言ったのか。

思ううちに秀吉は、ぽんぽんと手を叩いて茶の支度を命じた。

「皆の者、まずは使者の役目大儀と言っておこう。茶でも飲んで帰るが良い」

盆に載せられた茶碗が使者の人数分、支度された。秀吉はそれらを手ずから皆に運んで回る。しかし盛備にだけは小姓らしい少年が運んだ。扱いの差に、何が拙かったのかと焦燥を覚えた。

　ふと秀吉がこちらを向いた。

「ひとつ聞くが、わしが蘆名を攻め滅ぼしたら何とする」

　脳天に拳を振り下ろされた気がした。このひと言は、秀吉が蘆名を潰そうとしている、という意味ではない。己が考え違いに対する痛烈な指摘であった。


『極限の岐路に立って命を惜しむ者も、命を軽々しく捨てる者も、この世と真剣に相対しておらぬ奴輩だ。わしは断様な者を信用せぬ』


　かつて信長に言われたひと言が脳裏に蘇（よみがえ）った。秀吉は「人たらし」よろしく、信長の心も見透かして満足を与えていたのに違いない。それを繰り返すうち、信長の考え方に染まるところがあったとは考えられぬだろうか。

　命を捨てても、という覚悟を秀吉は悟ったのだ。そして、たとえ年老いた今となっても、それは間違いだと示している。おまえが死んだら蘆名を守る者がいなくなるぞ、おまえの意地とは真摯に生きることそのものではなかったのか、と。

（意地か……そうか）

己だけが小姓をあてがわれ、軽んじられた意図が読めた。

だが、こうまで小馬鹿にした手前、秀吉もおいそれと蘆名の臣従を受け入れることはできぬだろう。掌を返させるには、相応のものを示さねばならぬ。

豊臣家臣、各地の使者、茶を運ぶ小姓まで冷笑を浮かべている。座の全てが敵であった。ならば胸中の意地を見せ、思い知らせてくれん。我が目の黒いうちは、何人たりとも蘆名には指一本触れること能わず、と。

胸の内とは裏腹に、小姓に柔らかな笑みを向けた。

「これはまた、めごいお小姓にあられますな」

言いつつ茶碗を取った。周囲は、或いは失笑し、或いは大笑した。

「何と……やはり田舎者は違う」

「関白殿下の御前にて、めごい、などと粗野な言葉を使うとは」

「斯様な者が従五位下とは恐れ入りましたな」

悪意に満ちた嘲笑を聞きながら茶をすすり終え、茶碗を盆に置いた。秀吉の「ほう」という眼差しに気付かぬふりをして、ゆったりと見回す。

「ご一同、さても異なことを仰せられる。古今集にも『花のめごさよ』と詠んでいるものがありましょう。粗野な田舎言葉どころか、古くからある雅びた言葉だというのに……どなたも歌の心得はおありにならぬと見えますな」

嘲笑への痛烈な返礼は、先に秀吉が「豊臣が蘆名を攻めたら」と言ったことへの回答であり、やんわりと対決の意を表したものであった。三浦の流れを汲む家柄を侮るなと示してやると、誰も、何も言えなくなってしまった。

広間の静寂を破り、ただひとり秀吉だけが手を叩いて大笑した。

「いやはや、金上殿はやはり気骨がある。かつて信長公が仰せあったように、お主あってこその蘆名家よ。それにしても、誰も古今集を知らんのか。わしは知っていたぞ。低い身分からの立身出世には、教養というものを身に付けることも必要ゆえな。加えて言えば茶の作法も、きちんとできておったのは金上殿だけじゃ。良く覚えておけ。これが従五位下とお主らの違いであるぞ」

家臣も使者たちも、全てが恥じ入って赤面していた。秀吉はそれを見てにやりと笑むと、次いで峻厳な面持ちでこちらを向いた。

「さて遠州よ。先ほどは言い忘れておったが、改めて命じる。蘆名主計頭に、向後は豊臣の直臣として忠節を尽くすよう申し伝えよ。そちは生涯かけて主君を支えるべし」

「有難きお言葉にござります。この遠州、いかなる困難に見舞われても、最後まで殿下の仰せに従う覚悟にござります」

独断で豊臣への臣従を計ったことで、きっと咎めはあろう。しかし、何としても主君・義広を説得せねばならぬ。天寿を全うする日まで真摯に支え続け、取り得る手立ての全てを尽くしてこそ、死して後、あの世の盛氏に胸を張って目通りすることができる。

主家の存続、己の生きる道。秀吉から大切なものを二つも受け取った。盛備は深々と頭を垂れて心からの謝意を示した。

三　調略

領内で取れた米の俵を運ぶ荷車が入って来た。館の廊下に立って百姓衆の様を眺めると、どれもこれも常と変わらず、自らの働きに精を出していた。金上盛備の独断が反感を買い、蘆名家中は皆がばらばらの方を向いているが、領民にとっては関係のない話なのだろうか。

（誰が領主でも、百姓のやることは変わらぬからな）

或いは侍たる己も、同じなのかも知れぬ。誰が主であっても行なうべきことは変わらない。もっとも、愛想が尽きればそこまでだと。

（仕える甲斐のない主家などは……な）

眺める先、百姓衆の中からひとりが離れ、人目を憚るように土蔵の裏手から小走りにこちらへと向かって来た。

「成実殿か」

百姓姿は深く頬かむりをしていて、顔が見えにくい。声をかけてやると、目深（まぶか）に被った手拭いをひょいと持ち上げた。伊達家重臣、二本松城主・伊達成実であった。

「お久しゅうござる」

「密書に従い待っておったが、ご辺ほどのお方がそう何度も訪ねて来て良いものか」

書状で済ませられなかったのか、と問うてやると、成実は苦笑混じりに返した。

「何しろ、かねてお話ししており申した儀、ご返答の遅きゆえに」

返答を延ばすのもそろそろ限界か。敢えて自ら出向いたということは——。

「……まずは、こちらへ」

成実は館の裏口から入ると背負子（しょいこ）の荷を解き、土間で百姓姿から小袖に改め、土で汚した顔を拭って応接の間に入って来た。いつもの手筈であった。

「茶を点（た）て申す。しばしお待ちあれ」

「いやいや、長居するつもりはござらぬ。お構いなきように」

言いつつ、成実はこちらの前に座った。

「蘆名家中のことは聞き及んでおります。義広殿を迎えられると決めた評定以後、貴殿も心安き日がござるまい」

「いやはや、お恥ずかしい話ながら、当家には金上の独断を抑えられる者がおらぬのだ。それに義広め……蘆名の事情も知らぬ小童のくせに、旧来の重臣を軽んじること甚だしい」

「貴殿も軽んじられていると？」

そのとおりだ、と無言で頷く。成実は幾らか驚いた顔を見せた。

「金上殿は、そのことについて義広殿をお諫めしておられぬのですか」

「忙しい、忙しいと、そればかりでな。義広めを諫めねばならんと口では言っているが、果たしてどこまで本気なものか。そもそも金上は一門衆として蘆名の実権を握っていながら、自らが当主となることもない。そのくせ誰の言うことも聞かず、己ひとりで全てを決めようとする。奴の差配は既に、横暴と言って差し支えない。あの爺の考えだけが正しいと思いおるのだろうよ。その上、厄介なことに義広は、あの爺だけは重んじておる。佐竹から入って蘆名の家督を取れたのも金上が決めてくれたことだから……かも知れぬがな。そうとなれば金上は、義広めに泥を被せて何でも好き勝手にできる。皆の不平など、どうでも良いのだ、彼奴は」

溜まりに溜まった不満が堰を切って溢れ出した。

成実は何か言いかけて口を噤み、何とも言いようのない笑みを見せて小さく二度頷く。

「長年仕えてこられた貴殿が不遇を託ち、そこまでのご不満を湛えられるようでは、蘆名は長くありますまい。かねてお勧めしておりますように、伊達家に参じてはくださらぬか」

鬱積したものを吐き出してみると、己が何を考えていたのかが改めて理解できる。成実の言うとおり、どうやら引き際らしい。蘆名は止々斎盛氏が逝去した時点で既に死に体となっていた。家中が目茶苦茶になった今、未練などあるものか。伊達は会津を飲み込みたくてどうしようもない。己がその鍵を握るのなら、高く売り込む好機だろう。

燻り続けていた火種がついに、胸の内に炎を上げた。

「そうさな」

頰を歪め、腕組みをして考える。寝返るのは吝かでない。だが長年仕えた主家を離れれば、巷間の誹りがある。己が名も泥を被る以上、それを凌ぐだけの旨味が欲しい。眼前の成実はこちらが口を開かないので焦れているようだが、慎重に考えねばならぬことだ。

なお少し考えた上で、おもむろに口を開いてやった。

「条件は三つある。ひとつ、会津を攻め落とした暁には半分を当方の領として頂戴したい。ひとつ、これ以後伊達家に仕える者よりも、特に会津の内に於いては当方を上座とされたし。ああ、伊達家譜代の家臣に於いては別にござるゆえ、ご安心を。

ひとつ、内応の甲斐なく会津攻略に失敗の際は、伊達領内に三百貫の知行を賜ることも約束して欲しい」

「会津の半分とは、これはまた法外な。伊達一門に準ずる家柄として重んじ、かつ二百貫の知行を与える、ということで如何です」

「伊達の準一門とは結構な条件なれど、それだけでは、いささか……。まずは持ち帰ってお考えあれ。嫌なら、この話はなかったことになるだけだ」

「はあ……。まずは当主たる政宗にお伝えいたす」

成実は少しばかり険しい目つきで一礼し、去って行った。

成実が先触れもなく米沢を訪れたと聞いて政宗は、これは一大事だと思った。書状で伝えられた寝返りの条件に、否とも応とも返さぬまま一ヵ月が過ぎ、天正十六年（一五八八年）も十月の声を聞いていた。

成実の二本松城は、須賀川城を始め、田村の三春城、相馬の小高城にも近い要地である。それがあってこそ信頼する従弟に任せている。あの成実が一時でも城を空けて来たからにはと、すぐに片倉景綱を居室に呼び、二人で迎えた。

「動きがあったか」

挨拶をする間も惜しんで問うと、成実は苦笑を浮かべた。

「相変わらず、せっかちなことでござるな」

「焦りは禁物と自らに言い聞かせておるが、時が残っておらぬ。豊臣は来年か再来年には関東にしゃしゃり出て来よう」

それまでに奥羽をまとめ上げ、北条とより密に連携せねば天下への道は閉ざされてしまう。鍵を握るのは、やはり会津攻略であった。

成実は軽く頷いた。

「会津の金上盛備が上洛した由にござる。蘆名は前から豊臣に擦り寄っておりましたが、いよいよ麾下に付くつもりかと。我らが蘆名を攻めれば関白への叛逆ということになりましょう」

「それは深刻な話だな」

どうしても声が笑ってしまう。成実が「ご冗談を」と頬を歪め、景綱は微笑で「好機にございますな」と応じた。

政宗は掌で何度も膝を打った。笑いが止まらなかった。

「豊臣に取り入って最善手を打ったつもりだろうが、大間違いだ。金上がおらねば会津に手を突っ込むなど造作もないことよ。あの狸め、このところ打つ手に綻びが目立つ。成実、彼奴が京に向かったのはいつだ」

「六日前と聞いております」

「されば戻るまであと十日もかかろう。例の調略……寝返りの条件を飲むと申し伝えい」

　さらりと言うと、成実は噛み付かんばかりの勢いで口から泡を飛ばした。

「何を仰せられる！」

「いかんのか」

「彼奴に会津の半分をくれてやるおつもりですか。左様な弱腰を見せれば、際限がなくなりますぞ。一度転んだ者は、また転ぶ。いずれ我ら伊達家に牙を剝くやも知れぬ、その火種を自ら抱えるとの仰せを承知できるはずがござらぬ！」

「反故（ほご）にすれば良かろう。或いは、蘆名との戦で死んでもらうか？　その方が楽だ」

　約定を交わしたからと言って、全てを守る必要など、どこにもない。戦乱の世とは、そういうものだ。履行する気のない空手形ならば、いくら切っても構わぬ。

平然と返すと、成実はしばし呆気に取られた。然る後、先の剣幕はどこへやら、吹き出して笑った。

「それがしと似たようなことをお考えとは」

「従兄弟だからな」

くすくすと、肩が揺れた。

「然らば、殿の側も首尾は上々と思ってよろしいのですな」

「ああ。三春を動かした」

三春の田村家では先年、政宗の岳父に当たる田村清顕が世子のないまま逝去していた。家督相続には色々と喧しい声が上がったのだが、婿の政宗が強く推したことで清顕の甥・宗顕が後継するに至っていた。当然ながら、政宗に頭の上がらぬ宗顕である。相馬・岩城を挑発せよと命じられて、否やを言えるはずもない。

「小競り合いをしてもらってもつまらぬゆえ、刈り入れたばかりの米を焼け、と。相馬・岩城では遠からず、百姓の備蓄が底を尽くでしょう」

涼しい顔で言う景綱を見て、成実は息を飲んだ。

「えげつないな」

「相馬と岩城には、確実に動いてもらわねばなりませぬからな」

相馬や岩城にとって最も痛いのは、田村との戦ではない。小勢同士の小競り合いには、それ相応の戦い方というものもある。よしんば田村の背後にいる伊達が動いたとて、いざとなれば戦わずに降伏するという手段が、小勢にはある。

だが青田刈りや収穫の簒奪、いわゆる「刈り働き」には弱い。所領の狭さゆえ、余剰の生産に乏しいからだ。失ったものは補わねばならぬが、その最も簡単な方法は、自ら兵を動かして敵の生産を奪うことであった。

政宗は、不敵な笑みを浮かべた。

「相馬と岩城は春を待って三春を攻めるだろう。隠れ蓑はできた」

大崎・最上との争いで窮地に陥り、ようやく和睦したばかりの政宗に対して、周囲の目は厳しい。みだりに兵を動かせば必ず叛旗を翻す者が出る。

しかし正室の実家である田村に援兵を送るのなら話は別だ。この大義名分に乗じて兵を動かし、一気に蘆名と決戦する。かねて描いたとおりに進んでいることを知り、成実も得心した。

「それがしは内応について詰めの談判に向かいます」

政宗は満足そうに「頼むぞ」と頷き、傍らの景綱に向いた。

「お主は片平を当たれ」

先に大内定綱と共に寝返りに応じた片平親綱を語らい、戦に至るまでの詳細を詰めるように、と命じた。

陸奥の春は遅く、短い。関東では初夏を思わせる三月の後半になって、ようやく水が温(ぬる)むくらいだ。そうかと思うと四月の半ばには、もう梅雨の足音が聞こえ始める。相馬・岩城が田村攻めの兵を動かしたのは、この頃であった。

四月二十四日のこと。政宗は総勢実に二万を率いて三春城の北方・大森城に入り、数日の逗留を決めた。田村の背後に大軍勢があると知れば、相馬・岩城は二の足を踏むであろう。まずはそれが狙いであった。

ちょうどその日、伝令があった。片平城の片平親綱から、三つの首級が送られて来たそうだ。片平の内応がいよいよ明らかとなり、安積の蘆名方、多田野勢と小競り合いがあったらしい。この後は同じく安積の高玉(たかたま)や安子ヶ島(あこがしま)らの豪族に戦を仕掛けるという。

全ては政宗の手筈どおりであった。

伊達は田村救援のために兵を出した。しかし総勢二万、伊達家が揃えられるほぼ全軍を率いているとなれば、それは口実でしかない。実のところは会津を窺うための出兵で、その露払いとして片平を暴れさせている――蘆名からはそう見えるに違いない。警戒はしているはずだ。

（しばらくは様子見だろうが……いずれ、燻り出してやる）

政宗は息を潜めるように、引き続き大森城に逗留した。相馬・岩城は伊達の大軍に睨まれて恐れを為し、ついに三春から兵を退いた。既に月は替わっていた。

夏を迎えた五月三日、戦が動き始めた。

政宗は大森城を発って南進し、その日のうちに本宮城に入ると、翌四日には猛将・原田宗時率いる徒歩勢三千を進発させ、西十五里の安子ヶ島城に向かわせた。さらに翌五日、原田の三千は休む間もなく安子ヶ島のすぐ西、高玉城を攻める。安子ヶ島・高玉の南にある片平城からは片平親綱の千が駆け付け、挟撃によって両城は瞬く間に陥落した。

片平がひとりで暴れている間は、蘆名も黙殺に徹していた。だが歴とした伊達家臣・原田宗時が動いた以上、もう黙っている訳にはゆくまい。

もっとも、相手はあの老練な金上だ。こちらの数が多すぎれば、城に拠って守りを固めるやも知れぬ。あちこちで籠城されては手間隙がかかりすぎる。それを避けるため原田に三千を与え、わざわざ本隊の数を減らして蘆名勢の出陣を促したのだ。

（だが、まだだ。まだ先がある）

会津の兵を掻き集めるには十日余りが必要となろう。こちらにはまだ猶予がある。

政宗は片倉景綱・伊達成実らの率いる騎馬五千を三春に送り、相馬領の北部へと進攻させた。

（これで本宮に残るは一万二千ぞ。さあ全力で攻めて来い、金上！　その時こそ……あの調略がものを言うのだ！）

五月十九日の夜、景綱と成実の五千が相馬の駒ヶ峰城を落としたと報せがあった。

蘆名はまだ動いていない。

金上の力を以てしても、兵を整えるのに手こずっている。蘆名家中の乱れは相当に深刻なようだ。作戦さえ誤らねば、この戦には勝てる。

三日後、二十二日。本宮城に二つの注進があった。

ひとつは相馬領から馳せ付けた伝令で、先の駒ヶ峰に続いて、新地城も陥落させた旨の報せである。政宗はしばし瞑目し、頭の中であれこれ組み立てると、伝令の侍に指示を下した。

「急ぎ新地城に馳せ戻り、景綱に身ひとつで大森城へ帰るべしと伝えよ。また成実には手筈どおり調略の仕上げをするようにと。以上だ」

そして、もうひとつの注進である。これは会津黒川に放った乱破からで、蘆名がようやく全軍を整え、須賀川城に向けて進発したとの報せであった。

相馬領にまで兵を割いたことでこちらの数が減っているのは蘆名側も先刻承知のはず。金上でなくとも、間違いなく本宮城に攻め寄せる。

政宗は頭の中に思いを巡らした。

伝令が早馬で新地城に馳せ戻るのに一日、景綱は身ひとつで動けるゆえ二日もあれば大森まで戻れよう。

然る後は、いったん大森城まで退いて沈黙を守り、蘆名勢を須賀川辺りまで誘き出すべし。次に行動を起こすのは六月一日だ。

(金上め、一泡吹かせてやる。今度こそ俺の勝ちだ)

豊臣が関東に向かうまで、もう間もない。だが蘆名を下せば陸奥の豪族は雪崩を打って伊達になびく。出羽の大名豪族とて同じだ。奥羽連合を成して北条と固く結び、佐竹を押し潰せば、十年の時を戻して天下への道を歩む唯一の手立て——北国と東国の大連合が完成する。ここが正念場だと、政宗は己が頬を両の手で張った。

四　赤心

須賀川城を発して本宮城へ進軍する道中、盛備は乱破のもたらした報せに愕然とした。

伊達の遠征軍一万二千は、昨晩のうちに安積に遣った原田宗時の徒歩勢三千と合流し、大森城へ戻ってしまったという。

(兵を退いた？　どうしてだ)

或いは本当に安積の片平を支援し、三春の田村を救援するために出した兵なのか。だとすれば既に政宗の目的は達せられている。

(否、それだけのために二万は動かせぬ)

大名家によって細かな違いはあるが、一万石の収穫に対して動員できるのは概ね四百と言ったところで、伊達の七十万石なら二万八千となる。領内に守備兵を残すことを考えれば、政宗が当初に連れていた二万は、ほぼ全軍なのだ。安積と三春だけのために斯様な労力をかけ、兵糧を浪費するはずがない。蘆名の内情芳しからぬことを知って、決戦に及ぼうとする構えに間違いあるまい。

このまま進めば本宮城は苦もなく落とせるであろう。だが、相手が何を考えているのか分からぬまま攻めるのでは隙を見せることになる。会津に残余の守備兵はそう多くない。政宗が思いも寄らぬ進路から会津に入らんとしているなら、たちまちのうちに制圧されてしまう。

盛備は行軍の中備えから、後尾に続く主君・蘆名義広の下へ馬を進めた。傍若無人に振る舞う佐竹からの随臣たちも、盛備の言い分だけは一応聞く。重大事であると言うと囲みが解かれ、義広の隣に馬を付けることができた。

「この軍を返し、須賀川に戻らねばならぬと存じます」

「何と。伊達と決戦に及ぶのではないのか」

ここまで来て、という思いなのだろう。だが乱破の報を聞かせ、ひととおりを説明すると、義広は半信半疑の面持ちながら納得してくれた。

蘆名軍はまた半日かけて須賀川まで戻った。都合、丸一日を無駄にしたことになる。乱破を放って政宗の動向を探りつつ須賀川に逗留したものの、何も摑めぬまま、六月も三日となった。

その夜更け、城の廊下を走る慌しい足音に叩き起こされた。

「金上様、注進にございます！」

富田隆実の声だ。隆実は武辺者には珍しく、平素は物静かな男である。それは小姓として抱えていた頃から変わっていない。著しい慌てようは、尋常ならざる事態の証である。眠気を吹き飛ばされて身を起こし、障子の内から硬い声音を返した。

「何があった」

「猪苗代盛国殿、謀叛！　伊達家に内通し、政宗めが軍兵を猪苗代城に導き入れんとしている由にございます！」

「何だと……。あの馬鹿め、何を考えておる！」

家督を決める評定では、己が物言いにも問題はあったと反省している。だからこそ新たな当主として義広を迎えた後、下げたくもない頭を下げに行ったのだ。

だが盛国は頑なだった。詫びを受け入れ、己との諍いを丸く収めることには同意したが、評定の席で隠居すると言い放ったことまでは撤回しなかった。当主・義広が猪苗代家を軽んじるのを腹に据えかねていたらしい。

義広への反発か、盛国は先年、家督を譲った嫡子・盛胤から猪苗代城を奪うという恥ずべき狼藉を働いた。この時とて蘆名家と猪苗代家を守るため、引き続き会津のために尽力することを条件として不問に付した。

これほど心を砕き続けてきたというのに。それでなくとも止々斎の頃からずっと、一門衆として顔を立ててきたというのに。こともあろうに伊達軍を引き入れるとは、何という恥知らずか。

激昂のあまり、頭の右半分にきりきりと痛みが走った。こめかみを軽く押さえて少しばかり気を落ち着け、息を吐き出すように言った。

「だとすると政宗め、我らを猪苗代城に近づけぬため、須賀川城に釘付けにしたか」

「お見立てのとおりでしょう。全軍を使って誘き出し、無駄足を踏ませたものかと」

見えるはずもないのに、障子の向こうの声に頷いて返した。首から力が抜けて頷く格好になった、と言うのが正しいかも知れない。

隆実は気配でこちらの様子を察したようであった。

「金上様が気落ちしてはなりませぬ」

「少し違う。わしは、自分がもう少し利口だと思っておった。だが浅はかよな。それを恥じているに過ぎぬ」

「はあ……仰せの意味がよく分かりませぬが」

気落ちしているのと、己を恥じているのとは違う。だが、時を浪費していることに変わりはない。ずしりと重く感じる体を支えて寝床から立ち、障子を開ける。頭を垂れる隆実に向け、静かに語った。

「少し前に平田を通し、伊達に備えよと盛国に釘を刺した。あやつはな、たとえ幾千騎で押し寄せても必ずや死守すると、実に気持ちの良い返書を寄越した」

ともかく主君・義広の下に向かわねばならぬ。隆実もすぐ後に付いて歩を進めた。

「若輩が僭越なことを申し上げるようですが、見誤られましたな。猪苗代様は齢五十四にて、人となりが変わることなど望むべくもないと存じます」

苦笑が漏れた。そのとおりだ、と。

「だがな、わしは盛国の書状に、これまで心を砕き続けた甲斐があったと喜んでしまった。あの男が斯様に殊勝なことを言う時点で、怪しんでいなければならなかったのにな」

　してやられた、と思う。盛国が寝返りに応じたからと言って、馬鹿正直に猪苗代へと向かわなかったのが政宗の器か。仮に伊達の全軍が猪苗代へと向いていれば、己は猪苗代城をこそ本陣と定めていただろう。結果、盛国は寝返る暇がなくなる。だが実際には須賀川城まで誘き出され、いつでも内応できる隙を作った。

　とは言え、悔やんでも詮ないことである。かくなる上は急がねば。明日には政宗の兵が猪苗代城に入るだろう。そこから猪苗代湖北西の摺上原（すりあげはら）を抜ければ、黒川城は目と鼻の先なのだ。

「隆実、わしに付いて歩く必要はない。ご苦労だが、お主は今すぐ黒川へ走れ。お主の父と平田が城に残っておるゆえ、守りを固めるよう申し伝えよ」

　命じると、少し躊躇するように「はい」と返された。怪訝に思って足を止め、肩越しに見る。

「どうした」

「父が聞くでしょうか」

隆実は難しい顔をしている。無理もない。あの評定以後、富田氏実は実子の隆実すら避けているのだ。倅は金上の腹心よと思う心が、父を頑なにしているのは疑いようがない。

「聞かせねばならぬ。ゆえに、倅であるお主に頼むのだ」

「平田殿は、如何なさいます」

「あやつは何ごとにも意欲を持てなくなっているだけで、お主の父とは少し違う」

おまえが父を動かしさえすれば、平田も動く。そう言い含めると、隆実の面持ちが少しばかり柔らかくなった。

「承知仕りました。では、金上様」

「うむ。わしは殿にお目通りを願い、即時兵を退くよう具申する」

隆実が弾かれるように走り去るのを見送って、再び義広の寝所へと歩を進めた。

翌六月四日早暁、蘆名勢一万七千は須賀川を発って強行軍で黒川へと返した。猶予がない。本来なら三日の行程を一昼夜で駆け戻り、翌朝には摺上原に到達していなければならぬ。夜更けになって何とか黒川に戻ると、ろくに休む間もなくまた出陣と決まった。

黒川城には、あちこちに篝火が掲げられていた。今は夜更けと言って良いのか、それとも暁の前か。出陣までの僅かの時を惜しみ、盛備は黒川城に富田氏実を訪ねた。軍を返すまで城の守りを固めてくれたことへの礼を言うつもりであった。

本郭の館、評定の広間に氏実はいた。桶側胴の具足に身を包み、険しい面持ちでひとり湯漬け飯を取っている。盛備が広間に入ると、軽く目を逸らして会釈する。

「腹ごしらえの最中にすまぬ」

「いえ」

氏実はそれだけ発すると、膳の上に飯椀を置いた。

「伊達軍を迎え撃つに当たり、お主は城の留守居と決まった」

「……左様ですか」

「不服か」

「いいえ。そうなるだろうと思っておりましたゆえ」

言葉の端々に、やけに力が籠もっている。額面どおりに受け取る訳にはゆくまい。思いながら氏実の左手前に腰を下ろした。

「お主は会津の兵司ゆえ、殿に代わって城を守るに適任であろうと思うてな」

努めて柔らかく発したが、氏実は棘のある声音で返した。

「それがしをお疑いではないのですか」

「何がだ」

「一門衆の猪苗代家から寝返りが出たのですぞ。伊達寄りのそれがしなど、真っ先に内応の疑いをかけられて然るべきかと存じますが」

盛備は口の端から息を吐き出すように苦笑した。

「疑っておるなら、そもそも須賀川への出陣に際して留守居など頼まぬ。それに、軍を返すまでの間、十全に城を固めてくれたではないか」

「……当たり前の下知に、こともあろうに倅を寄越されたのですからな。信用されておらぬと思い、厳重に固めましてござる」

氏実の態度に、ついつい溜息が漏れた。

「お主が、わしを煙たがっているのは分かる。だが、わしはお主を信用しておるぞ」

「容易に信じ得ませぬ。さすれば何故、引き続き留守居なのです。いみじくも金上様が仰せになったとおり、それがしは会津の兵司でござりますぞ」

「繰り返すが、お主でなくて誰に城を任せられると言うのか」

「建前はご無用に願います。それがしが戦場に出ても、伊達との戦いでは満足に働かぬとお思いなのでしょう」

言葉という言葉を全て否定され、さすがに苛々とした。

「何たる頑固者か」

「金上様ほどではございませぬ」

「ならば聞く。お主は伊達政宗を討てるか」

氏実は虚を衝かれたような顔をして、自嘲するように鼻息を抜いた。

「本音が出ましたな。やはり、それがしを信用しておられぬのでしょう」

「戦場にあらずとも重き役回りはいくらでもある。その中で最も大切な役目を申し渡すことの何が悪い。かつては互いに師弟と認め合った間柄ぞ。伊達に近しいお主への温情なのだと、どうして分からぬのか！」

語気が荒くなった。しばし、互いに無言を貫く。氏実は食いかけの湯漬け飯をざらざらと流し込むと、椀を叩き付けるようにして膳に置いた。

「師弟の縁など、そちらから断ち切ったようなものでしょう。金上様が伊達を目の敵にするようになってから……。佐瀬殿に諮るなと言うのではござらぬ。何ゆえ伊達の絡む話で、それがしを蚊帳の外に置き続けたのです。口惜しゅうござった。伊達と親しく交わったのも、止々斎様と金上様の下知に従ったまで。それなのに、どうして爪弾きにされねばならぬのかと！」

恨み言を聞き、伊達の謀略を氏実に隠してきたことの失敗を悟った。この上は何を言っても聞かぬであろう。それでも、今こそ全てを明かさねばならぬ。

「……盛隆様が亡くなられたとき、お主は領内の見回りに出ていたな。亀王丸様が亡くなられたときは叛乱を鎮めに出向いておった。それもあって、お主には伏せておいたが……お二方は政宗めの謀略で亡くなられたのだ」

「斯様な嘘を！」

「ああ、確かな証などない。だが、そう考えねば辻褄が合わぬのだ。だから、わしは伊達を敵と見做した。弟の政道を当主に迎えれば、間違いなく蘆名家を奪われると思った。この会津を、主家を守ろうとしたに過ぎぬ」

「されど、そのご差配が此度の戦を招いておるのですぞ。政道殿を迎えておれば、会津に大軍を呼び込むこともなかったはずでしょう」

「お主は伊達寄りの考え方をするゆえ、そう思うのだ」

「異なことを仰せられる。如何に伊達寄りとはいえ、それがしは蘆名四天王家の当主です。会津を守らんとする心が金上様に劣ると、どうして言えるのです！」

説き伏せるつもりが、言葉に詰まってしまった。分かってはいたのだ。氏実は氏実で、蘆名にとって最も良い道を選ぼうとしていた。何たる皮肉か。伊達の謀略を包み隠した——氏実の心情を思いやったことが、取り返しの付かぬ誤ちであったとは。

「……勝てば良い。この戦に勝ち、政宗の謀略を顕(あきら)かにしてみせん」

「勝てるのですか。我ら蘆名勢は須賀川から大返しに駆け戻って疲れている。加えて一門衆から寝返りを出して、誰もが心穏やかでない」

「勝たねばならぬ」

氏実は伏し目がちに、大きく溜息をついた。

「負けたら、そのときこそ会津は蹂躙(じゅうりん)されましょう。金上様は耐えられるのですか」

「耐えるも耐えぬもない。負ければ、わしの命もあるまい。討ち死にするか、政宗に斬首(ざんしゅ)されるのかは知らぬがな」

礼ひとつ、下知ひとつを述べに来た。それだけだったはずなのに、師弟の絆(きずな)を旧に復することはできぬという、寂しすぎる現実を思い知ろうとは。

身の置きどころがない気がして、盛備はすくと立ち上がり、広間を出た。

「負けたら」

背後に氏実の声がかかる。

「金上様がこの世におらぬようになったら、それがしは会津のために最善の道を取りますぞ。それも留守居の役目にござろう」

「そうだな。好きにせよ」

背中で言い残し、篝火の中を進んだ。

夏が終わりに差しかかろうという六月五日、早々と空が白みかけた黎明(れいめい)に、蘆名勢一万七千は摺上原の南にある高森山に本陣を築いた。一方の伊達勢は大森城から侵入した一万五千に、猪苗代盛国の三千を加えた一万八千。猪苗代城を本陣として、磐梯山を背にしている。

「此度の陣容を申し渡す」

蘆名義広の傍らに立つ、佐竹からの随臣が居丈高に呼ばわった。

陣形は攻守どちらにも転じられる鶴翼(かくよく)の陣。義広の本隊を要として、左右の翼を斜め前方に迫り出す形である。

「左翼先鋒、富田隆実。同じく――」

今や蘆名で随一の勇将となった隆実を筆頭に、三名の名が挙げられた。

「右翼先鋒、佐瀬種常。同じく佐瀬常雄(つねかつ)。同じく猪苗代盛胤」

先鋒は各将に千ずつ、左右とも総勢三千であった。

「中備え。左翼、金上盛備。右翼、慶徳範重(けいとくのりしげ)。各三千」

ここまで読み上げたところで、義広が口を開いた。

「本隊はこの義広が五千を率い、後備えと為す。先鋒と中備えの指揮は金上に任せる。いざ、出陣だ！」

本陣の陣幕の内で若き主君・義広が床机から立ち上がり、号令した。荒々しい咆哮は、常陸の鬼・佐竹義重の子という血筋を思わせる、実に堂々としたものであった。が――。

応、と勢い良く返したのは盛備のみで、他の将は今ひとつ意気の上がらぬ声であった。

（いかん）

盛備は思う。戦に向かうというのに皆の気が抜けている理由は、いくらも考えられる。だが、今それを云々しても何も解決はしないのだ。ならば、この戦の鍵を握る男を説き伏せ、今回だけでも奮戦してもらうしかない。

蘆名勢が順次、高森山を下ってゆく。将の胸中は兵にも伝わるのか、整然とした行軍とは言い難いものだった。盛備は自らの手勢を離れ、兵の様子を見ながら単騎で先行した。

「佐瀬」

右翼先鋒を任せられた佐瀬種常の背に声をかけた。佐瀬は返事をして振り向くが、その顔には中途半端に嫌そうなものが湛えられていた。

馬を進め、脇に並べて進んだ。

「此度は先鋒の戦となろう」

言われずとも分かっているとばかり、うんざりした風に佐瀬が頷いた。

「左様ですな」

中備えのうち、左翼の己は実質的な指揮を執らねばならぬ。右翼の慶徳範重は戦に疎く、小競り合いぐらいしか経験がない。本隊の義広がどれほどの戦をするのかは分からぬが、そもそも本隊に戦をさせるようでは負けである。

　先鋒を任されたうち、左翼の富田隆実は己が腹心ゆえ、存分に働くであろう。父の裏切りという負い目を持つ猪苗代盛胤が奮戦するのも明らかだ。

「つまり、この戦はお主にかかっている」

「指揮を執られるのは金上様にござる。それがしに責を負わせられても困ります」

　かつては師弟の関係にあった富田氏実に愛想を尽かされ、代わって期待を寄せた佐瀬種常にも煙たがられている。全ては己が蒔いた種なのか。蘆名を守らん、会津を守らん、ただその一心でこれまで意地を張り続けたというのに。

　思ううちに、山裾の風景が目に飛び込んで来た。

　右手には雄大な猪苗代湖が広がる。背の方から時折強い風が吹き、水面は穏やかではない。高森山から北へと広がる摺上原には夏草が萌え、左手にそびえる磐梯山まで眩い青が連なる。夏草は風になびいて、水面に負けじと波を打った。

　あまりにも慕わしい景色が、ぐいと心を押す。何を思うでもなく、すんなりと言葉が出た。

「佐瀬、お主は会津が好きか」

「無論です」

「わしはな、これを守りたいのだ。止々斎様に後事を託されたから、だけではない。見よ、この清々(すがすが)しさを」

　空を仰いだ。ようやく昇った朝日に照らされて、未だ橙色(だいだいいろ)を滲ませている。しかしそれも今のうち、じきに空は目に痛いほどの青を湛え、入道雲をせり上げるだろう。輝かしい会津の夏だ。

「不思議なものだな。会津を思う気持ちは、自らの所領、越後津川を思う気持ちに勝るとも劣らぬ。厳しい冬ですら、この上なく愛おしい」

　口をへの字に結んでいた佐瀬が、驚いたように目を見開いた。

「どうして、そう思われます」

「分からぬ。ひとつだけ言えるのは、長年仕えた地だということよ。わしが金上の家督を継いだばかりの頃は、氏実の父、お主の父、平田の父も健在だった。皆、厳しかったぞ。だが、わしはそれらの人と共にあるのが嬉しかった。氏実やお主に同じ思いをさせてやれなんだのは、わしの不徳の致すところであろう」

佐瀬を奮起させることが目的であったのに、つい、あれやこれやと話してしまった。耄碌したものよと鼻から息を抜く。

「すまぬ、余計なことを話したな」

「お続けくだされ」

言葉に驚いて顔を見返した。この一年ほどの己を見る目——どこか冷めた眼差しとは明らかに違う。

「この戦は背水の陣にござりましょう。されば今のうちです。皆までお聞かせ願いたい」

促されて当惑したが、胸に柔らかな思いが満ちて、軽く頷いた。

「伊達政宗……あれは陸奥に収まりきる器ではない。蘆名が迷い道に入り込んだのは、政宗が世に出てからだ。わしは思うのだ。彼奴を除きさえすれば、会津は落ち着きを取り戻す。また皆で笑いながら過ごせる日が来るのではないか、と。年寄の妄言と笑わば笑え。されど、わしは皆に笑って欲しい。会津を愛でて欲しい。その一念で政宗に勝ちたいのだ。力を貸してくれぬか」

言い終わると、馬上で自然に頭を垂れていた。

「分かり申した」

ひと呼吸の間を置いた返答は、何とも明朗で、瑞々しく生気に溢れたものであった。驚いて顔を上げると、佐瀬はこれまで一度たりとも見せたことのない、愉悦を湛えた笑顔になっていた。

「金上様のお気持ち、この種常の胸に響いてござる」

「おお……。おお！」

じわりと目頭が熱くなった。佐瀬は幾らか呆れたように言った。

「どうして今の今まで、その思いを語らなんだのです」

「それは」

実のところ、己が胸の内に斯様なものが息づいていたことを理解していなかった。心の混沌を言葉として吐き出して、思いは初めて明らかな形を持った。

「……皆、同じように思ってくれているとばかり、な」

「奥深くに閉じ込めた思いが誰に通じましょう。胸襟を開かずして人の和などあり申しませぬ。もっと早うに仰せあらば、氏実との間も、こじれることはなかった。平田殿とて骨身を惜しまず働いたに違いありませぬ」

そういうものか。だとすれば己は皆に言われ続けたように、本当の頑固者だったのだ。取り戻したい。昔日を、皆との和を。

「間に合うだろうか」

ぽつりと呟くと、佐瀬は力強く頷いた。

「きっと。されど、そのためには勝たねばなりませぬ」

盛備は己が頬を両手で張り、自らの心を鼓舞した。

「必ず勝つ。必ず、政宗を打ち破ってくれよう。そして……戦が終わったら、氏実に頭を下げよう。平田にも詫びようぞ」

盛備と佐瀬の馬は、ちょうど山道から摺上原へと抜けたところであった。

皆と再び和を以て交わるために。思いを同じくした佐瀬は、にこりと笑い、鶴翼の布陣のために自らの持ち場へと馬を馳せた。

五　会津豊かなり

猪苗代盛国の内応、その手引きによって伊達軍は易々と会津の土を踏んだ。

摺上原は磐梯山と猪苗代湖に挟まれ、南西の黒川城方面に向けて広がる。猪苗代城を背に守りを固め、政宗は全軍を二手に分けた。陣立ては三角形に兵を置く魚鱗(ぎょりん)の陣、その後ろには斜めに兵を置く雁行(がんこう)の陣を据える。

蘆名軍が本陣を置く高森山を西に見て、先鋒となる魚鱗の頂点には猪苗代盛国を置いた。中備えには片倉景綱の騎馬鉄砲と原田宗時の徒歩勢、後備えは白石宗実の騎馬と片平親綱の弓兵が続く。後ろに控える雁行の陣には政宗の本隊を中央に、左手前に大内定綱、右手後ろに浜田(はまだ)隆景(たかかげ)がそれぞれ徒歩勢を率いた。

山と湖に挟まれた地とは言っても、南北に四里も広がった平原である。全軍一万八千でひとつの陣形を敷くこともできたが、敢えて二つの陣形に分けていた。

この戦では猪苗代を内応させるために、いったん蘆名の全軍を須賀川に引き付けている。単なる陽動ではない。一晩で須賀川から黒川へと大返しの行軍を強いて敵将兵を疲れさせ、士気を鈍らせる狙いもあった。

(どうしても受け止める陣形を選ばざるを得まい)

思いながら、政宗は遥か八里先を眺める。蘆名の陣形は大将を中心に左右両翼を斜め前に迫り出した鶴翼の陣であった。

敵の備えを見て、ほくそ笑んだ。蘆名方の大将は当主・蘆名義広だが、実際に戦を指揮するのは金上盛備であろう。鶴翼は攻守どちらにも使えるが突撃には向かない。堅実と言えば聞こえは良いが、その実こちらの術中に嵌（は）まっている。或いは一面の弱気を見せていると考えても良いだろう。

伝令を呼ぶと、すぐにひとりの精悍な侍が前に出でて片膝を突いた。言下に命じる。

「猪苗代盛国に下知。魚鱗の先頭から半里先行、後続の鉄砲が弾込めするための間を作れと」

「御意！」

走り去った伝令の背を見つつ思う。この戦は、やはり作戦を間違えねば勝てる。あとは猪苗代が内応の条件としたこと——会津の半分を与えよ、という法外な要求を撥ね除ける手筈を整えるのみ。

（猪苗代を囲ませ……後続が敵の両翼を挟み撃ちに屠る）

ぶう、と唸りを立てて西風が吹く。連日照り付ける日差しに乾ききった大地が、萌え放題の夏草の根元から濛々（もうもう）と土煙を上げた。

伊達の陣立てを遠望し、盛備は思った。前後二つの陣形、中でも前面に押し立てた魚鱗の陣は厄介だ、と。

魚鱗は突撃に向いた攻めの陣形である。しかも、配置された将が極めて手強い。徒歩を率いる原田宗時は音に聞こえた猛将である。片倉景綱の騎馬鉄砲隊は騎馬の速さと鉄砲の威力を併せ持ち、白石は騎馬の扱いに秀でている。猪苗代盛国とて、寝返りの直後で何としても戦功を上げねばならず、死に物狂いで戦うだろう。こちらの疲れと動揺を見透かし、ひと当たりで意気を挫こうとする思惑が陣形に顕れていた。

再び遠目に敵を見る。おや、と思った。魚鱗の先頭、猪苗代盛国の一隊だけがやけに突出している。

（なるほどな。盛国よ、やはりお主は馬鹿だ）

あの配置が政宗の下知によるものなら、魚鱗の先鋒でひとり突き出た盛国の三千は捨て駒だ。元々が会津の兵である猪苗代の手勢が損じられても、政宗としては痛くも痒（かゆ）くもない。こちらの数を減らしてくれれば盛国などどうなっても良い、というところか。

（そして政宗、お主は甘い。疲れ果て、心乱した軍であっても、敵の敗走を見れば士気を奮い立たせるものぞ）

齢十六で元服して以来、実に四十七年。あまたの合戦で逆転を目の当(ま)たりにしてきた経験の差を見せ付けてくれん。

「隆実」

左翼先鋒、腹心の若武者が馬上で槍を掲げた。

「敵の魚鱗、突撃が来るぞ。両翼で囲もうと思うな」

鶴翼の陣形による正攻法を捨てよと命じた。味方には疲れと動揺、対して敵は意気軒昂(けんこう)。数の上での差こそないが、勝手を知った自領の利を生かしてようやく互角なのだ。この均衡を崩すためには、活(い)きの良い隆実の力が必要であった。

腰の刀を抜いて胸から前に突き出し、あらん限りの大音声で半里も先の隆実に呼ばわった。

「真正面から、ごり押しに押し返せ！」

隆実の声が風を突き破って「応」と響く。馬上槍の穂先が、くるりと円を描いた。

これを見届けると、次に右翼先鋒に腹の底から呼ばわった。

「佐瀬」

佐瀬父子が高々と槍を掲げた。

「お主の申したとおり、これは背水ぞ。敗れたが最後、一気に黒川まで詰め寄られよう。だが勝つ。勝たねばならぬ」

政宗を屠れば伊達家そのものを壊滅させられる。そして戦が終わったら——。

湿っぽい思いを飲み込み、右前に突き出した刀を左へと払った。敵の突撃を避けて横合いから叩けという指示に、佐瀬の槍が空を二度突いた。いざ、初手の指示は終わった。

寝返ったからには、と盛国は思う。今ごろ金上は、何としても勝たねばならぬと悲壮な決意を固めているだろう。

（それは、こちらも同じよ）

勝てば、そして政宗の目を引く働きができれば、会津の半分が手に入る。それだけの地盤があれば、いつまでも伊達の小童の下になど付いているものか。魚鱗の先鋒からさらに前に出よと伝令があったのなら好都合、猪苗代盛国ここにありと示す絶好機だ。

空を見上げれば、夏の日差しは朝から容赦がない。風こそ強いが、土くれを巻き上げながら熱く迫った。ふと風が止むと摺上原の青草は瞬く間に陽炎を立て、陽炎が立つとそれを払わんとしてまた風が吹く。強風がある程度治まるのを待って開戦か。

じりじりと具足の内が蒸れるのを堪えながら、ただ待つ。胸の内も、じりじりと焦げ始めた。こめかみに幾筋かの汗が流れた頃になって、政宗の本隊で法螺貝が鳴った。いつになったら止むのか分からぬ風の都合を問うているより、蘆名勢の疲れと動揺を衝く方が得策と判じたらしい。

「者ども、鬨上げい。えい！」

「おう！」

盛国は伊達の軍律に倣い、整然と「えい」「おう」を唱えながら徒歩兵を突撃させた。自らの三千に続き、万余の兵馬が膝まで茂る草を掻き分け、大地を踏み鳴らし、正面の敵へと迫る。

しかし、やはり向かい風は不利であった。兵の足音に合わせて舞う土埃は、間断なく吹き付ける熱風に乗って目に飛び込んで来る。突撃の足はどうしても鈍くなった。

敵も然る者、こちらのもたつきを見逃しはしない。敵右翼先鋒の幟は佐瀬種常・常雄父子、そして己が倅・盛胤か。三人の将が各々千ずつを従えた形の先鋒は、三千を一手に動かす己が手勢に比べて小回りが利く。風が巻き上げた土の煙幕に紛れ、瞬く間に左へと回られていた。

「かかれ！」

佐瀬種常の号令一下、敵が横腹から襲い掛かった。突撃とはいえ、戦端が開かれれば致し方なく足は止まる。敵が敢えて陣形を崩したことで、鶴翼の奥深くまで踏み込むことができなくなってしまった。

「何の、これが戦ぞ。者ども、佐瀬如き返り討ちにしてやれい！」

盛国は手勢を左手に向かせ、すぐさま応戦した。後続の騎馬鉄砲が馬の足を止めたようだ。弾込めにかかる時を稼ぎさえすれば、佐瀬など物の数ではない。

――はずであった。しかし左を向いた己が手勢に向け、敵の左翼先鋒・富田隆実率いる千の徒歩兵が猛然と斬り込んで来た。右翼が陣形を崩したのに続いて左翼も陣形を崩し、小回りの利く数で突撃して来る。蘆名一の若き勇将に側面を衝かれ、兵が浮き足立った。

　こうなると片倉景綱の鉄砲が頼りだ。早く、早くと気が急いて騎馬鉄砲隊を振り向く。既に皆が馬上筒を構えていた。

「撃てい！」

　号令一下、五百の鉄砲はこちらの手勢に向けて一斉に火を噴いた。

「か……景綱殿！　此方は味方ぞ！」

「多少の損兵は已むなし、富田をこそ止めねばならぬ！」

　恐ろしく肝の据わった目で一喝され、思わず身がぶるりと震えた。若造と侮っていた景綱に気圧されたことが許せなかった。

「ええい、早う佐瀬を押し返せ！」

　声を嗄らして叫ぶ。しかし兵の顔には困惑と恐怖の色が見え始めていた。

　鉄砲の一斉射を受け、隆実は奥歯を噛んだ。

（如何に猪苗代とはいえ、味方もろとも撃つとは……やるな）

　敵味方を問わず、二十、三十と足軽が倒れ、撃ち抜かれた痛みに絶叫を上げている。ざわ、と空気が動いた。鉄砲という凶悪な飛び道具に対する兵の怖じ気が、手勢を支配しかけていた。だが、それを許してはならぬ。すう、と息を吸い込むと、声を限りに兵を叱咤した。

「恐れるな。兜、具足は何のためか！」

足軽への貸し具足は脆く、陣笠とて紙や竹を漆で塗り固めただけのものだが、それだけのものでも弾丸の威力は大きく減じられる。自らの恐れこそ最大の敵なのだ。

加えて、天佑か。折から力を強めた追い風がさらに土埃を巻き上げ、敵を包んでくれている。これによって片倉隊の弾込めが遅れた。

「今ぞ、隙を衝け！」

味方からの砲撃に気を取られた盛国隊の足軽は、こちらの勢いに動転している。隆実は率先して馬を進め、ひとり、またひとり、敵の足軽を突き伏せた。

「見よ、我が戦いを！」

具足で守られていない首筋、腋の下、股間を狙い、日頃磨きをかけた武芸で鋭く槍を伸ばす。この奮戦に勇気を得たか、率いて来た千の手勢は喚声を上げて敵に突貫した。猪苗代盛国の三千が、じわりと崩れ始めた。

「何をしている、迎え撃て！」

怒声が響く。猪苗代盛国の、聞き慣れた声音であった。だがこちらに向こうとすれば、側面を衝く佐瀬らの三千が食い止める。佐瀬に応対しようとするなら好機、こちらはより深く斬り込むまで。先鋒のぶつかり合いは敵味方入り乱れての大乱戦となった。

瞬時、風が止む。いくらか澄んだ空気の向こうで、片倉隊が再び鉄砲を構えていた。

「敵兵を盾にせよ」

正射の号令が下りる一歩手前、戦場の喧騒を断ち割らんばかりに声を張り上げた。これに応じて味方の兵は敵の陰に隠れ、討ち死にした兵の下に潜り、或いは周囲の味方と身を寄せ合って小さな槍衾を作る。行動は様々だが、風が狙いを狂わせたことも手伝って、二度目の正射を喰らう味方はごく少なかった。

「それゆけ、あれに見えるが猪苗代弾正盛国ぞ。薄汚き裏切り者、首を置いてあの世へゆけ！」

呼ばわりながら、馬上から縦横に槍を振るう。もはや突き伏せるのも面倒だ。振れ、とにかく槍を振るえ、柄で打ち据えるだけでも相手の骨を折るぐらいはできる。

槍の利点を生かした奮戦に、敵足軽を包む熱気が急激に失せ、ばらばらと逃げ散り始めた。猪苗代盛国は「これまで」と馬首を返し、遁走した。

「金上様、やりましたぞ！」

四半里の背後にいるはずの盛備に向け、隆実は雄叫びを上げた。

胸が、じわりと熱くなった。自らの小姓であった隆実が何と立派になったものか。雄々しく躍動する頼もしい姿に向け、盛備は渾身の大音声で応えた。

「隆実、追うことはないぞ。盛国が如き雑魚は捨て置き、片倉を蹴散らせ！」

逃げ散る敵兵の波に紛れ、隆実の兵がなお前進する。三度めの鉄砲正射が捉えたのも、壊走する盛国隊の足軽が大半であった。しかし――。

運悪くひとつの弾丸が隆実の乗り馬を襲った。馬鎧の隙間に命中した一発に慄き、馬は棹立ちになって乗り手を振り落としてしまった。

隆実は巧みに受身を取ったらしく、すぐに起き上がった。

盛備は色を失い、すぐさま手勢を割いて加勢させた。

「富田隆実を守れ。蘆名一番の勇将ぞ、死なせてはならん！」

半里の距離を疾走し、千の足軽が先鋒に加わった。

が、片倉隊は敵ながら実に良く鍛えられている。寸時風の止んだ隙を逃さず弾を込め、至近距離から四度めの正射を繰り出してきた。武具で身を守っているとはいえ、半町にも満たぬ距離から撃たれては、死なぬまでも手傷を負う者は多い。馳せ付けた千のうち百を超えようかという足軽がうずくまり、或いは斃れた。それらの者に守られて隆実が無傷であったのが唯一の救いであった。

「佐瀬、盛胤、急げ！」

佐瀬父子と猪苗代盛胤の三千は横合いを衝くため、敵先鋒を叩いた後も右翼から回り込んでいる。必然、正面から斬り込む隆実隊よりも遅れていた。ようやく片倉隊の横合いまで到達し、いざ仕掛けんとしていたが、敵は既に次の弾込めを終えかけている。

（このままでは隆実が）

撃ち殺されてしまう。

思った刹那、当の隆実は自らの槍を捨て、斃れた足軽の長槍を取った。二間半もある長得物を左右の手に一条ずつ構え、雄叫びを上げながら敵の真っ只中へと駆け込む。弾込めを終えて鉄砲を構え直した敵に、今一度吼えた。

「なめるな！」

右手の槍を、轟、と唸らせて真一文字に振り払う。分厚い土煙を切り裂いた槍が、過たず敵騎馬の首を捉えてへし折った。

「えいやあ！」

体を捻り、今度は左の槍を振り回す。数頭まとめて馬の脛を叩き潰すと、次々と馬上の鉄砲武者が落馬した。あれよと言う間のできごとであった。

何という膂力であろう。火事場の馬鹿力というものか。武芸に優れるとは言いつつ強力自慢ではない隆実が、長く重い足軽槍を片手で操っている。扱い辛さゆえに叩き下ろすか突く以外の使い道がないはずの得物を、何と横向きに鋭く振り払っているのだ。なお奮戦する隆実の鬼神が如き姿に、片倉隊はすっかり気圧されたようであった。

「何をしておる！　将を討たすでないぞ、いざ進め！」

中備えの位置から声を張り上げて鼓舞すると、隆実隊の足軽は一斉に突進し、前に揃えて構えた槍で騎馬鉄砲の馬を突き、また叩いた。馬は或いは倒れ、或いは暴れて乗り手を振り落とす。片倉隊は速い足を失った。

単なる鉄砲武者と長槍を携えた足軽が間近で相対するなら、後者に分がある。明らかな不利を認め、また佐瀬らの鬨が横腹に迫るのを聞き、片倉景綱と鉄砲武者たちは退却の構えを見せた。退却を支援すべく、後続の原田宗時が三千の徒歩勢を前に押し出して来ている。

（いける！）

開戦前に睨んだとおり、先鋒の戦となっている。互角か或いは自軍不利と予想したが、いざ蓋を開けてみればその先鋒が獅子奮迅の働きを見せ、一方的に押している。ことに隆実の働きは目覚しかった。これほど喜ばしく、誇らしいことがあろうか。このまま勝てば隆実の父、富田氏実とも和解できよう。蘆名は生き延び、昔のように皆と心を通わせられる。それまであと少しだ。何としても踏ん張り通さねばならぬ。

「第二隊、先鋒に加勢せよ」

自らの手勢をまた千ほど割いて、原田宗時との交戦に入った隆実隊に加えた。

魚鱗の後備えで指揮を執る白石宗実は、思わぬ苦戦に唇を噛んだ。確かに向かい風の不利はあった。だが、こうまで一方的に押されるとは。猪苗代盛国の敗走は織り込み済みであったが、片倉景綱の撤退は予想外であった。

（このまま終わらせてなるものか）

蘆名が敷く鶴翼の陣に於いては、中央後方の総大将に戦をさせるようでは負けである。同じく伊達の場合は、前線の魚鱗が崩壊し、後方に控える雁行の陣が戦をするようでは負けなのだ。

「敵の左翼先鋒は誰か」

周囲に問うと、あれは富田将監（しょうげん）隆実なる者です、と返って来た。さては伊達に近しい富田氏実の倅か、と思い当たった。金上の小姓を経て腹心となっていると聞く。

「小童をこれ以上暴れさせてはならぬ。白石隊！」

敵右翼先鋒、佐瀬種常と猪苗代盛胤を自らの騎馬隊で叩き、富田隆実と相対する原田宗時を援護せん。さすれば原田隊は富田隊を押し返すことができよう。

「衡軛（こうやく）に陣を整えよ」

白石騎馬隊は前方をごく小さな鶴翼に整え、その後ろに左右二列の縦陣をつなげた衡軛の陣を組む。

「片平の弓隊に、前に出て援護するよう申し伝えい」

伝令に命じると、一気に前線を目指した。

土埃と向かい風のせいで、いつもより馬の足が鈍い。だが、人が走るよりはずっと速かった。敵の左右先鋒が猪苗代盛国を撃退したのと同じやり方で原田宗時を叩かんとする中、白石騎馬隊は原田隊に横合いから襲い掛からんとする佐瀬種常を捉えた。

「馬を操るは白石騎馬の真骨頂ぞ。ひと当たりして返せ」

二千の騎馬武者が一斉に「応」と返し、衡軛の陣が左右に分かれた。二つの騎馬隊は佐瀬父子と猪苗代盛胤の徒歩兵を嘗めるように駆け、すれ違いざまに馬上槍で痛打を加えて走り抜けた。一撃を食らわせると、騎馬武者は左回りに弧を描いて馬首を返す。二手に分かれた馬の群れは、走りながら元の衡軛の陣を整え直した。

流れるような手筈で遊撃は続く。二度ほど痛打を加えて馬を馳せ戻し、横目でちらりと見ると、猪苗代盛胤が馬上で槍を振るい、兵を指揮していた。どうやら槍衾で突撃を防ぐ腹づもりと見えた。

（甘いぞ、猪苗代の小倅。足を止めればどうなるか）

思った頃には片平親綱の弓兵が前線近くに迫り出し、一斉に矢を放った。弓の威力は鉄砲に比べれば見劣りするが、その代わりに数がある。槍衾を飛び越えて降る矢の雨に、敵の足軽がばたばたと倒れた。

「怯むな。盾持ち――」

前へ出でよ。佐瀬種常の子・常雄と思しき若武者が、矢を防ぐ盾持ちの足軽に命じかけたとき、その眉間に流れ矢が突き立った。常雄はしばし馬上に留まろうとして身をぐらつかせていたが、いくらも経たぬうちに落馬して動かなくなった。

「佐瀬常雄、片平隊の矢で討ち死にせり！」

次の突撃のために馬を戻しながら、味方を鼓舞せんとして声を張り上げる。ざわ、と沸き立つような戦意が味方から感じられた。

が、背後には別の気配が迫る。

「おのれ……おのれ白石！」

雷鳴の如き怒声は、討ち死にした常雄の父・佐瀬種常であった。子の討ち死にを目の当たりにして逆上し、引き返す騎馬を追って突撃を仕掛けて来る。

馬と人では足の速さに天地ほどの違いがある。だが宗実は「しまった」と背に粟(あわ)を立てた。次の突撃のため二千が馬首を返す間に、どうしても半町ほど距離を詰めるだけの隙が生まれてしまう。よしんば再度の突撃を受けたとしても、騎馬の足が速まる前に足軽の長槍で叩いてやれば、という算段か。

案の定、佐瀬種常と猪苗代盛胤の兵は槍を前に突き出して猛然と駆け、こちらが振り向いてようやく走り始めた辺りで足軽の長槍を正面から伸ばして来た。元来が臆病な生き物である馬は、不意に槍の一撃を喰らって怯み、嘶いて暴れ始めた。

あちこちで悲鳴が上がる。騎馬武者たちは暴れ馬から落ち、起き上がろうとしたところを馬蹄に蹴られて悶絶(もんぜつ)している。

徒歩勢による騎馬への突撃という圧倒的な不利が覆された。しかし――。

「何と！」

狼狽(ろうばい)した叫びが上がった。乗り手を振り落としてなお暴れ続ける馬が、佐瀬の乗り馬に激突したものであった。次の刹那、佐瀬の馬は右向きに倒れ、主の足を大地との間に挟んでしまった。

「ぬう……」

潰れた足の痛みを嚙み殺すような唸り声が聞こえ、草深い野から虚空を摑まんとするように佐瀬の手が伸びる。そこへ別の暴れ馬が駆け込み、散々に踏み付けた。

盛備は中備えの守りを慶徳範重に任せ、富田隆実の後詰をすべく手勢を前線に押し上げて来ていた。そこで最初に目に入ったのが、佐瀬が落馬した顚末であった。

「佐瀬！」

思わず名を呼ぶと、陽炎に揺り上げられるように佐瀬種常が身を起こした。生きている。だが喜んだのも束の間であった。兜が割れ、具足の胸が砕け、顔を深紅の血に染めていた。立っているのがやっとという手負いの将を、しかし暴れ馬は容赦なく蹴り飛ばした。佐瀬が倒れた草むらは、ついに再び動かなかった。草の動きがないことで、既に強風が止んでいるのだと知れた。

右翼先鋒の主力、佐瀬父子は死んだ。

佐瀬の死を無駄にするまいと、猪苗代盛胤が白石隊に追い討ちをかける。多くの馬を失った白石は、傷の浅いうちにと兵を収拾して後方へ退いた。これに従い、片平の弓隊も下がってゆく。至近距離の飛び道具が槍に劣ることは、鉄砲も弓矢も同じなのだ。

どうにか敵を退けた猪苗代盛胤は、佐瀬父子の手勢を収拾し、盛備の隊に合流した。佐瀬の命懸けに応えるべし。いざ、前線でひとり奮闘する隆実を援護せん。盛備は前を見据えた。

槍を振るいながら隆実は思う。原田宗時、何するものぞ。

(金上様から増援を頂戴した以上、負けられぬのだ！)

白石・片平の後詰が崩されたと知ると、原田は少し手勢を後退させて間合いを取ろうとする。あまりに敵味方が入り乱れていては、雑兵の長槍は用を為さない。味方劣勢の中で足軽同士の組打ちになれば自らが不利と判断したのであろう。

だが距離を取って槍が有効になるのは、互いに同じなのだ。どちらも足軽を率いる以上、敵の有利はそのままこちらの有利だ。隆実は喉も嗄れよと声を上げげた。

「腰を低く落として構えい」

低く構えるのは自ら不利を求めるが如きものだ。重い長柄槍の打ち下ろしは、低い位置の的を叩くに当たって威力を増す。しかし威力の違いがあろうとなかろうと、叩かれれば大怪我をするのは同じなのだ。ならば開き直るべし。

「突撃、ゆくぞ。下から槍を突き出し、金玉を狙え！」

そこは具足で守られていない。また内腿（うちもも）を槍で抉られると出血は夥（おびただ）しいもので、致命傷となり得る。

敵味方が再び激突した。一撃を受けて地をのた打ち回る数は、双方同じぐらいであった。

が、ここで打ち下ろしと突きの差が出た。再び槍を振り上げねばならぬ打ち下ろしは動きが大きい。対して突きは、槍を手前に引いて再度突き出すだけで済む。さらに、先に命じた「金玉を狙え」が効いていた。股間を狙われると、つい腰を引いてしまうのが男というものだ。二度めの突きを見舞うと、原田隊の足軽は屁（へ）ひり腰になり、思うように槍の振り上げが叶わぬ有様であった。

「佐瀬殿の無念、晴らしてくれん！」

隆実は脱兎（だっと）の勢いで飛び出すと、先に馬を追い散らしたのと同じように槍を振り回した。瞬く間に五人、十人が叩き飛ばされ、打たれた箇所を押さえて濁った叫び声を上げた。

「まだまだ！」

土埃で目が痛むが、だからどうした。今ここで俺がやらねば。勝ちさえすれば、たとえ体がばらばらになろうと構うものか。

我を忘れて槍を振るうと、敵兵が乱撃を避けようとしてぶつかり合う。狼狽し、烏合の衆と成り下がった敵を味方の足軽が易々と突き殺した。ほどなく原田隊も壊乱して敗走するに至った。

気が付けば、己も肩で息をしている。動きを止めると、がくりと膝が折れた。

「……何の、まだだ。まだ戦は終わっておらん」

右の拳を固め、大地を殴り付ける。痛みによって、萎えかけていた体は再び動きだした。

いったん退かせた鉄砲兵を整え直しながら、景綱は富田隆実の戦ぶりに舌を巻いていた。

目を見張る働きとは、このことであろう。金上から増援を受けたとはいえ、また佐瀬父子の命懸けの支援があったとはいえ、猪苗代盛国の徒歩三千、己が率いた騎馬鉄砲五百、原田宗時の徒歩兵三千をひとりで蹴散らすとは。

救いがあるとすれば、この先鋒の争いが蘆名本隊から遠いという一点である。大地を踏み鳴らす兵の足と強風で土煙に包まれた戦場であれば、遠方から詳しくを窺うことは叶うまい。富田隆実の奮戦、金上盛備の采配、一方的に押される伊達勢の姿を蘆名本隊に知られてはならぬ。

（如何にすれば……）

戦場を広く見回す。既に風の止んだ中、戦場に付き物の一群を見つけた。見物人である。暢気（のんき）に物見をしているのではない。戦が終わった後、骸から武具を剝ぎ取り、或いは落ち武者狩りをしてあれこれを奪い、売って銭に替えるために虎視眈々（こしたんたん）と狙っているのだ。

（あれを使えば）

景綱は小さく頬を歪め、整え直した鉄砲兵に進軍を命じた。

敵味方の交戦する戦場を避け、敢えて遠く、遠く回って兵を走らせる。二町ほどまで近付くと、見物人たちはさすがにこちらに気が付いたらしい。

「止まれ。弾込めせい」

風が止んだ今、訓練された鉄砲兵の支度は実に手早かった。ざっと周りを見て、景綱は右手を高々と挙げ――。

「撃てい！」

鉄砲兵が、見物人たちに向けて正射した。彼らのほとんどは百姓である。戦場に向けられるとばかり思っていた鉄砲がいきなり自らに向けられて、どうして落ち着いていられれようか。二度、三度と正射を受け、悲鳴を上げながら逃げ散った。

「蘆名の後備え、聞けい。うぬらが先鋒は片倉景綱が鉄砲に恐れを為し、逃げ散ったぞ」

景綱が呼ばわると、隊の中でも特に大声の足軽が三倍する大音声で再三再四、復唱した。

（さあ、これをどう見る）

先鋒と中備えの奮戦は遠くからは見えにくい。だが見物人は黒川の方面、つまり蘆名本隊に向けて逃げているだけに見えやすかろう。

人は目に見えるものを何より信用する生き物だ。落ち武者狩りをしようという見物人は粗末ながら具足を着けていて、雑兵と変わらぬ身なりをしている。その上、蘆名勢は端から疲労困憊でこの戦に臨み、また猪苗代盛国の寝返りで少なからず動揺している。

心というものは重要だ。極めて不確かでありながら、これほど人の中で肥大した厄介者も他にあるまい。己が主君、伊達政宗ほどの英傑ですら、心には振り回され通しなのだ。

（蘆名義広、うぬが心の隙を衝いてやる）

ふと見れば、遠くで金上が血相を変え、何やら叫んでいる。どうやらこちらの思惑を悟ったのだろう。だが当年取って六十三となった老骨である。ここまで半里も届かぬ声が後備えまで届くはずがない。ならば、なお音で見物人を威嚇せん。風が止んだのは幸いだ。

「鉄砲、弾込めい！」

命じる間に、蘆名本隊を包む空気が、じわりと澱んだ。

空耳ではない。戦場の喧騒に紛れながら、その声は確かに隆実の耳に届いた。

（確かに金上様の声だった）

　隆実、片倉を蹴散らせ。そう聞こえた。

　既に敵の懐深くまで張り出している中備えを右の肩越しに向くと、盛備が兜を振り落とさんばかりの形相で叫んでいた。刀の切っ先で、しきりに左翼の後方を指し示している。先に鉄砲の音が響いた辺りだが、さては一度蹴散らしたはずの片倉が隊を立て直して後備えでも急襲したか。すわ一大事、と振り向く。片倉景綱の鉄砲兵が、見物人を追い散らしている様が目に入った。

（これは）

　拙い、と思った。何がどう拙いのかを考えるのではない。蘆名本隊を包む異様な空気が、何とも真っすぐに胸の内に飛び込んで来た。

「すぐ参ります！　富田隊、退くぞ！」

　叫びすぎて切れた喉の痛みを顧みず、腹の底から呼ばわり、右手の雑兵槍を高々と掲げて天を三度突いた。

　本隊は怯えている。負けた、と思っている。冗談ではない。押しているのは我らが蘆名勢なのだ。足軽と共に疾走して息を切らせていると、不思議なもので頭の方は冴(さ)え渡った。端から動揺を湛えていた蘆名勢、特に先鋒の戦いを窺い知れない本隊は、大きな勘違いをしている。見物人の遁走を、味方の敗北という、自らの心が生んだ虚構に書き換えてしまったのだ。

「景綱！」

鉄砲隊の横合いから見物人との間に割って入り、足軽と共に突撃する。片倉の鉄砲が一斉に火を噴いたが、狙いを付ける間もなく撃たれただけに命中する弾は少なかった。

「見物人を走らせるような、くだらぬ策ひとつに負けてなるものか！」

いざ槍を揃えて敵兵に突貫せんとした、まさにその時であった。後方遠く、整然たる「えい」「おう」の鬨が聞こえた。思わず足を止めて振り返ると、夥しい数の騎馬武者が殺到する様が見て取れた。

（あの旗印は！）

これぞ今まで姿の見えなかった伊達成実の一隊である。五千ほどと見える一団は磐梯山の向こうを大きく迂回し、今まさに蘆名本隊の脾腹(ひばら)を急襲せんとしていた。

盛備は愕然とした。大地を揺るがす馬蹄の音に、本隊が完全に浮き足立っている。後方が乱れては、先鋒と中備えは孤立し、殲滅を待つばかりとなろう。否、それよりも、悔やまれてならない。敵に伊達成実という切り札が残っていることを、考えすらしなかった。あるいは己も戦場の熱に飲まれていたのか。

見れば前方からは、政宗本隊の敷く雁行の陣から大内定綱が兵を動かして来ている。一方的に押していた戦の流れが、底なしの濁りを湛えて逆流し始めていた。

「ここを頼む」

押し寄せる大内隊を猪苗代盛胤に任せ、五百だけを率いて本隊の救援に向かおうとしたとき、左翼から隆実の大音声が響いた。

「金上様、それがしが参ります！」

隆実は左翼に半里ほど向こうで片倉景綱の鉄砲五百と相対している。伊達成実を食い止めるべく取って返すのであれば、なるほど少しでも近い隆実の方が良いだろう。しかし。

「鉄砲に背を見せれば、お主が危ない！」

「片倉を食い止めながら、成実も食い止めます。それより」

高く掲げた槍が示す先には、敵の総大将・伊達政宗の一隊があった。斜めに据えた雁行の陣、左翼前方に備えていた大内定綱の三千が前進して猪苗代盛胤と交戦している今、政宗隊の正面はがら空きになっている。

（あそこまでは半里と……少し）

己が手に残った五百の足軽を今すぐ突撃させれば、雁行の後備えに残った浜田隆景が馳せ付けるよりも早く、政宗の隊に斬り込めるだろう。

「分かった。死ぬでないぞ、隆実！」

声も嗄れよと叫び返し、すぐさま手勢に命を下す。

「皆の者、突撃だ。目指すは敵の大将・伊達政宗の首ひとつ。進め！」

だが――。

「左向けい。撃て！」

片倉景綱は、後退する富田隆実への追撃をあっさりと翻し、盛備の五百に鉄砲を放った。横合いからの正射に応対できる者は多くなく、五百のうち、ざっと百五十もの兵が斃れた。

「何の、これしきのこと。いざ参るぞ、政宗！」

残った兵を追い立てて、再び突撃する。が、既に風の止んだ戦場で、片倉隊の弾込めは想像以上に速かった。

「撃て！」

二度目の正射。音よりも一刹那遅れて、首筋に焼け焦げるような痛みを覚えた。

（何があった）

分からぬまま馬を追う。が、眩暈がする。手に力が入らぬ。息が苦しい。馬の首を押す左腕が血まみれになっているのが目の端に映った。やけに首が生温かい。この血はどこから流れているというのか。

途端に体がぐらりと傾き、馬の背から放り出された。夏草の茂る地に、したたかに背を打ち付けたが、不思議なもので全く痛みを感じなかった。

青く輝く空の中で、入道雲が「おまえは撃たれたのだ」と見下ろしていた。

（撃たれた……か。だが負けぬ……死なぬぞ）

勝たねばならぬのだ。勝って、氏実や平田と腹を割って話す。必要とあらば喜んで頭を下げよう。会津に生きる皆と、また昔のように――。

空がぐるりと回って気分が悪い。或いは己こそ目を回しているのか。胃の腑からこみ上げてくるものを、堪らずに吐き出した。咳と共に口から散った血が、ぱっ、と広がって視界を赤く煙らせる。一瞬の後に、天の色は突き抜けるような青に戻った。

空はしつこく、ぐるぐると回っている。見えているからいかんのだと、盛備は目を閉じた。すると――。

閉じた瞼の裏に、会津の風景が広がった。

春には麗らかに空霞み、山には梅の香が満ちる。

夏には入道雲が湧き、山の青葉と共に輝く。

秋には空が澄んで突き抜け、山の紅葉がそっと寄り添う。

冬には空と山の全てが白く染まり、厳寒が訪れる。

映っては消え、消えては映る会津の姿には、己が交わった人の面影が息づいていた。

春の風景を背に三代前の主君、酒の毒に中って死んだ盛興が、梅見酒と洒落込んでいた。懲りぬお方だ、と呆れつつ微笑ましい。

夏の景色の中では横死した盛隆が床机に腰掛けている。凶刃を振るった大庭三左衛門が平伏して詫びるのを、鷹揚な笑顔で見下ろしていた。

紅葉を背に、先代の亀王丸が無邪気に走り回っていた。辺りが雪に包まれると、幼い主君は喜びに声を上げて雪を握り、あちこちに投げている。的にされた富田氏実・隆実父子、佐瀬種常が笑いながら逃げていた。

（会津には何でもある……）

ただ海だけがない。だが、それはもう、どうでも良かった。

山に閉ざされた会津は、しかしその中だけで人の営みを支えられる。田畑を作ることも、猪苗代湖で漁をすることもできる。商いが盛んで、自慢の味噌は他国でも引く手あまた。

この美しき景色を見よ。会津は周囲を巡る山々と、それに切り取られた空によって季節ごとに姿を変える。胸を潤す、無上の絶景と言って良い。

そして何より、会津に集う人の和だ。何とも優しく慕わしい顔、また顔。これ以上豊かな生を謳歌できる地が、他にあるだろうか。

（嗚呼……会津、豊かなり。何と愛しき地か）

閉じた目から熱い涙が零れた。だが瞼に映る会津の姿が滲むことはない。

耳にだけは、戦場の無粋な喧騒が届く。その中で、ふと人の声が聞こえた。

『もう、良いのではないか』

耳元に、あまりにも懐かしい声が語りかけた。

（盛氏様……）

首筋を撃ち抜かれ、満足に息ができぬ。声を出すことができずに胸の内で返すと、しかし止々斎盛氏は確かに聞き取ってくれた。

『わしが死して九年になるか。お主は、たったひとりで蘆名を守り抜いてくれた。もう良い』

そうか、と思った。己は死ぬのだ。だが思い残すことはない。存分に生きた。全ての力を尽くした。討ち死にせずとも、遠からず盛氏が迎えに来てくれたのだろう。

『後のことは皆に任せよ。あの世に酒の支度をしてある』

思わず、頬が緩んだ。

（また障子を開け放って、待っておいでしたか）

盛氏の声が『肴は、好物の牛蒡だ』と小さく笑った。戦場の喧騒が次第に遠退いてゆき、やがて無が訪れた。

終章　受け継がれるもの

肝を冷やしていたのを悟られまいと、政宗は腹の底から低く呼ばわった。

「敵の先鋒と左中備えは崩れたぞ。いざゆけ！」

号令に応じ、法螺貝が「進め」の合図を吹き鳴らす。先んじて前に出た大内定綱の隊が、斬り結ぶ猪苗代盛胤の一隊を押し返し始めていた。

よほど下手な戦をせぬ限り勝ちは揺るぎないはずだったのに、富田隆実の猛攻に向かい風の不利が重なって、危ういところまで追い込まれてしまった。もう少しで蘆名勢は動揺を振り払い、疲れを吹き飛ばして一斉に攻め寄せたであろう。風が止むと同時に景綱が機転を利かせてくれねば、また成実の奇襲が間に合わねば、どうなっていたことか。

（だが、最も大きいのは）

敵の左中備えで戦の指揮を執っていた金上盛備を討ち取ったことだ。

これまで幾度も謀略を成功させながら、蘆名に引導を渡せなかった。金上の巧みな差配が、謀略の成果を有耶無耶にしてしまったからだ。四分五裂の蘆名家中は、ただひとり金上によって支えられていたと言って良い。此度とて、金上がおらねば蘆名勢は端から戦にならなかったであろう。地味ながら、常に己が前に立ちはだかっていた壁、まさに宿敵であった。

「本隊、いざ進め」

自らの率いる徒歩勢を進軍させ、大内定綱隊に加勢の構えを見せると、猪苗代盛胤は支えきれずに撤退していった。

眼前の敵が退いたことで、ついに伊達勢は全軍で蘆名の本陣・高森山へと迫った。奇襲を成らしめた伊達成実の騎馬五千は、既に敵本隊を蹴散らしている。敗走する敵を追い詰める手順が残されているだけであった。

蘆名義広が黒川城へ撤退すると、政宗は高森山を取って本陣を築き、城攻めの構えを見せた。しかし蘆名とて大物、摺上原で軍勢を壊滅させても城の守りには数千の兵を残していよう。詰めの手を誤れば、まだ逆転を許す恐れはある。

政宗は数日を高森山で過ごすと決め、乱破を放って物見をさせた。

しかし、連日の報せには何らの変化もない。籠城、或いは反攻の構えが一向に見えぬというのである。訝しく思いながら昼餉の湯漬け飯を食っていると、陣幕の入り口から片倉景綱が声をかけた。

「お目にかけたき物ありて、持参いたしました」

「何だ」

「それがしの手の者が、金上盛備殿の首を取って参りましたゆえ」

その名を聞いて、箸が止まった。

「見たくもない。持ち帰れ」

これまで散々煮え湯を飲まされた相手だから、ではない。老骨に鞭打って最後まで蘆名を支え続けた男が首だけの姿と成り果てた様を見るのは忍びなかった。景綱が苦笑を浮かべた。

「首実検は戦奉行とそれがしにて行ないましょう」

「頼む。それよりも、蘆名に動きがない。やはり……」

「……でしょうな」

景綱が肯定したことで、自らの考えが正しいと確信した。

蘆名家中には佐竹派と伊達派がいる。佐竹派の金上盛備と佐瀬種常が討ち死にし、富田隆実が乱戦の中で行方知れずとなっている今、残っているのは蘆名義広の側近衆と、伊達派の富田氏実を中心とする譜代の家臣のみ。抗戦と降伏の論がぶつかり、金上がおらねば収拾が付かぬのだろう。蘆名は「動きがない」のではなく「動けない」のだ。

「だとすれば、この戦はもう終わった。義広の近習は少ない」

それでなくとも佐竹からの随臣は譜代の者に疎まれている。あらゆる面で衆寡敵せず、近いうちに降伏の動きがあろう。

思いながら二日後、天正十七年（一五八九年）六月十日のこと。

蘆名義広は黒川城から追放され、実父・佐竹義重の治める常陸へと落ち延びていった。鎌倉の古から続いた三浦介蘆名家は、ここに滅亡した。義広を放逐したのは、奇しくも摺上原で鬼神の如き働きを見せた富田隆実の父・氏実であった。

翌六月十一日、政宗は黒川城に入った。

戦に勝っただけで終わりではない。戦勝はむしろ、天下への道の始まりなのだ。

政宗は論功行賞を後回しにして、すぐに奥羽各地へと使者を走らせた。今こそ奥羽の力を糾合し、豊臣秀吉に対抗すべし、と交渉するために。

しかし、果々（はかばか）しくなかった。

確かに伊達家は米沢、千代などの要地を治め、今また会津を併呑した。文句なく奥羽一の大身だが、しかし隙もある。蘆名家の滅亡によって会津が動揺していることであった。出羽山形の最上義光をはじめ奥羽の大名豪族は、これを以て静観に努めた。一朝ことあらば伊達の優位は揺らぐと、足許を見られていた。

焦ってはならぬ。されど急がねばならぬ。相反する二つの思いに挟まれながら、政宗は会津の差配を優先せねばならなかった。奥羽連合、北条と組んで北国・東国の大連合を成すという意味では有為な、しかし中々その目的に到達しないという意味では無為な日々が過ぎ去り、五ヵ月が経った。

十一月、世が動いた。

かつて武田信玄は甲斐・信濃に一大勢力を築いたが、家督を継いだ勝頼の代、織田信長によって制圧され、瓦解していた。あの本能寺の変からたった三ヵ月前のことであった。

信濃の国人領主として武田に従っていた真田昌幸は、この後は信長に従うことになった。だが信長が本能寺で横死すると、上杉・徳川・北条の三者が甲斐・信濃・上野を奪い合う大乱戦となった。真田は、この騒乱に乗じて織田から独立している。

北条と真田、上野に領地を持つ両者が争うのは必然であったろう。北条家臣・猪俣範直が、この天正十七年十一月、真田の上野領・名胡桃城を攻め落とした。これに対し秀吉は大名の私闘を禁じた惣無事令を持ち出し、全国の大名に北条討伐令を下した。

かつて政宗が大崎義隆を攻め、蘆名・最上をはじめとする奥羽諸勢力に包囲された際、包囲網の要となる佐竹義重に二の足を踏ませるほどの効力が、この禁令にはあった。だがこれまでは私闘をしたところで何を咎められることもなかった。今回特に惣無事令への違反を言い立てたのは、即ちこれを口実に北条を制圧せんとする目論見に他ならなかった。

馬鹿にするな、と政宗は思った。秀吉がこれまで惣無事令への違反を言い出さなかったことなど、大名豪族なら誰でも知っている。加えて、奥羽で豊臣と誼を通じている者は少ない。討伐令に従う者は多くなく、むしろこれこそ北条と手を組む好機になると睨んでいた。

が、甘かった。いよいよ関白・秀吉が関東に軍を進めると知り、奥羽の豪族は雪崩を打って討伐令に従った。豊臣が関東まで制圧すれば、次は奥羽の番であろう。天下人となる秀吉と誼を通じる機会はこれが最後と判じたのに違いない。

（それを覆そうと言うのに！）

誰が豊臣に付いた、いや今度は誰が北条攻めに参じようとしている。続々と黒川城に持ち込まれる報せを耳にして、政宗は臍を嚙んだ。

奥羽が攻められぬことを以て今までは関白に臣従していなかったのなら、その立場を貫くための受け皿を用意している。伊達と北条が手を組めば、秀吉とておいそれと手を出せない。嗚呼、それなのに。奥羽に気骨ある者は誰もおらぬのか、何と情けない者たちかと、腹の内に怒りを滾らせる日が続いた。

討伐令が下されてから二ヵ月余、天正十八年の正月が終わる頃には、政宗と伯父の最上義光、および北方の葛西・大崎などを除くほとんどの奥羽勢が豊臣の軍門に降っていた。

関白殿下の御為に、騒乱相次ぐ会津を平定するも、未だその差配行き届かず。

政宗はそう言って討伐令に従うことを拒み続けていた。だが、いつまで持つか。三月の末には家臣の中から不安を囁く声が漏れ聞こえ始めた。時に、秀吉の本隊が北条領伊豆への攻撃を開始していた。

足音も荒く、広間を出る。廊下に流れる風はずいぶんと暖かになっていたが、穏やかな心持ちになどなろうはずもない。奥歯を噛むと、右手から景綱が声をかけた。

「どちらへ？」

苛立ちを紛らわすために廊下に出ているだけだ、とは言えなかった。

「遠乗りに出る」

「では、供をお連れになられますように」

「いらん」

荒く言い放ち、なお「誰か供を連れよ」と諌める景綱の声を振り切って立ち去ると、馬を引かせて城を飛び出した。

手綱を取り、馬の腹を蹴る。黒川城から米沢方面、あの摺上原に向けて馬を馳せた。

（小十郎……か）

幼少の頃から常に共にあった景綱は、こちらの心の動き方を知り抜いている。それゆえに今の苛立ち——弱気を見せたくはなかった。元々は遠乗りに出るつもりなどなかったが、胸のざわめきが治まるまで顔を合わせぬためには良い方便か。

「はっ！」

声を上げて鞭を入れると、ぐん、と馬の足が速まった。若芽を枝いっぱいに湛えた街道脇の木立が、勢い良く後ろへと流れてゆく。長く厳しい会津の冬が終わり、短い春の末、もう四月にならんとしていた。晴れた空から初夏の陽光が降り注ぎ、じりじりと肌に沁みる。馬を操っていると軽く汗ばむほどに暑い。

（会津か。天下を取るために、どうしても手に入れたかった）

しかし、天下への道は潰えようとしている。否、そもそも秀吉が関東を制圧にかかるまでの、時限のものだったのだ。己が天下は、既に幻と消えてしまったのだろう。蘆名を降して一年近くの猶予がありながら、奥羽を従えられなかった。敗北の苦みが胸を掻き毟った。

（あとは俺が決めるだけか）

奥羽の諸豪族が次々と豊臣になびいている以上、どうしようもない。今ですら、関白の意に背き続けて伊達家の命運を危うくしている。この上なお我を張り続ければ、蘆名と同じ末路を辿るばかりだろう。しかし、だがしかし。

逡巡し、迷い、堂々巡りを繰り返す。胸の内のものを馬の速さで吹き飛ばすことはできなかった。ならば噛み砕かねばならぬ。己の他に、伊達家の行く末を決められる者はいないのだ。

政宗は馬の足を緩めた。街道脇の木立が途切れ、右前にゆっくりと高森山が迫った。真っすぐ進んで右手に回れば摺上原、昨年の蘆名との戦いで成実が奇襲を成功させた辺りか。高森山の遠く向こうに、雄大な磐梯山の姿が見て取れた。

改めて思う。会津は山に囲まれ、その山に切り取られた空でできている。初夏の空には入道雲の子供とでも言ったものが二つ三つ浮かんでいた。子供の入道、と思ったことで、つい「小坊主か」と呟いていた。自らの姿が少しおかしくて、苦笑が漏れた。小坊主たちは山の新緑と共に、強い陽光に輝いて見えた。

（美しく、豊かな地だ）

不覚にも、隻眼の左目がじわりと潤んだ。馬はだいぶ足を緩め、軽く闊歩している。政宗は手綱から左手を離し、小袖でぐいと目元を拭った。

溜息をついて、空から地へと目を戻す。向こうに人影が見えた。

「お師匠?」

摺上原の外れ、高森山の麓には、米沢の資福寺にいるはずの虎哉禅師が佇んでいた。

「若……いや、殿と呼ばねばならんのだったな」

馬の歩を止め、師の前で下馬しながら問うた。

「何用で会津に参った」

「なに、殿に用があったのではない。これよ」

不恰好な石の板が三つ、虎哉の指し示す先に立ち並んでいた。これがどうかしたのかと訝しく思っていると、虎哉は大して面白くもなさそうに言葉を継いだ。

「摺上原の戦で死んだ蘆名の忠臣たちだ。名も刻まれておらぬが、金上盛備、佐瀬種常、佐瀬常雄たちの墓石よ。誰か金上に縁の深い者……が、石だけを立てたようだな」

「墓参りか。何故に」

　歳月を経て少し痩せた顔から、じろりと視線が寄越された。

「この三人は、心の苦しみを取り除かれたのやも知れぬ……とな」

　かつて師が、こう言っていたのを思い出した。人の生涯には苦難ばかりが待ち受けている。その苦しみを我が身に負うてやりたい。苦しみのひとつが取り除かれた者の美しい顔を見たとき、幸せだと感じる。そういう意味の言葉であった。

「墓は美しいだろう。生の苦渋、全てから解き放たれているのだからな」

　そう問うてみると、虎哉は首を横に振った。

「いくら学んでも、人には終生、学ぶことが残っているものよな。此度は、墓に美しいも何もありはせぬということを学んだわい。死んで苦しみを放り出せば人は楽になる。だが辛苦を全て手放したから無上の美しさになるかと言うと、そうでもない。苦しみを抱えながら、たったひとつだけ救いを得たときの方が遥かに尊い」

　やけに、胸に響いた。どうしてなのか薄々分かっているようで、実は何も分かっていない気もする。三つの墓石の前、師の右隣で口を噤んでいると、ぼそりと声がかかった。

「殿も墓参りをせぬか」

「断る。金上盛備……彼奴の墓などに手を合わせてやる義理はない。あの狸爺がおらねば、俺は今ごろ奥羽を従え、北条と結んで、戦場で関白と相対していたに違いない」

虎哉が、すう、と大きく息を吸い込むのが分かった。政宗は小さく笑い、言葉を継いだ。

「仮にこうだったら、の話をしても何にもならん……だったな。分かっているが、今少し言わせてくれ。俺は昔、金上に会ったことがあってな。天下を取っても、おまえは召抱えぬと言ってやった。逆にだ。もし俺に金上があったら、天下を取れたかな」

一喝を加えんとしていた虎哉は間を外されて大きく息を吐き、吐きながら鼻で笑った。

「知らんよ、そんなことは。しかし殿には分かったことがあるはずだ」

政宗も「そうだな」と小さく苦笑した。

「金上がおらねば、俺は天下を取っていたかも知れぬ。だが金上がいたからこそ、今まで会津に野心を燃やすことができた。奴め、目にもの見せてくれん……とな。

そして会津を手にしたからこそ俺は今、苦しんでいる」

口に出して、はっ、と息を呑んだ。そうか。己は今、苦しんでいたのか。

虎哉は、にやりと顔を歪めた。

「殿の苦しみとやらは取り除けるものだがな。心ひとつで、どうにでもなろう」

そのとおりだ。北条の本拠・小田原に殺到する関白の軍に加われば良い。もっとも今から参陣したとて、遅参の咎めを受けるのは必至だろう。加えて惣無事令に反して会津を攻め取ったとなれば、反抗の意思ありと目され、伊達家を存亡の危機に立たせるやも知れぬ。

「まあ、参陣せなんだら、伊達家は間違いなく潰されるがな。望みを残すか残さぬかの違いよ。後は自ら決めるが良かろう」

幼少から時を共にしたのは、景綱だけではない。師も、己の胸の内などお見通しであった。参ったな、と思った。

「ならば金上に倣うとしよう。盛氏と共に死んだはずの蘆名を、奴は意地に懸けて生き永らえさせた。同じことが、俺にできぬはずはない。伊達家が生き延びれば、いつかまた天下への道も開けよう。死んでしまっては美しくない、というのと同じだ」

虎哉が満面に笑みを湛えた。師事してから今までで、初めて見た顔であった。

「お師匠、金上の……」

金上盛備の墓石はどれか。聞こうとして、先に師が「金上に縁の深い者が石だけを立てたようだ」と言ったのを思い出した。だとすれば、行方知れずになった富田隆実だろうか。否、それはどうでも良い。三つのうち、真ん中のひとつだけ石が大きい。これこそ佐瀬父子ではなく金上の墓だと物語っていた。

ゆっくりと歩を進め、その墓石を蹴る。土を穿って立てただけの石が少し傾いたのを見届けると、政宗は再び馬に跨り、黒川城へと踵を返した。

会津の空に浮かんだ入道雲の子供が、風に泳ぎ、政宗の上にうっすらと影を落とした。しかし日の光が遮られたのは、そう長い間ではなかった。雲はやがて、また流れていった。

参考資料

会津芦名四代　林哲・著　歴史春秋社

会津芦名一族　林哲・著　歴史春秋社

三浦・会津蘆名一族　七宮涬三・著　新人物往来社

伊達政宗　山岡荘八・著　講談社

伊達政宗　野望に彩られた独眼龍の生涯　相川司・著　新紀元社

歴史街道セレクト　伊達政宗　歴史街道編集部・編　ＰＨＰ研究所

佐竹氏物語　渡部景一・著　無明舎出版

信長公記（上・下）　太田牛一・著／中川太古・訳　新人物往来社

【絵解き】戦国武士の合戦心得　東郷隆・著　講談社

【絵解き】雑兵足軽たちの戦い　東郷隆・著　講談社

雑兵物語・おあむ物語　中村通夫、湯沢幸吉郎・校訂　岩波書店

武器と防具　日本編　戸田藤成・著　新紀元社

戦国合戦史事典　小和田泰経・著　新紀元社

解説

細谷正充

本書『独眼竜と会津の執権』は、二〇一二年十月に『時限の幻』のタイトルで刊行された、書き下ろし戦国小説だ。個人的な話になるが、本書が刊行された前後に、何度も混乱と驚愕に見舞われた。最初に驚いたのがタイトルだ。吉川永青の新刊のタイトルは『時限の幻』。どういう形だったかは忘れたが、この情報だけ伝わってきて混乱した。『時限の幻』って、何を意味しているのだ。もしかしたらファンタジー小説なのか。タイトルから勝手な想像をして、悩んだものである。

その後、戦国小説だと知って、またもや驚く。というのは作者を、中国歴史小説の書き手と認識していたからだ。作者の経歴を眺めながら、もう少し詳しく述べよう。

吉川永青は、一九六八年、東京都に生まれる。横浜国立大学経営学部を卒業後、会社員として働く。その一方で、インターネット上に実話半分創作半分の文章をアップしているうちに小説家になることを考えるようになり、第一回小説現代長編新人賞に行き着く。豊臣秀吉の朝鮮出兵に纏わる話を応募し、一次予選を通過した。これに手ごたえを感じ、以後、同賞と小説すばる新人賞に応募するものの、なかなか受賞には至らない。そこで「自分が一つ前に書いた作品は、必ず次の作品で越えよう」と意識するようになり、二〇一〇年、「三国志」を題材にした『戯史三國志 我が糸は誰を操る』（応募時のタイトル「我が糸は誰を操る」）で、第五回小説現代長編新人賞奨励賞を受賞し、作家デビューを果たしたのである。

受賞作は、曹操に重用されながら呂布に寝返った陳宮を主役にしている。以後、二〇一一年の『戯史三國志 我が槍は覇道の翼』は、孫家三代を支えた武将・程普が、一二年の『戯史三國志 我が土は何を育む』は、蜀の将軍・廖化（廖淳）が主役になっている。こうした主役の渋いチョイスだけでも、自分なりの新たな「三国志」に挑むという姿勢が見えてくる。作品の評価も高く、『戯史三國志 我が槍は覇道の翼』は、第三十三回吉川英治文学新人賞の候補になった。このような創作活動から、中国歴史小説の新たな書き手として、将来を嘱望するようになっていたのである。

だから戦国小説の登場に驚いた。しかも主人公が、会津の蘆名家の一門であり、会津の執権と呼ばれる外交の達人の金上盛備だ。今でこそ知名度が上がり、佐藤巖太郎の『会津執権の栄誉』のような盛備を扱った作品も刊行されているが、当時はマイナーな存在である。これまた渋いチョイスだと、またまた驚くことになったのだ。

物語は、永禄八（一五六五）年から始まる。会津の領主・蘆名家は、海を求めて須賀川二階堂家を攻めた。そこに現れたのが、伊達家の使者の鬼庭左月斎だ。和議勧告という形で横槍を入れてきた伊達家を苦々しく思う金上盛備。だが、外交の達人はしたたかだ。そのときのやり取りを利用しながら、伊達家の彦姫を蘆名盛興の正室として迎えた。隠居の身だが、蘆名家の実質的な当主である止々斎盛氏の下で、盛備は己の力を示していく。

一方の伊達家では、若君の梵天丸（後の政宗）が、虎哉禅師に学んでいた。虎哉禅師から天下の動静を聞いた梵天丸は、まだ自分が幼いことを嘆く。天下を取るためには、遅く生まれた分の時を飛び越えねばならないと思う梵天丸。やがて盛備と出会うと、「俺は時を飛び越えようと思う。だが、そのやり方が分からぬ。そちは知らぬか」と聞いた。ここから会津の執権と独眼竜の、長き戦いが始まるのだった。

先に盛備が主人公と書いたが、もうひとりの主人公が伊達政宗だ。幼い頃から天下を取ることを考え、長じて家督を相続すると壮大な計画を立案。織田信長が本能寺の変で死に、天下が羽柴秀吉に移った時代の流れを見据えながら、会津を併呑しようとするのだ。それが実現したなら関東の雄である北条家と手を結び、秀吉と戦うことが可能となる。秀吉の天下が確実になるタイムリミットを意識しながら政宗は、蘆名家にさまざまな調略を仕掛けるのだ。

そんな政宗が考えているのが〝時を戻す〟ことだ。この言葉だけでは分かりづらいが、読めば理解できるだろう。もちろん時を戻すということは、時を飛び越えることでもある。信長に匹敵するであろう政宗の異才に、何度も圧倒された。独眼竜を描いた戦国小説は無数にあるが、本書の肖像からは、オリジナルな魅力が伝わってくるのだ。

では、盛備はどうか。冷静に時代を判断し、蘆名家の天下は望まない。ただ、蘆名領をさらに発展させるであろう海を求めるだけである。しかし盛氏が死ぬと、暗雲が立ち込める。優れたリーダーを喪ったことで、家中がまとまらなくなったのだ。蘆名家の〝時を止める〟ことで、家中を立て直そうとする盛備。悪辣な手段も辞さない政宗と暗闘を繰り広げながら、なんとか蘆名家を守るのだが、しだいに家中で孤立していくのだった。

こうしたストーリーの流れにより、本書の原題である『時限の幻』の意味が露わになっていく。それにしても作者はユニークなことを考えるものだ。特に面白いのが、政宗の〝時を戻す〟である。いささか飛躍した表現をするならば、政宗の思考は四次元といっていい。盛備の思考は三次元だ。

俗に、点が一次元、線が二次元、立体が三次元といわれる。私たちが生きている場所は、いうまでもなく三次元空間だ。この三次元に、さらに別の次元を加えると四次元になる。そしてよく挙げられる四つ目の次元が〝時間〟なのだ。だから、時を飛び越えることを考え、時を戻せると確信している政宗は、自分の世界を四次元で捉えている。まさに時代の枠組みを超越した異才だ。

それに対して盛備の思考は、三次元に留まる。彼が実行する〝時を止める〟とは、時間かせぎをすること。盛氏の死後、信長と対峙した盛備が、当主の盛隆のために三浦介の名乗りをもぎ取ったのも、時間かせぎのためだ。たしかに命懸けの働きであるが、手段は常識の範疇に収まる。ここが盛備の限界であった。

とはいえ盛備は有能だ。本書の中で政宗は、片倉景綱にこう語っている。

「会津の執権と呼ばれる辣腕。外交巧みにして謀略に優れ、戦場にあってはそつなく兵を動かす。主家を守り支えることだけを思っているから目立たぬが、金上は傑物だ」

実際に盛備と暗闘を繰り広げてきた、政宗ならではの人物評であろう。あの手この手で謀略を仕掛けても、ギリギリのところで盛備にいなされてしまう。ふたりの水面下での攻防は、本を閉じることができないほどの面白さだ。

また、戦場のシーンも迫力満点。伊達家側の視点で描かれることの多い〝人取橋の戦い〟が、盛備の視点で活写される。よく知っているつもりの戦いも、盛備の視点で眺めることで、こんなにイメージが変わるのか。戦国小説を読み慣れている人でも、新鮮に感じる戦場が、ここにある。

そして盛備が、戦場以上に本領を発揮するのが外交だ。前半で信長と対峙した彼は、後半になると天下人となった秀吉と対峙する。ここでも盛備は、見事な立ち回りを披露するのだ。戦国乱世は、戦の時代であると同時に、外交の時代でもある。優れた武将ほど、外交の重要性を理解していた。その外交の力により、独眼竜の前に立ちふさがる壁となった戦国武将の人生が、色鮮やかに書き尽くされているのである。

そうそう、ここまで盛備が魅力的に描かれているのは作者が、とことん惚れ込んだからではないか。そう思う理由が、クライマックスの摺上原の戦いだ。史実なので書いてしまうが、伊達と蘆名が激突したこの合戦により盛備は戦死。蘆名家は壊滅し、政宗は南奥州の覇者となる。

作者はその合戦で、盛備に手向けの花を贈った。バラバラになっていた家中が、一丸となって戦ったのだ。政宗の調略に対して、孤軍奮闘を続けてきた盛備にとって、こんなに嬉しいことはなかったろう。歴史は変わらない。だけど歴史の中身に何を託すかは、作者次第だ。この場面には主人公に惚れ込んだ、吉川永青の想いが詰まっている。見事な物語で作者は、自己の世界を拡大したのだ。

なお作者は本書以後も、『関羽を斬った男』『孟徳と本初 三國志官渡決戦録』といった「三国志」物を出版しているが、日本を舞台にした作品が中心となる。扱う時代は幅広く、二〇一六年には新選組の斎藤一を活写した『闘鬼 斎藤一』で、第四回野村胡堂文学賞を受賞した。とはいえ、やはり戦国小説が多い。第三十六回吉川英治文学新人賞の候補になった『誉れの赤』を始め、『化け札』『悪名残すとも』『治部の礎』『賤ヶ岳の鬼』『裏関ヶ原』『海道の修羅』『老侍』『奪うは我なり 朝倉義景』『毒牙 義昭と光秀』『ぜにざむらい』など、多彩な戦国小説を書き続けているのだ。

その中の一冊に、『龍の右目 伊達成実伝』がある。本書にも登場する伊達家の猛将・伊達成実が主人公だ。本書の内容を別の角度から楽しむことと、摺上原の戦い以降の政宗の軌跡を知ることができる。併せて、お薦めしておきたい。

――文芸評論家

この作品は二〇一二年十月小社より刊行された
『時限の幻』に加筆・修正したものです。

幻冬舎時代小説文庫

●最新刊
番所医はちきん先生　休診録
井川香四郎

定町廻り同心・佐々木康之助は、番所医・八田錦の助言をもとに、死んだ町方与力の真の死因を探り始める。その執念の捜査はやがて江戸を揺るがす姦計を暴き出した。痛快無比、新シリーズ第一弾！

●最新刊
炎（ほむら）が奔（はし）る
吉来駿作

室町時代、関東は古河。戦乱で荒れ果てた城下に、火を自在に操る〝異形の救世主〟現る！　命を懸けて姫と仲間を守ると決めた、愛と正義の男の運命は——⁉　第五回朝日時代小説大賞受賞作。

●最新刊
名もなき剣　義賊・神田小僧
小杉健治

鋳掛屋の巳之助が浪人の死体に遭遇した。傍らにタバコ入れ、持ち主は商家の元若旦那の太吉郎。巳之助と親しい常磐津の菊文字と恋仲だった男だ。巳之助は太吉郎を匿い、真相を調べるが……。

●最新刊
蛇含草
小烏神社奇譚
篠　綾子

泰山が腹痛を訴える男と小烏神社を訪れる。一向に回復しない為、助けを求めて来たが、竜晴は「自分にできることはない」とそっけない。泰山は治療を続けるが、ある時、男がいなくなり……。

●最新刊
江戸美人捕物帳
入舟長屋のおみわ　夢の花
山本巧次

美しく勝ち気なお美羽が仕切る長屋。住人の長次郎の様子が変だ。十日も家を空け、戻ってからも姿を現さない。お美羽は長次郎の弟分・弥一と共に理由を探る……。切なすぎる時代ミステリー。

独眼竜と会津の執権

吉川永青

令和3年6月10日　初版発行

発行人――石原正康
編集人――高部真人
発行所――株式会社幻冬舎
〒151-0051東京都渋谷区千駄ヶ谷4-9-7
電話　03(5411)6222(営業)
　　　03(5411)6211(編集)
　　振替00120-8-767643
印刷・製本―中央精版印刷株式会社
装丁者――高橋雅之

幻冬舎時代小説文庫

ISBN978-4-344-43102-7　C0193　よ-30-1

幻冬舎ホームページアドレス　https://www.gentosha.co.jp/
この本に関するご意見・ご感想をメールでお寄せいただく場合は、
comment@gentosha.co.jpまで。